Die goldene Reihe

Iwan Turgenjew

# MUMU

und andere Erzählungen

Der Kinderbuchverlag Berlin

Herausgegeben und mit einem
Nachwort von Ulrike Hirschberg

Illustrationen von Manfred Butzmann

ISBN 3-358-00035-4

2. Auflage 1987

Lizenz-Nr. 304-270/324/87-(25)
Satz und Repro: INTERDRUCK Grafischer Großbetrieb Leipzig III/18/97
Druck und buchbinderische Verarbeitung: Karl-Marx-Werk Pößneck V15/30
LSV 7731
Für Leser von 12 Jahren an
Bestell-Nr. 630 837 7
00580

# JERMOLAI UND DIE MÜLLERIN

Am Abend begab ich mich mit dem Jäger Jermolai auf den „Schnepfenstrich". Aber vielleicht wissen nicht alle meine Leser, was der Schnepfenstrich ist. Also hören Sie zu, meine Herrschaften.

Eine Viertelstunde vor Sonnenuntergang, im Frühling, gehen Sie mit dem Gewehr, aber ohne Hund, in ein Wäldchen. Sie suchen sich irgendwo am Waldrand einen Platz aus, schauen sich um, prüfen das Zündhütchen und wechseln einige Blicke mit Ihrem Kameraden. Dann ist die Viertelstunde vorüber und die Sonne untergegangen, doch im Walde ist es noch hell; die Luft ist klar und durchsichtig; die Vögel zwitschern geschwätzig; das junge Gras funkelt heiter wie lauter Smaragde. Sie warten. Im Waldesinnern wird es allmählich dunkel; das Purpurlicht der Abendröte gleitet langsam über die Wurzeln und Stämme der Bäume, steigt höher und immer höher und geht von den unteren, fast noch kahlen Zweigen auf die regungslosen, entschlummernden Wipfel über ... Nun haben auch die Wipfel ihren Glanz verloren; der gerötete Himmel färbt sich blau. Der Waldgeruch wird stärker; eine warme Feuchte weht kaum spürbar heran; ein aufgekommenes Lüftchen in Ihrer Nähe erstirbt. Die Vögel schlafen ein, nicht alle zugleich, sondern jede Art für sich: Jetzt sind die Finken verstummt, nach wenigen Augenblicken schweigen die Rotkehlchen, danach die Ammern. Dunkler und dunkler wird es im Wald. Die Bäume verschwimmen zu großen schwärzlichen Massen; am tiefblauen Himmel treten schüchtern die ersten kleinen Sterne hervor. Alle Vögel schlafen. Nur ein Rotschwänzchen oder ein kleiner Specht piept da und dort noch schläfrig vor sich hin ... Nun sind auch sie verstummt. Noch einmal erklingt über Ihnen die helle Stimme eines Laubsängers; irgendwo ruft klagend ein Pirol, die erste Nachtigall beginnt zu schlagen. Vor Erwartung klopft Ihr Herz. Da plötzlich – doch nur Jäger werden mich verstehen –, plötzlich erschallt in der tiefen Stille ein eigenartiges Schnarren und Zischen, man hört einen gleichmäßigen, eiligen Flügelschlag – und eine Waldschnepfe, den langen Schnabel schön gesenkt, kommt in schwebendem Flug hinter einer dunklen Birke hervor, Ihrem Schuß entgegen.

Das bedeutet der Ausdruck „auf den Schnepfenstrich anstehen“.

Ich begab mich also mit Jermolai auf den Schnepfenstrich; doch entschuldigen Sie, meine Herrschaften, ich muß Sie zuerst mit Jermolai bekannt machen.

Stellen Sie sich einen Mann von etwa fünfundvierzig Jahren vor, groß und hager, mit langer, schmaler Nase, niedriger Stirn und kleinen grauen Augen, mit struppigem Haar und breiten, spöttisch lächelnden Lippen. Dieser Mann ging Sommer und Winter in einem gelblichen Nankingrock nach deutschem Schnitt, band sich aber nach russischer Art dazu einen Gürtel um; er trug dunkelblaue Pluderhosen und eine feine Lammfellmütze, die ihm einmal in einer lustigen Stunde ein verarmter Gutsbesitzer geschenkt hatte. An dem Gürtel waren zwei Beutel festgebunden: einer vorn, kunstvoll in zwei Hälften geteilt, für Pulver und für Schrot, der andere hinten, für das erlegte Wild. Die Pfropfen aber holte sich Jermolai aus seiner eigenen, anscheinend unerschöpflichen Mütze. Für das Geld, das er beim Verkauf von Wildbret einnahm, hätte er sich leicht eine Patronen- und eine Jagdtasche kaufen können, aber er hatte an eine solche Erwerbung noch nicht einmal gedacht und fuhr fort, sein Gewehr so zu laden wie bisher, wobei die Geschicklichkeit, mit der er es vermied, Schrot und Pulver zu verschütten oder zu vermengen, bei den Zuschauern Staunen hervorrief. Seine Flinte war einläufig und hatte ein Feuersteinschloß; außerdem besaß sie die üble Angewohnheit, heftig „rückzustoßen", weswegen Jermolais rechte Wange stets dicker war als die linke. Wie er mit dieser Flinte treffen konnte, das vermochte selbst ein kluger Mensch nicht zu begreifen, aber er traf. Er hatte auch einen Hühnerhund mit Namen Waletka, ein höchst merkwürdiges Geschöpf. Jermolai gab ihm nie zu fressen.

„Ich werde doch den Köter nicht füttern", erklärte er, „ein Hund ist ein kluges Tier und kann sich sein Futter selber suchen."

Und wirklich: Obgleich Waletka selbst einen gleichgültigen Vorübergehenden durch seine ungewöhnliche Magerkeit beeindruckte, lebte er, und er lebte schon lange; er war sogar, trotz seines erbärmlichen Zustandes, noch nicht ein einziges Mal entlaufen und hatte nie den Wunsch bekundet, seinen Herrn zu verlassen. In seinen jungen Jahren hatte er sich einmal, von der Liebe verleitet, für zwei Tage entfernt, aber diese Narrheit war bald wieder von ihm gewichen. Die hervorstechendste Eigenschaft Waletkas war seine unbegreifliche Gleichgültigkeit gegen alles auf der Welt. Wäre nicht von einem Hund die Rede, so würde ich das Wort Resignation gebrauchen. Meistens saß er da und hatte den gestutzten Schwanz eingezogen, er blickte mürrisch drein, zuckte hin und wieder zusammen und lächelte nie. (Bekanntlich besitzen Hunde die Fähigkeit zu lächeln, sie können sogar sehr freundlich lächeln.) Er war überdies häßlich, und kein müßiger Hofknecht ließ sich eine Gelegenheit entgehen, über sein Äußeres boshaft zu spotten; all diesen Spott aber und sogar Schläge ertrug Waletka mit erstaunlicher Kaltblütigkeit. Ein besonderes Vergnügen verschaffte er den Köchen, die sofort ihre Arbeit im Stich ließen und ihm mit Geschrei und Geschimpf nachjagten, wenn er, einer Schwäche nachgebend, die nicht nur den Hunden eigen ist, seine hungrige Schnauze zu der halboffenen Tür der verlockend warmen und wohlriechenden Küche hereinsteckte. Auf der Jagd zeichnete er sich durch Unermüdlichkeit aus; er besaß auch eine recht gute Witterung; wenn er aber gelegentlich einen angeschossenen Hasen erwischte, dann fraß er ihn irgendwo im kühlen Schatten, unter einem grünen Strauch, mit Genuß bis zum letzten Knöchelchen auf, in respektvoller Entfernung von Jermolai, der ihn dann in allen möglichen bekannten und unbekannten Dialekten beschimpfte.

Jermolai gehörte einem meiner Nachbarn, einem Gutsbesitzer alten Schlages. Die Gutsbesitzer vom alten Schlag machen sich nichts aus Schnepfen, sie halten sich an das Hausgeflügel. Höchstens bei ungewöhnlichen Anlässen wie Geburtstagen, Namenstagen und Wahlen machen sich die Köche der altväterischen Gutsbesitzer an die Zubereitung der langschnäbeligen Vögel und geraten dabei in einen Eifer, wie er beim Russen immer zu beobachten ist, wenn er nicht recht weiß, was er tut, und ersinnen so seltsame Zutaten, daß die Gäste die aufgetragenen Speisen zwar meist mit Neugier und

Aufmerksamkeit betrachten, sich aber nicht entschließen können, sie zu kosten. Jermolai hatte den Auftrag, der herrschaftlichen Küche einmal im Monat je zwei Paar Birkhähne und Rebhühner zu liefern, im übrigen war ihm erlaubt, zu leben, wo er wollte und wovon er wollte. Man hielt ihn sich vom Leibe als einen Menschen, der zu keiner Arbeit taugte, als einen Taugenichts, wie man bei uns in Orjol sagt. Pulver und Schrot wurden an ihn selbstverständlich nicht ausgegeben, wobei man genau dieselben Regeln befolgte, nach denen er selbst seinem Hund kein Futter gab. Jermolai war ein sehr sonderbarer Mensch: sorglos wie ein Vogel, ziemlich redselig, zerstreut und dem Anschein nach linkisch; er war dem Trinken sehr zugetan; es hielt ihn nie lange an ein und demselben Ort; beim Gehen schlurfte er mit den Füßen und wiegte den Oberkörper hin und her, aber schlurfend und wiegend legte er doch seine fünfzig Werst am Tag zurück. Er erlebte die verschiedensten Abenteuer; er nächtigte in Mooren, auf Bäumen, auf Dächern, unter Brücken und saß manchmal auf Dachböden, in Kellern oder Scheunen eingesperrt; er hatte schon sein Gewehr, seinen Hund und die unentbehrlichsten Kleidungsstücke eingebüßt; er wurde des öfteren hart und lange geschlagen und kehrte trotz alledem nach einiger Zeit nach Hause zurück, bekleidet, mit Flinte und Hund. Man konnte ihn keineswegs einen heiteren Menschen nennen, obgleich er sich fast immer in ziemlich gehobener Stimmung befand; alles in allem wirkte er wie ein Kauz. Jermolai schwatzte gern ein wenig mit einem guten Kumpan, am liebsten bei einem Gläschen, jedoch nie lange; er stand bald auf und ging.

„Zum Teufel, wohin willst du denn? Draußen ist es Nacht."

„Nach Tschaplino."

„Aber wozu mußt du dich denn nach Tschaplino schleppen, zehn Werst von hier?"

„Ich will dort beim Bauer Sofron übernachten.“
„Übernachte doch hier!“
„Nein, das geht nicht.“

Und so zieht Jermolai mit seinem Waletka hinaus in die finstere Nacht, durch Gebüsche und tiefe Pfützen, und der Bauer Sofron läßt ihn vielleicht gar nicht zu sich auf den Hof, sondern haut ihm zu guter Letzt noch die Jacke voll: Was hast du ehrliche Leute zu belästigen!

Dafür konnte sich niemand mit Jermolai in der Kunst messen, im Frühling bei Hochwasser Fische zu fangen und mit den bloßen Händen Krebse herauszuholen, das Wild aufzuspüren, Wachteln zu locken, Habichte abzurichten, Nachtigallen mit der „Waldgeistflöte“ oder dem „Kuckucksflug“* zu erbeuten. Nur eins verstand er nicht, nämlich Hunde zu dressieren; dazu fehlte ihm die Geduld.

Er hatte auch eine Frau. Einmal in der Woche besuchte er sie. Sie lebte in einer armseligen, halbverfallenen Hütte und schlug sich äußerst kümmerlich durch. Nie wußte sie am Abend, ob sie am nächsten Tag satt zu essen haben würde; sie hatte überhaupt ein bitteres Los. Jermolai, dieser sorglose und gutmütige Mensch, behandelte sie hart und grob und setzte zu Hause eine strenge und finstere Miene auf. Seine arme Frau wußte nicht, wie sie es ihm recht machen sollte; sie zitterte vor seinem Blick, kaufte ihm für ihre letzte Kopeke Branntwein und deckte ihn unterwürfig mit ihrem Schafpelz zu, wenn er, großspurig auf dem Ofen ausgestreckt, in tiefen Schlaf verfiel. Ich selbst habe mehr als einmal unwillkürliche Regungen einer düsteren Wildheit an ihm bemerkt; mir gefiel sein Gesichtsausdruck nicht, wenn er einen angeschossenen Vogel totbiß. Aber Jermolai

*Liebhabern von Nachtigallen sind diese Ausdrücke bekannt; man bezeichnet damit die schönsten Stellen des Nachtigallenschlages. (Fußnote vom Verfasser)

blieb nie länger als einen Tag daheim. Draußen wurde er dann wieder zum „Jermolka“, wie er im Umkreis von hundert Werst hieß und wie er sich bisweilen auch selbst nannte. Noch der letzte Hofknecht fühlte sich diesem Landstreicher überlegen und behandelte ihn vielleicht gerade deswegen freundlich; die Bauern freilich machten sich anfangs einen Spaß daraus, ihn zu hetzen und zu fangen wie einen Hasen auf dem Feld, ließen ihn dann aber wieder laufen. Hatten sie ihn erst einmal als einen Sonderling erkannt, so rührten sie ihn nicht mehr an, sondern gaben ihm sogar Brot und ließen sich mit ihm in Gespräche ein.

Diesen Mann also hatte ich als Jäger angenommen, und mit ihm begab ich mich in einen großen Birkenhain am Ufer der Ista, auf den Schnepfenstrich.

Bei vielen russischen Flüssen ist, wie bei der Wolga, ein Ufer steil, das andere eine flache Aue; so auch bei der Ista. Dieses kleine Flüßchen windet sich außerordentlich launisch; es kriecht wie eine Schlange und fließt keine halbe Werst geradeaus; an manchen Stellen aber ist es von der Höhe des Steilhangs auf zehn Werst zu überschauen mit seinen Wehren, Teichen, Mühlen, Gemüsebeeten und den von Weidengebüsch umgebenen, dichtbelaubten Gärten. Fische gibt es in der Ista eine Unmenge, vor allem Weißfische; die Bauern holen sie an heißen Tagen mit den Händen unter dem Buschwerk hervor. Kleine Sandschnepfen fliegen pfeifend die steinigen Ufer entlang, an denen kalte, kristallklare Quellen sprudeln; Wildenten schwimmen, wachsam um sich blickend, auf die Teiche hinaus; Reiher stehen am Fuße der Steilhänge im Schatten der Buchten.

Wir standen etwa eine Stunde auf Schnepfen an und erlegten zwei Paar Waldschnepfen; und da wir vor Sonnenaufgang unser Glück nochmals versuchen wollten (man kann auch frühmorgens auf den Schnepfenstrich gehen), entschlossen wir uns, in der nächsten Mühle zu übernachten. Wir verließen den Hain und stiegen von der Anhöhe hinab. Der Fluß wälzte sich in dunkelblauen Wellen dahin; die Luft, von nächtlicher Feuchtigkeit geschwängert, wurde schwer. Wir pochten ans Tor. Auf dem Hof schlugen die Hunde an.

„Wer da?" erscholl eine heisere, verschlafene Stimme.

„Jäger. Laß uns ein zum Übernachten."

Keine Antwort.

„Wir werden bezahlen."

„Ich geh und sag's dem Hausherrn ... Kusch, ihr verdammten Biester! Verrecken solltet ihr!"

Wir hörten den Arbeiter ins Haus gehen; bald darauf kam er ans Tor zurück.

„Nein", sagte er, „der Hausherr will euch nicht einlassen."

„Weshalb will er nicht?"

„Er hat Angst. Ihr seid Jäger; am Ende steckt ihr die Mühle in Brand, ihr habt doch allerlei Schießzeug mit."

„Was für ein Unsinn!"

„Uns ist erst im vorvorigen Jahr die Mühle abgebrannt; da haben Viehhändler hier übernachtet, und die haben sie irgendwie angezündet."

„Aber, lieber Mann, sollen wir vielleicht im Freien übernachten?"

„Das ist eure Sache."

Mit den Stiefeln stapfend, ging er weg.

Jermolai wünschte ihm verschiedenes Ungute an den Hals.

„Gehen wir ins Dorf", meinte er schließlich mit einem Seufzer. Aber bis zum Dorf waren es zwei Werst.

„Wir übernachten hier im Freien", sagte ich, „die Nacht ist warm; für Geld wird uns der Müller wohl Stroh herausschicken."

Jermolai war widerspruchslos einverstanden. Wir klopften wieder.

„Was wollt ihr denn noch?“ erscholl abermals die Stimme des Arbeiters. „Es ist doch gesagt worden, daß es nicht geht.“

Wir setzten ihm auseinander, was wir wollten. Er ging sich mit dem Hausherrn beraten und kehrte mit ihm zusammen zurück. Die Pforte knarrte. Der Müller erschien, ein großer Mann mit feistem Gesicht, Stiernakken und rundem, dickem Bauch. Er ging auf meinen Vorschlag ein. Hundert Schritt von der Mühle entfernt befand sich ein kleiner, nach allen Seiten offener Schuppen. Man brachte uns Stroh und Heu dorthin; der Arbeiter stellte im Gras am Fluß einen Samowar auf, kauerte sich davor und blies eifrig in das Rohr. Die auflodernden Kohlen beleuchteten hell sein jugendliches Gesicht. Der Müller lief seine Frau wecken und lud mich schließlich selbst ein, im Haus zu übernachten; ich zog es jedoch vor, unter freiem Himmel zu bleiben. Die Müllerin brachte uns Milch, Eier, Kartoffeln und Brot. Bald kochte der Samowar, und wir setzten uns hin, um Tee zu trinken. Vom Fluß stiegen Nebel auf; es war windstill; ringsum schnarrten die Wachtelkönige; von den Mühlrädern wurden leise Geräusche herübergetragen: Tropfen fielen von den Radschaufeln, und durch die Riegel des Wehrs sickerte Wasser. Wir fachten ein kleines Feuer an. Während Jermolai in der Asche Kartoffeln röstete, fiel ich in einen leichten Schlummer ... Ein leises, verhaltenes Flüstern weckte mich. Ich hob den Kopf. Am Feuer saß auf einem umgestürzten Kübel die Müllerin und unterhielt sich mit meinem Jäger. Schon vorher hatte ich an ihrem Kleid, ihren Bewegungen und ihrer Aussprache erkannt, daß sie eine Frau aus dem Gutsgesinde war, keine Bäuerin und keine Kleinbürgerin, aber erst jetzt konnte ich ihre Züge genauer betrachten. Sie mochte etwa dreißig Jahre alt sein; ihr mageres und blasses Gesicht bewahrte noch Spuren einer bemerkenswerten Schönheit; besonders gefielen mir ihre großen, traurigen Augen. Sie hatte die Ellbogen auf die Knie gestützt und das Gesicht auf die Handflächen gelegt. Jermolai saß mit dem Rücken zu mir und schob Späne ins Feuer.

„In Sheltuchinaja ist wieder eine Viehseuche ausgebrochen“, sagte die Müllerin, „dem Priester Iwan sind beide Kühe verendet ... Gott behüte uns.“

„Und was machen eure Schweine?“ fragte nach kurzem Schweigen Jermolai.

„Sie leben.“

„Ein Spanferkel könntet ihr mir wenigstens schenken.“

Die Müllerin schwieg, dann seufzte sie.

„Mit wem sind Sie hier?“ fragte sie.

„Mit einem Herrn aus Kostomarowo.“

Jermolai warf ein paar Tannenzweige ins Feuer; die Zweige prasselten sofort auf; dichter, weißer Rauch quoll ihm gerade ins Gesicht.

„Warum hat uns dein Mann nicht ins Haus gelassen?“

„Er hat Angst.“

„Oho, der Fettwanst ... Mein Herzchen, Arina Timofejewna, bring mir ein Gläschen Branntwein!“

Die Müllerin erhob sich und verschwand in der Dunkelheit. Jermolai fing halblaut an zu singen:

„Lief zur Liebsten hin im Trab,
Lief mir all mein' Stiefel ab ...“

Arina kehrte mit einer kleinen Karaffe und einem Glas zurück. Jermolai stand auf, bekreuzigte sich und trank das Glas auf einen Zug aus.

„Das hab ich gern“, sagte er.

Die Müllerin setzte sich wieder auf den Kübel.

„Nun, wie ist es, Arina, bist du immer noch krank?“

„Ja."
„Was fehlt dir denn?"
„Der Husten quält mich nachts."
„Der Herr da ist anscheinend eingeschlafen", meinte Jermolai nach einer kurzen Pause. „Geh nicht zum Arzt, Arina, es wird nur schlimmer."
„Ich gehe sowieso nicht."
„Aber mich kannst du besuchen kommen."
Arina senkte den Kopf.
„Meine Frau, die werde ich davonjagen, in diesem Fall", fuhr Jermolai fort, „wahrhaftig."
„Sie sollten lieber den Herrn wecken, Jermolai Petrowitsch. Sehen Sie, die Kartoffeln sind gar."
„Ach, laß ihn schnarchen", versetzte gleichmütig mein treuer Diener, „er hat sich ausgelaufen, nun schläft er."
Ich bewegte mich auf dem Heu. Jermolai stand auf und trat zu mir heran.
„Die Kartoffeln sind fertig. Sie können essen."
Ich trat aus dem Schuppen hinaus; die Müllerin erhob sich von ihrem Kübel und wollte fortgehen. Ich sprach sie an.
„Habt ihr diese Mühle schon lange in Pacht?"
„Das zweite Jahr seit Pfingsten."
„Und woher ist dein Mann?"
Arina hatte meine Frage überhört.
„Woher dein Mann ist?" wiederholte Jermolai, die Stimme hebend.
„Aus Belew. Er ist ein Belewer Kleinbürger."
„Und du bist auch aus Belew?"
„Nein, ich bin eine Herrschaftliche – war eine Herrschaftliche."
„Wem hast du gehört?"
„Dem Herrn Swerkow. Jetzt bin ich frei."
„Welchem Swerkow?"
„Alexander Silytsch."

„Warst du nicht Zofe bei seiner Frau?“

„Woher wissen Sie das? Ja, das war ich.“

Ich blickte Arina mit doppelter Neugier und Teilnahme an.

„Ich kenne deinen Herrn“, fuhr ich fort.

„Sie kennen ihn?“ antwortete sie leise und schlug die Augen nieder.

Ich muß nun dem Leser sagen, warum ich mit solchem Mitgefühl auf Arina blickte. Während meines Aufenthaltes in Petersburg hatte ich ganz zufällig einen Herrn Swerkow kennengelernt. Er bekleidete einen ziemlich wichtigen Posten und galt als ein kenntnisreicher und tüchtiger Mann. Er hatte eine sehr dicke Frau, eine empfindliche, tränenselige und bösartige Person, ein durchschnittliches und doch schwieriges Geschöpf; auch ein Sohn war da, ein richtiges Herrensöhnchen, verwöhnt und dumm. Das Äußere des Herrn Swerkow selbst sprach wenig zu seinen Gunsten. Aus einem breiten, fast viereckigen Gesicht blickten verschlagen ein Paar Mausaugen und ragte eine große, spitze Nase mit weit offenen Nasenlöchern hervor. Das kurzgeschnittene graue Haar stand wie eine Bürste über der gefurchten Stirn, die dünnen Lippen bewegten sich unaufhörlich und lächelten süßlich. Gewöhnlich stand Herr Swerkow breitbeinig da, die fleischigen Hände in die Taschen geschoben. Einmal war ich genötigt, mit ihm zusammen in einem Wagen vor die Stadt zu fahren. Wir kamen ins Gespräch, und als erfahrener, vernünftiger Mann begann Herr Swerkow mich auf den „Weg der Wahrheit“ zu bringen.

„Gestatten Sie mir zu bemerken“, sagte er schließlich mit seiner hohen, dünnen Stimme, „daß ihr jungen Leute über alle Dinge immer aufs Geratewohl urteilt und redet; ihr kennt euer eigenes Vaterland zuwenig; Rußland ist euch, meine Herren, unbekannt, so ist es! Ihr lest immer nur deutsche Bücher. Sie sagen mir da zum Beispiel dies und das über diese, na, eben über die Leibeigenen. Schön, ich will nicht streiten, das ist alles schön und gut, aber Sie kennen sie nicht, Sie wissen nicht, was das für ein Volk ist." Herr Swerkow schneuzte sich geräuschvoll und schnupfte eine Prise Tabak. „Gestatten Sie mir, Ihnen als Beispiel eine kleine Anekdote zu erzählen, die Sie vielleicht interessieren wird." Herr Swerkow räusperte sich. „Sie wissen doch, was für eine Frau ich habe. Mir scheint, eine gütigere Frau als sie wird schwer zu finden sein, das werden Sie zugeben. Ihre Zofen haben nicht bloß ein gutes Leben – sie haben das reine Paradies auf Erden. Aber meine Frau hat es sich zur Regel gemacht, keine verheirateten Zofen zu halten. Und das ist auch wirklich nichts, da kommen Kinder und dies und jenes, nun, wo wird sich dann die Zofe so um ihre Herrin kümmern, wie es sich gehört, und auf deren Gewohnheiten eingehen – ihr steht nicht mehr der Sinn danach, sie hat ganz andere Dinge im Kopf. Man muß das Menschliche in Betracht ziehen. Da fahren wir also eines Tages durch unser Dorf, das wird – was soll ich Ihnen sagen, ich will nicht lügen – vielleicht fünfzehn Jahre her sein. Wir sehen, der Dorfälteste hat ein Mädelchen, eine Tochter, sehr hübsch; sie hat sogar, wissen Sie, etwas Einschmeichelndes im Benehmen. Und so sagt meine Frau zu mir: ‚Koko' – das heißt, Sie verstehen, so nennt sie mich gewöhnlich –, ‚nehmen wir doch dieses Mädelchen mit nach Petersburg; sie gefällt mir, Koko.'

Ich sage: ‚Gut, nehmen wir sie mit, mit Vergnügen.'

Der Dorfälteste fiel uns selbstverständlich zu Füßen; ein solches Glück, Sie verstehen, hatte er nie und nimmer erwarten können. Nun, das Mädchen weinte natürlich, aus lauter Dummheit. Anfangs ist es ja wirklich bedrückend: Das elterliche Haus ... und überhaupt ... das ist gar nicht verwunderlich. Aber sie hatte sich bald an uns gewöhnt. Zuerst gaben wir sie in die Mägdekammer;

wir ließen ihr natürlich Unterricht geben. Und was glauben Sie! Das Mädelchen machte erstaunliche Fortschritte, meine Frau ist einfach bezaubert von ihr und ernennt sie schließlich – die anderen übergeht sie – zu ihrer Leibzofe ... Bedenken Sie! Und man muß ihr Gerechtigkeit widerfahren lassen: Noch nie hatte meine Frau eine solche Zofe gehabt, tatsächlich nicht; dienstbeflissen, bescheiden, gehorsam – alles, was man nur verlangen kann. Dafür wurde sie freilich von meiner Frau auch allzusehr verwöhnt, das muß ich sagen; sie wurde bestens gekleidet, vom herrschaftlichen Tisch beköstigt, bekam Tee zu trinken – nun, eben alles, was man sich nur denken kann. So diente sie an die zehn Jahre bei meiner Frau. Plötzlich, eines schönen Morgens, stellen Sie sich vor, kommt Arina – sie hieß Arina – unangemeldet zu mir ins Arbeitszimmer und fällt mir zu Füßen. So etwas, ich sage es Ihnen ganz offen, kann ich nicht ausstehen. Der Mensch darf niemals seine Würde vergessen, habe ich nicht recht?

‚Was willst du?'

‚Väterchen, Alexander Silytsch, ich bitte um eine Gunst.'

‚Was für eine!'

‚Erlauben Sie mir zu heiraten.'

Ich gestehe Ihnen, ich war äußerst erstaunt.

‚Du weißt doch, dummes Ding, daß die gnädige Frau keine andere Zofe hat.'

‚Ich werde der gnädigen Frau dienen wie zuvor.'

‚Unsinn! Unsinn! Die gnädige Frau mag keine verheirateten Zofen.'

‚Malanja kann an meine Stelle treten.'

‚Ich verbitte mir Erörterungen.'

‚Wie Sie befehlen.'

Ich gestehe, ich war erstaunt. Sehen Sie, so bin ich nun mal: Nichts kränkt mich so sehr, ich darf wohl sagen, kränkt mich so stark wie Undankbarkeit. Ich brauche

Ihnen da nichts weiter zu erklären, Sie wissen, was für eine Frau ich habe: ein Engel in Menschengestalt, die Güte selbst. Ich glaube, einem Bösewicht – selbst dem hätte sie leid getan. Ich wies Arina hinaus. Vielleicht, dachte ich, nimmt sie Vernunft an; man möchte nicht gleich an das Böse glauben, wissen Sie, an den schwarzen Undank im Menschen. Aber was meinen Sie? Nach einem halben Jahr untersteht sie sich abermals, mir mit dieser Bitte zu kommen. Diesmal, ich gestehe es, wurde ich wütend, ich jagte sie hinaus und drohte ihr, es meiner Frau zu sagen. Ich war empört ... Aber stellen Sie sich meine Bestürzung vor: Einige Zeit später kommt meine Frau zu mir, in Tränen aufgelöst und so aufgeregt, daß ich geradezu erschrecke.

‚Was ist denn geschehen?'

‚Arina ...' Sie verstehen ... ich schäme mich, es auszusprechen. ‚Es kann nicht sein! Wer ist es denn?'

‚Der Lakai Petruschka.'

Ich war außer mir. Ich bin nun einmal so ein Mensch – halbe Maßnahmen liebe ich nicht. Petruschka war nicht schuld. Man konnte ihn bestrafen, aber schuld war er meiner Ansicht nach nicht. Arina – nun ja, was soll man dazu noch viel sagen? Ich befahl selbstverständlich sofort, ihr die Haare abzuschneiden, sie in alte Sachen zu kleiden und ins Dorf zurückzuschicken. Meine Frau hatte eine ausgezeichnete Zofe verloren, doch das war nicht zu ändern. Unordnung im Haus kann man nicht dulden, keinesfalls. Es ist besser, ein krankes Glied gleich abzuschneiden. Nun, und jetzt urteilen Sie selbst, nun, Sie kennen ja meine Frau, sie ist ja doch, ist ja, ist ja ... eben ein Engel! Sie hing ja so an Arina, und Arina wußte das und schämte sich nicht ... Na? Nein, sagen Sie ... Na? Aber was gibt es da groß zu reden! Auf jeden Fall war es nicht zu ändern. Mich, besonders mich hat die Undankbarkeit dieses Mädchens für lange Zeit sehr erbost und gekränkt. Sagen Sie, was Sie wollen – Herz,

Gefühl suchen Sie bei diesen Leuten vergebens! Man mag den Wolf noch so gut füttern, er schaut doch immer nach dem Wald ... Eine Lehre für die Zukunft! Aber ich wollte Ihnen nur beweisen ..."

Ohne seine Rede zu beenden, wandte Herr Swerkow sein Gesicht ab und wickelte sich fester in seinen Umhang, die unwillkürliche Erregung mannhaft bezwingend.

Jetzt versteht der Leser wahrscheinlich, warum ich so teilnahmsvoll auf Arina blickte.

„Bist du schon lange mit dem Müller verheiratet?" fragte ich sie schließlich.

„Zwei Jahre."

„Wie, hat es dir dein Herr denn erlaubt?"

„Ich wurde losgekauft."

„Von wem?"

„Von Saweli Alexejewitsch."

„Wer ist das?"

„Mein Mann."

Jermolai lächelte vor sich hin.

„Hat Ihnen denn mein Herr von mir erzählt?" fügte Arina nach kurzem Schweigen hinzu.

Ich wußte nicht, was ich auf ihre Frage antworten sollte.

„Arina!" rief der Müller von fern. Sie stand auf und ging.

„Ist ihr Mann ein guter Mensch?" fragte ich Jermolai.

„Es geht."

„Haben sie Kinder?"

„Sie hatten eins, aber es ist gestorben."

„Sie hat dem Müller wohl gefallen – oder wie? ... Hat er viel Lösegeld für sie gegeben?"

„Weiß ich nicht. Sie kann lesen und schreiben; in diesem Gewerbe ist das ... nun, eine gute Sache. Da wird sie ihm schon gefallen haben."

„Bist du schon lange mit ihr bekannt?“

„Ja. Ich kam früher oft zu ihrer Herrschaft. Deren Gut ist hier in der Nähe.“

„Kennst du auch den Lakai Petruschka?“

„Pjotr Wassiljewitsch? Freilich hab ich den gekannt.“

„Wo ist er jetzt?“

„Zu den Soldaten gegangen.“

Wir schwiegen beide eine Weile.

„Wie es scheint, ist sie nicht gesund?“ fragte ich Jermolai.

„Ganz und gar nicht gesund! – Morgen wird übrigens der Schnepfenstrich gut werden. Ein bißchen Schlaf könnte Ihnen jetzt nicht schaden.“

Ein Schwarm Wildenten zog schwirrend über uns hinweg. Wir hörten, wie er nicht weit von uns auf dem Fluß einfiel. Unterdessen war es völlig dunkel geworden – und kalt. Im Wäldchen schlug voll Wohllaut eine Nachtigall. Wir krochen tief ins Heu und schliefen ein.

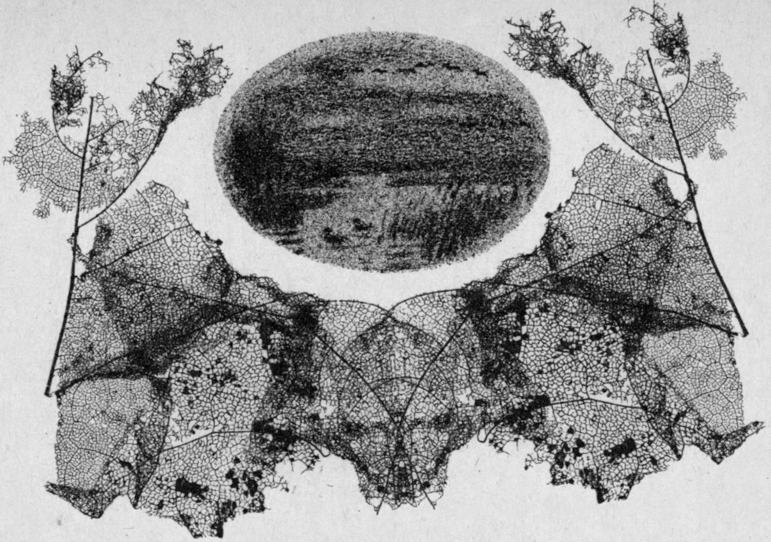

# LGOW

„Fahren wir doch einmal nach Lgow", sagte eines Tages der den Lesern schon bekannte Jermolai zu mir, „dort können wir Enten schießen, soviel wir wollen."

Obwohl für den echten Weidmann die Wildente nichts besonders Anziehendes darstellt, hörte ich doch auf meinen Jäger und begab mich mit ihm nach Lgow, da es gerade kein anderes Wildbret gab – es war Anfang September, die Waldschnepfen waren noch nicht da, und nach Rebhühnern über die Felder zu laufen, hatte ich keine Lust mehr.

Lgow ist ein großes Steppendorf mit einer sehr alten steinernen, einkuppeligen Kirche und zwei Mühlen an dem sumpfigen Flüßchen Rossota. Dieses Flüßchen verwandelt sich ungefähr fünf Werst unterhalb von Lgow in einen breiten Teich, der an den Rändern und stellenweise auch in der Mitte mit dichtem Schilf, im Orjolschen „Maier" genannt, bewachsen ist. Auf diesem Teich, in den Buchten und auf dem stillen Wasser zwischen dem Schilfröhricht, lebte und nistete eine Unzahl von Enten aller möglichen Arten: Knäkenten, Spießenten, Krickenten, Tauchenten und andere. Kleine Ketten flogen ständig hin und her und strichen über das Wasser, nach einem Schuß aber erhoben sich solche Wolken, daß sich der Jäger unwillkürlich mit einer Hand an die Mütze griff und ein langgezogenes „Fuu!“ ausstieß.

Ich ging anfangs mit Jermolai an dem Teich entlang, aber erstens hält sich die Ente, ein sehr vorsichtiger Vogel, nicht so dicht am Ufer auf, und zweitens, selbst wenn sich eine zurückgebliebene und unerfahrene Krickente unseren Schüssen aussetzte und dabei ihr Leben verlor, waren unsere Hunde nicht imstande, sie aus dem Schilfdickicht herauszuholen; trotz der edelsten Selbstaufopferung konnten sie dort weder schwimmen noch auf dem Grund laufen, sie zerschnitten sich nur unnütz ihre kostbaren Nasen an den scharfen Rändern des Schilfes.

„Nein“, sagte Jermolai schließlich, „so geht es nicht; wir brauchen einen Kahn. Gehen wir nach Lgow zurück.“

Wir kehrten um. Kaum waren wir ein paar Schritte gegangen, da lief uns aus dichtem Weidengebüsch ein ziemlich schäbiger Hühnerhund entgegen. Hinter ihm tauchte ein mittelgroßer Mann in einem blauen, stark abgetragenen Überrock auf, in einer gelblichen Weste und Hosen, deren Farbe einst gris-de-lin oder auch bleu-d'amour gewesen sein mochte und die nachlässig in die durchlöcherten Stiefel gesteckt waren; um den Hals trug er ein rotes Tuch und auf der Schulter eine einläufige Flinte. Während unsere Hunde nach dem üblichen, ihrer Art eigenen chinesischen Zeremoniell die für sie neue Persönlichkeit beschnupperten, die offensichtlich Angst hatte, den Schwanz einkniff, die Ohren anlegte und sich zähnefletschend schnell um sich selbst

drehte, ohne dabei die Knie zu beugen, kam der Unbekannte auf uns zu und grüßte außerordentlich höflich. Seinem Aussehen nach war er etwa fünfundzwanzig Jahre alt; seine langen hellbraunen Haare waren stark mit Kwaß angefeuchtet und standen in starren Strähnen vom Kopf ab; die kleinen braunen Augen zwinkerten freundlich; das ganze Gesicht, das mit einem schwarzen Tuch umbunden war, wie man das bei Zahnschmerzen tut, lächelte süßlich.

„Gestatten Sie, daß ich mich vorstelle“, begann er mit weicher, einschmeichelnder Stimme, „ich bin der hiesige Jäger Wladimir. Als ich von Ihrer Ankunft hörte und erfuhr, daß Sie beliebten, sich ans Ufer unseres Teiches zu begeben, beschloß ich, wenn es Ihnen recht ist, meine Dienste anzubieten.“

Der Jäger Wladimir sprach haargenau wie ein junger Provinzschauspieler, der die Rollen der Ersten Liebhaber spielt. Ich ging auf sein Anerbieten ein, und noch bevor wir in Lgow angelangt waren, hatte ich schon seine Lebensgeschichte erfahren. Er war ein freigelassener Leibeigener aus dem Hofgesinde; in zarter Jugend hatte er Musikunterricht genossen, war später Kammerdiener geworden, konnte lesen und schreiben und las auch ab und zu, soviel ich feststellen konnte, irgendwelche Schwarten; er lebte jetzt, wie viele in Rußland, ohne einen Groschen Bargeld, ohne feste Beschäftigung und nährte sich von allem anderen, nur nicht von himmlischem Manna. Er drückte sich ungewöhnlich gewählt aus und tat sich auf seine feinen Manieren offenbar etwas zugute; er war wohl auch ein großer Schürzenjäger und hatte aller Wahrscheinlichkeit nach Erfolg: Die russischen Mädchen lieben die Beredsamkeit. Unter anderem gab er mir zu verstehen, daß er bisweilen die benachbarten Gutsbesitzer besuche, auch in die Stadt zu Gast fahre, Préférence spiele und mit Leuten in der Hauptstadt bekannt sei. Er lächelte meisterhaft und dabei ungemein unterschiedlich; besonders gut stand ihm ein bescheidenes, zurückhaltendes Lächeln, das um seine Lippen spielte, wenn er den Reden anderer lauschte. Er hörte den Sprechenden an, stimmte mit ihm völlig überein, verlor aber dennoch nicht das Gefühl seines eigenen Wertes, und es schien, als wolle er den anderen wissen lassen, daß auch er gelegentlich eine eigene Meinung äußern könne. Jermolai, der nicht allzu gebildet und schon gar nicht „subtil" war, wollte ihn anfangs duzen. Man mußte gesehen haben, mit welch spöttischem Lächeln Wladimir ihm mit „Sie" antwortete.

„Warum haben Sie sich das Tuch umgebunden?" fragte ich ihn. „Haben Sie Zahnschmerzen?"

„Nein", entgegnete er, „das ist die verhängnisvolle Folge einer Unvorsichtigkeit. Ich hatte einen Freund; er war ein guter Mensch, aber überhaupt kein Jäger, wie das so manchmal vorkommt. Eines schönen Tages nun sagte er zu mir: ‚Mein lieber Freund, nimm mich doch mit auf die Jagd; ich bin neugierig zu erfahren, worin dieses Vergnügen besteht.' Selbstverständlich wollte ich meinem Kameraden die Bitte nicht abschlagen; ich verschaffte ihm ein Gewehr und nahm ihn mit auf die Jagd. Wir jagten dann auch ganz ordentlich, und schließlich fiel es uns ein, Rast zu machen. Ich setzte mich unter einen Baum; er dagegen fing an, mit seinem Gewehr Griffe zu klopfen, wobei er auf mich zielte. Ich bat ihn aufzuhören, er jedoch, in seiner Unerfahrenheit, hörte nicht auf mich. Der Schuß krachte, und ich büßte das Kinn und den Zeigefinger der rechten Hand ein."

Wir hatten Lgow erreicht. Wladimir und Jermolai waren beide der festen Meinung, daß es unmöglich sei, ohne Kahn zu jagen.

„Sutschok hat einen Kahn", bemerkte Wladimir, „aber ich weiß nicht, wo er ihn versteckt hält. Wir müssen zu ihm gehen."

„Zu wem?“ fragte ich.

„Hier wohnt ein Mann mit dem Spitznamen Sutschok.“

Wladimir ging mit Jermolai zu Sutschok. Ich sagte ihnen, ich würde an der Kirche auf sie warten. Als ich mir die Gräber auf dem Friedhof betrachtete, stieß ich auf eine schwarz gewordene viereckige Urne mit folgenden Inschriften: Auf der einen Seite stand in lateinischen Buchstaben: „Ci-gît Théophile Henri, Vicomte de Blangy“; auf der anderen: „Unter diesem Steine liegt begraben der Leib des französischen Untertanen Grafen Blangy; geboren 1737, verstorben 1799, seine Lebenszeit war 62 Jahre“; auf der dritten: „Friede seiner Asche!“ und auf der vierten:

„Es ruhet unter diesem Stein ein Emigrant
Aus Frankreich, von Talent und angesehnem Stand.
Beweinend die erschlagnen Seinen, ging von dannen
Er aus der Heimat, die zertreten von Tyrannen.
Als die Gestade er erreicht' vom Reußenland,
In seinem Alter er ein gastlich Obdach fand.
Die Kinder lehrt' er, half den Eltern auch hienieden ...
Der höchste Richter gab ihm hier den ew'gen Frieden.“

Das Eintreffen Jermolais, Wladimirs und des Mannes mit dem seltsamen Spitznamen Sutschok unterbrach meine Betrachtungen.

Der barfüßige, abgerissene und zerzauste Sutschok machte den Eindruck eines aus dem Dienst entlassenen Leibeigenen aus dem Hofgesinde; er mochte sechzig Jahre alt sein.

„Hast du einen Kahn?“ fragte ich.

„Einen Kahn habe ich“, antwortete er mit dumpfer und brüchiger Stimme, „aber er ist sehr schlecht.“

„Wieso?“

„Er ist aus dem Leim gegangen; und aus den Löchern sind die Stopfen herausgefallen.“

„Das ist kein großes Unglück“, fiel Jermolai ein, „das kann man mit Werg abdichten.“

„Allerdings, das kann man“, bestätigte Sutschok.

„Wer bist du denn?“

„Der herrschaftliche Fischer.“

„Wie, du bist Fischer, und dein Kahn ist in einem so schlechten Zustand?“

„Ja, in unserem Fluß gibt es auch gar keine Fische.“

„Die Fische lieben das rostige Sumpfwasser nicht“, bemerkte mein Jäger wichtigtuerisch.

„Na, dann geh“, sagte ich zu Jermolai, „verschaffe dir Werg und richte uns den Kahn her, aber schnell.“

Jermolai ging.

„Und wenn wir nun untergehen?“ fragte ich Wladimir.

„Gott ist uns gnädig“, antwortete er. „Auf jeden Fall darf man annehmen, daß der Teich nicht tief ist.“

„Ja, er ist nicht tief“, bemerkte Sutschok, der irgendwie sonderbar sprach, gleichsam schlaftrunken, „und auf dem Grund sind Schlammpflanzen und Gras, er ist ganz mit Gras zugewuchert. Übrigens gibt es auch tiefe Stellen.“

„Aber wenn das Gras so dicht steht, dann wird man nicht rudern können“, warf Wladimir ein.

„Wer rudert denn auch mit so einem Kahn? Da muß man staken. Ich werde mit Ihnen fahren. Ich habe dort eine Stange, sonst geht es auch mit einer Schaufel.“

„Mit der Schaufel ist es unbequem, damit reicht man an manchen Stellen vielleicht nicht bis auf den Grund“, sagte Wladimir.

„Es ist wahr, das ist unbequem.“

In Erwartung Jermolais setzte ich mich auf ein Grab. Wladimir ging anstandshalber einige Schritte beiseite und setzte sich ebenfalls. Sutschok blieb an seinem Fleck stehen, ließ den Kopf hängen und faltete nach alter Gewohnheit die Hände auf dem Rücken.

„Sag mal, bitte“, begann ich, „bist du hier schon lange Fischer?“

„Das siebente Jahr“, entgegnete er, plötzlich auffahrend.

„Und was hast du vorher gemacht?“

„Vorher war ich Kutscher.“

„Wer hat dich denn als Kutscher abgesetzt?“

„Die neue Herrin.“

„Welche Herrin?“

„Die uns gekauft hat. Sie werden sie nicht kennen: Aljona Timofejewna, so eine Dicke ... nicht mehr jung.“

„Wie kam sie denn darauf, dich zum Fischer zu machen?“

„Gott mag es wissen. Sie kam von ihrem Stammgut zu uns, aus Tambow, ließ das ganze Gesinde antreten und kam dann zu uns heraus. Wir küßten ihr zuerst die Hand, da war sie ganz nett, nicht böse ... Aber dann fing sie an, uns der Reihe nach auszufragen: Womit sich ein jeder beschäftigte, welches Amt er hätte. Wie die Reihe an mich kam, fragte sie: ‚Was warst du?‘ Ich sagte: ‚Kutscher.‘ – ‚Kutscher? Nun, was bist du für ein Kutscher, sieh dich doch an: Was bist du für ein Kutscher? Du taugst nicht zum Kutscher; bei mir wirst du Fischer sein – und den Bart nimmst du dir ab. Für den Fall, daß ich herkomme, lieferst du Fisch für die herrschaftliche Tafel, hörst du?‘ Und seitdem zähle ich nun zu den Fischern. ‚Und paß auf, auch den Teich hältst du mir in Ordnung.‘ Aber wie soll ich den in Ordnung halten?“

„Wem habt ihr denn vorher gehört?“

„Sergej Sergejitsch Pechterew. Dem waren wir durch Erbschaft zugefallen. Er hat uns aber nicht lange besessen, nur sechs Jahre. Bei dem eben bin ich als Kutscher gefahren, aber nicht in der Stadt, dort hatte er andere, sondern auf dem Lande.“

„Du warst also von Jugend auf immer Kutscher?“

„Ach wo, immer Kutscher! Kutscher bin ich erst bei Sergej Sergejitsch geworden, früher war ich Koch, aber auch wieder nicht Koch in der Stadt, sondern so, auf dem Lande.“

„Bei wem warst du denn Koch?“

„Bei dem früheren Herrn, bei Afanassi Nefjodytsch, dem Onkel von Sergej Sergejitsch. Er hatte Lgow gekauft, Afanassi Nefjodytsch hatte es gekauft, und an Sergej Sergejitsch fiel die Besitzung durch Erbschaft.“

„Von wem hatte er es gekauft?“

„Von Tatjana Wassiljewna.“

„Von welcher Tatjana Wassiljewna?“

„Die im vorvorigen Jahr gestorben ist, bei Bolchow ... oder, nein, bei Karatschow, als alte Jungfer. Sie war nie verheiratet. Sie haben sie nicht gekannt? Wir kamen von ihrem Vater an sie, von Wassili Semjonytsch. Sie hat uns sehr lange besessen, an die zwanzig Jährchen.“

„Und bei ihr warst du also Koch?“

„Zuerst war ich wirklich Koch, aber dann machten sie mich zum Kaffeeschenk.“

„Zu was?“

„Zum Kaffeeschenk.“

„Was ist denn das für ein Amt?“

„Ich weiß nicht, Väterchen. Ich mußte am Büfett stehen und hieß Anton, nicht Kusma. So hatte es die Herrin befohlen.“

„Dein richtiger Name ist Kusma?“

„Ja, Kusma.“

„Und da warst du die ganze Zeit über Kaffeeschenk?“

„Nein, die ganze nicht, ich war auch Schauspieler.“

„Was du nicht sagst!“

„Freilich, war ich. Auf dem Keater hab ich gespielt. Unsere Herrin hatte bei sich ein Keater eingerichtet.“

„Was für Rollen hast du denn gespielt?"

„Wie belieben?"

„Was du beim Theater gemacht hast?"

„Das wissen Sie nicht? Da haben sie mich genommen und angeputzt, und dann ging ich angeputzt umher oder stand da oder saß, wie es gerade verlangt wurde. Sie sagten: ‚Hier, das mußt du sagen', und da habe ich es gesagt. Einmal habe ich einen Blinden dargestellt. Unter jedes Augenlid haben sie mir eine Erbse gesteckt. Ja, freilich!"

„Und was warst du danach?"

„Danach bin ich wieder Koch geworden."

„Weswegen hat man dich denn wieder zum Koch erniedrigt?"

„Mein Bruder war davongelaufen."

„Nun, und was warst du beim Vater deiner ersten Herrin?"

„Da hatte ich verschiedene Stellungen: Zuerst gehörte ich zu den Laufjungen, nachher war ich Vorreiter, dann Gärtner und dann auch Hundewärter."

„Aufseher über Jagdhunde? Und bist mit den Hunden auf die Jagd geritten?"

„Ich bin auch mit den Hunden ausgeritten, aber da bin ich zu Fall gekommen: Ich stürzte mit dem Pferd, und das Pferd verletzte sich. Der alte Herr war sehr streng. Er ließ mich auspeitschen und dann nach Moskau in die Lehre geben, zu einem Schuster."

„Wieso in die Lehre? Du bist doch nicht schon als Kind Hundeaufseher geworden?"

„Ja, da war ich schon etwas über zwanzig."

„Wie kann man denn mit zwanzig Jahren noch in die Lehre gehen?"

„Wahrscheinlich kann man es doch, wenn der Herr es befiehlt. Aber er ist zum Glück bald gestorben, und mich haben sie ins Dorf zurückgeholt."

„Wann hast du denn die Kochkunst erlernt?"

Sutschok hob sein abgezehrtes, gelbes Gesicht und grinste.

„Muß man das denn lernen? Die Weiber kochen ja auch!“

„Nun“, sagte ich, „da hast du ja allerhand durchgemacht in deinem Leben, Kusma! Was machst du denn jetzt als Fischer, wenn es bei euch gar keine Fische gibt?“

„Ich kann mich nicht beklagen, Väterchen. Gott sei Dank, daß sie mich zum Fischer gemacht haben. Einen andern, genauso einen Alten wie mich, Andrej Pupyr, den hat die Herrin in die Papierfabrik stecken lassen, in die Schöpfmühle. ‚Es ist eine Sünde‘, hat sie gesagt, ‚sein Brot umsonst zu essen.‘ Der Pupyr hat immer noch auf Gnade gehofft. Ein Großneffe von ihm sitzt im herrschaftlichen Kontor als Kontorist; der hatte ihm versprochen, der Herrin über ihn zu berichten, sie an ihn zu erinnern. Einen Dreck hat er sie erinnert! Und dabei hat Pupyr seinen Neffen vor meinen Augen kniefällig angefleht.“

„Hast du Familie? Warst du verheiratet?“

„Nein, Väterchen. Die verstorbene Tatjana Wasiljewna – das Himmelreich sei ihr beschieden! – erlaubte keinem zu heiraten. Gott bewahre! Sie sagte immer: ‚Ich lebe ja auch so, als Jungfer; was ist das für eine Albernheit! Wozu brauchen sie das?“

„Wovon lebst du jetzt eigentlich? Bekommst du einen Lohn?“

„Ach wo, Väterchen, Lohn! Das Essen bekommen wir – und dem Herrgott sei's gedankt! Ich bin sehr zufrieden. Gott schenke unserer gnädigen Frau ein langes Leben!“

Jermolai kehrte zurück.

„Der Kahn ist hergerichtet“, sagte er rauh, „hol deine Stange, du!“

Sutschok lief nach der Stange.

Während ich mich mit dem armen Alten unterhielt, hatte der Jäger Wladimir ihn mit einem verächtlichen Lächeln betrachtet.

„Ein dummer Mensch", sagte er, als Sutschok gegangen war, „ein völlig ungebildeter Mensch, ein Bauer, weiter nichts. Man kann ihn nicht einmal zum Hofgesinde rechnen, und dabei prahlt er noch. Wo will er schon Schauspieler gewesen sein, belieben Sie selbst zu urteilen! Umsonst haben Sie sich die Mühe gemacht und sich mit ihm unterhalten!"

Eine Viertelstunde darauf saßen wir bereits in Sutschoks Kahn. Die Hunde hatten wir unter der Aufsicht des Kutschers Jegudiil in der Hütte zurückgelassen. Es war nicht sehr bequem für uns, aber Jäger sind nicht anspruchsvoll. An dem stumpfen hinteren Ende stand Sutschok und stakte; ich saß mit Wladimir auf der Querbank des Kahnes; Jermolai hatte ganz vorn, am Bug, Platz gefunden. Trotz des Wergs zeigte sich bald Wasser unter unseren Füßen. Zum Glück war das Wetter still, und der Teich schien eingeschlafen.

Wir kamen ziemlich langsam voran. Der Alte zog nur mit Mühe seine lange Stange, die ganz mit den grünen Ranken der Wasserpflanzen umwickelt war, aus dem zähen Schlammgrund; auch die dicht nebeneinander liegenden runden Blätter der Seerosen hemmten das Vorwärtskommen unseres Kahnes. Endlich hatten wir das Schilfdickicht erreicht, und nun ging es los. Die Enten stiegen geräuschvoll auf und strichen vom Teich ab, durch unser unerwartetes Erscheinen in ihrem Reich aufgeschreckt; fast gleichzeitig krachten unsere Schüsse, und es war eine Lust zu sehen, wie sich die kurzschwänzigen Vögel in der Luft überschlugen und schwer auf das Wasser niederklatschten. Alle getroffenen Enten konnten wir allerdings nicht erlangen; die leicht angeschossenen tauchten unter; andere, die tödlich getroffen waren, fielen in so dichten Maier, daß selbst die Luchsaugen Jermolais sie nicht zu entdecken vermochten; dennoch war unser Kahn zu Mittag bis an den Rand mit Wildbret gefüllt.

Wladimir schoß zur großen Genugtuung Jermolais gar nicht gut und wunderte sich nach jedem erfolglosen Schuß, untersuchte sein Gewehr und blies den Lauf durch, tat, als verstehe er das nicht, und setzte uns schließlich die Ursache auseinander, weshalb er fehlgeschossen habe. Jermolai schoß wie immer mit überlegener Sicherheit und ich ziemlich schlecht, wie gewöhnlich. Sutschok sah uns mit den Augen eines Menschen zu, der von Jugend auf im Herrendienst gestanden hat; er rief bisweilen: „Da, da ist noch eine Ente!" und kraulte sich in einem fort den Rücken, aber nicht mit den Händen, sondern indem er die Schultern in Bewegung setzte. Das Wetter war herrlich; weiße runde Wolken zogen hoch und still über uns dahin und spiegelten sich hell im Wasser, das Schilf raschelte ringsumher, und der Teich funkelte an manchen Stellen in der Sonne wie Stahl.

Wir wollten gerade ins Dorf zurückkehren, als uns etwas recht Unangenehmes zustieß. Wir hatten schon lange bemerkt, daß sich in unserem Kahn immer mehr Wasser ansammelte. Wladimir war beauftragt worden, es mittels einer Schöpfkelle, die mein umsichtiger Jäger für alle Fälle einer unachtsamen Bäuerin entführt hatte, wieder hinauszubefördern. Solange Wladimir seine Pflicht nicht vergaß, ging auch alles gut. Aber gegen Ende der Jagd erhoben sich die Enten, wie zum Abschied, in solchen Schwärmen, daß wir kaum Zeit fanden, die Gewehre zu laden. In der Hitze der Schießerei hatten wir nicht auf den Zustand unseres Kahnes geachtet, und plötzlich, durch eine heftige Bewegung Jermolais – er mühte sich, eine erlegte Ente zu packen, und beugte sich mit dem ganzen Oberkörper über den Rand des Kahnes –, neigte sich unser gebrechliches

Fahrzeug zur Seite, lief voll Wasser und sank feierlich auf den Grund, zum Glück an keiner tiefen Stelle. Wir schrien auf, aber es war schon zu spät: Einen Augenblick danach standen wir bis an den Hals im Wasser, umringt von den wieder aufgetauchten Körpern der toten Enten. Heute kann ich mich nicht ohne Lachen an die erschrockenen, bleichen Gesichter meiner Jagdgefährten erinnern – wahrscheinlich hat sich auch mein Gesicht damals nicht durch besondere Röte ausgezeichnet –, aber in jener Minute, ich gestehe es, kam es mir nicht in den Sinn zu lachen. Jeder von uns hielt sein Gewehr über den Kopf, und Sutschok, wohl aus alter Gewohnheit, sich nach seinen Herren zu richten, hob seine Stange hoch. Als erster brach Jermolai das Schweigen.

„Pfui Teufel!" brummte er und spuckte ins Wasser. „So eine Geschichte! Und alles wegen dir, du alter Satan!" fügte er wütend hinzu, sich an Sutschok wendend. „Was hast du bloß für einen Kahn!"

„Verzeihung", stammelte der Alte.

„Und du bist auch gut", fuhr mein Jäger fort und wandte den Kopf zu Wladimir. „Warum gaffst du umher? Warum hast du nicht geschöpft? Du, du, du ..."

Aber Wladimir war gar nicht mehr nach einer Erwiderung zumute, er zitterte wie Espenlaub, seine Zähne klapperten, und er lächelte völlig sinnlos. Wo war seine Beredsamkeit hin, sein Gefühl für feines Benehmen und für den eigenen Wert!

Der verwünschte Kahn schaukelte leicht unter unseren Füßen. Im Augenblick des Schiffbruchs war uns das Wasser außerordentlich kalt vorgekommen, aber wir hatten uns bald daran gewöhnt. Als der erste Schreck vorbei war, blickte ich um mich. Ringsum, zehn Schritt von uns entfernt, stand Schilfrohr; weit dahinter war über den Schilfspitzen das Ufer zu sehen. Das ist schlecht! dachte ich.

„Was wollen wir machen?“ fragte ich Jermolai.

„Werden mal sehen – übernachten können wir hier nicht“, sagte er. „He, du, halte mein Gewehr“, sagte er zu Wladimir.

Wladimir gehorchte ohne Widerspruch.

„Ich gehe eine Furt suchen“, fuhr Jermolai fort, mit einer Zuversicht, als müsse in jedem Teich unbedingt eine Furt vorhanden sein. Er nahm Sutschoks Stange und bewegte sich aufs Ufer zu, wobei er vorsichtig den Grund abstocherte.

„Kannst du überhaupt schwimmen?“ fragte ich ihn.

„Nein, kann ich nicht“, erscholl seine Stimme aus dem Schilf heraus.

„Nun, dann ertrinkt er“, meinte gleichmütig Sutschok, den auch zuvor nicht die Gefahr erschreckt hatte, sondern unser Zorn, und der jetzt, völlig gelassen, nur dann und wann schnaufte und anscheinend durchaus nicht das Bedürfnis verspürte, seine Lage zu verändern.

„Und ohne jeden Nutzen wird er umkommen“, fügte Wladimir wehleidig hinzu.

Jermolai blieb länger als eine Stunde fort. Diese Stunde kam uns wie eine Ewigkeit vor. Anfangs riefen wir einander noch häufig zu, dann antwortete er immer seltener auf unsere Zurufe, und schließlich verstummte er ganz. Im Dorf wurde zur Vesper geläutet. Wir sprachen nicht miteinander, wir vermieden es sogar, einander anzusehen. Enten schwirrten über unsere Köpfe hinweg; manche wollten schon neben uns auf das Wasser niedergehen, stiegen aber jäh wieder auf und flogen mit Geschrei davon. Wir erstarrten allmählich vor Kälte. Sutschok blinzelte stumpfsinnig, als wolle er einschlafen.

Zu unserer unbeschreiblichen Freude kehrte Jermolai endlich zurück.

„Nun, wie ist es?“

„Ich war am Ufer und habe eine Furt gefunden. Gehen wir los!"

Wir wollten uns sofort aufmachen, aber er holte erst unter Wasser einen Strick aus der Tasche und band die erlegten Enten mit den Pfoten daran; dann nahm er die beiden Enden des Stricks zwischen die Zähne und schob sich langsam vorwärts, Wladimir hinter ihm her und ich hinter Wladimir. Sutschok beschloß den Zug. Bis zum Ufer waren es ungefähr zweihundert Schritt. Jermolai schritt kühn und unbeirrt voran – so gut hatte er sich den Weg gemerkt –, nur bisweilen rief er: „Mehr links! Rechts ist hier eine tiefe Stelle!" Oder: „Mehr rechts! Links sinkt man ein." Manchmal reichte uns das Wasser bis an den Hals, und zweimal schlug über dem armen Sutschok das Wasser zusammen, denn er war der Kleinste von uns, und es stiegen Blasen auf.

„Na, na, na!" herrschte ihn Jermolai an, und Sutschok paddelte, strampelte mit den Beinen, schnellte sich vorwärts und gelangte schließlich auf diese Art an eine seichtere Stelle, aber selbst in der äußersten Not wagte er nicht, nach den Schößen meines Überrocks zu greifen. Erschöpft, schmutzig und durchnäßt erreichten wir endlich das Ufer.

Zwei Stunden später saßen wir schon alle getrocknet, soweit das möglich war, in einem großen Heuschuppen und schickten uns an, Abendbrot zu essen. Der Kutscher Jegudiil, ein äußerst langsamer und schwerfälliger, nachdenklicher und verschlafener Mensch, stand am Tor und bot Sutschok ständig Tabak an. (Ich habe bemerkt, daß sich die Kutscher in Rußland sehr schnell miteinander befreunden.) Sutschok schnupfte, bis ihm übel wurde: Er spuckte, er hustete und empfand dabei augenscheinlich ein großes Wohlbehagen. Wladimir hatte eine schmachtende Miene aufgesetzt und den Kopf auf die Seite gelegt, er sprach wenig. Jermolai putzte unsere Flinten. Die Hunde wedelten übertrieben schnell mit den Schwänzen in Erwartung ihres Haferbreies; unter dem Vordach stampften und wieherten die Pferde.

Die Sonne ging unter; ihre letzten Strahlen breiteten sich zu purpurroten Streifen aus; goldene Wölkchen überzogen den Himmel und wurden immer feiner und zarter – wie eine auslaufende, verebbende Welle … Im Dorf erklangen Lieder.

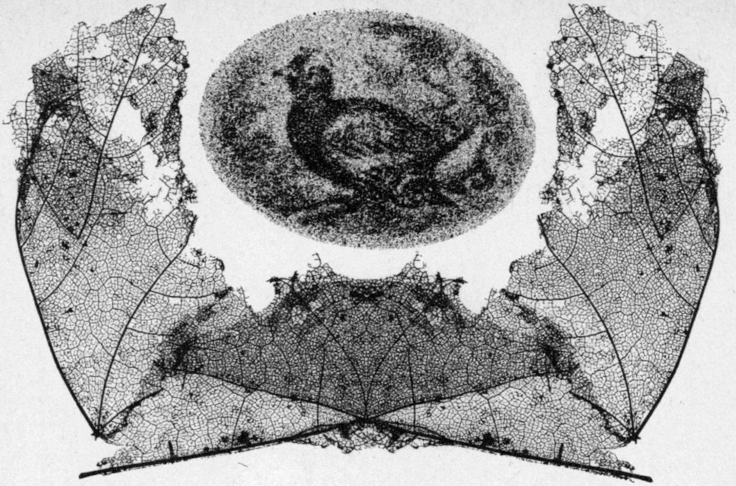

# DIE BESHINWIESE

Es war ein herrlicher Julitag, einer von jenen Tagen, die sich nur einstellen, wenn das Wetter lange Zeit beständig gewesen ist. Vom frühesten Morgen an ist der Himmel klar; die Morgenröte flammt nicht wie ein Brand auf, sie breitet sich als sanftes Rosenrot aus. Die Sonne – nicht feurig, nicht glühend wie zur Zeit schwüler Trockenheit, nicht glanzlos purpurn wie vor einem Unwetter, sondern hell und freundlich scheinend – kommt friedlich unter einer schmalen, langen Wolke hervor, erstrahlt in frischem Glanz und taucht wieder in einen lilafarbenen Wolkenschleier. Der schmale obere Saum der langgestreckten Wolke, der sich wie eine Schlange dahinwindet, funkelt und glänzt wie geschmiedetes Silber. Doch schon brechen wieder die spielenden Strahlen hervor, und heiter und erhaben, gleichsam emporschwebend, steigt das mächtige Gestirn auf. Um die Mittagszeit zeigt sich gewöhnlich eine Menge runder hoher Wölkchen, golden-grau mit zarten weißen Rändern. Gleich Inseln, die über einen endlos dahinflutenden Strom verstreut sind, der sie mit durchsichtigen Armen von gleichmäßigem Blau umschlingt, bewegen sie sich kaum von der Stelle; zum Horizont hin rücken sie näher aneinander, drängen sich zusammen; zwischen ihnen ist kein Blau mehr zu sehen, aber sie sind nun selbst, ganz mit Licht und Wärme durchtränkt, so azurblau wie der Himmel. Die Farbe des Himmelsrandes, zart und blaßlila, verändert sich während des ganzen Tages überhaupt nicht und ist überall gleich; nirgendwo wird sie dunkler, nirgends braut sich ein Gewitter zusammen; vielleicht ziehen sich hier und da bläuliche Streifen von oben nach unten – dann geht dort ein kaum bemerkbarer Regen nieder. Gegen Abend verschwinden diese Wölkchen; die letzten von ihnen, schwärzlich und unbestimmt wie Rauch, liegen als rosige Ballen der untergehenden Sonne gegenüber; an der Stelle, wo sie ebenso still versunken ist, wie sie am Himmel aufgestiegen war, steht noch kurze Zeit ein scharlachrotes Leuchten über der verdunkelten Erde, und still flimmernd, wie eine behutsam getragene Kerze, glimmt darüber der Abendstern auf. An solchen Tagen sind alle Farben gemildert; sie sind hell, aber nicht grell; über allem liegt der Hauch einer zu Herzen gehenden Sanftmut. An solchen Tagen kann die Hitze bisweilen sehr groß sein, manchmal brütet sie geradezu über den Hängen der Felder, aber der Wind vertreibt die angesammelte Sonnenglut, und Wirbelwinde, das untrügliche Anzeichen beständigen Wetters, ziehen als hohe weiße Säulen die Feldwege entlang. Die trockene, reine Luft riecht nach Wermut, gemähtem Roggen und Buchweizen; sogar kurz bevor die Nacht anbricht, ist keine Feuchtigkeit zu spüren. Solches Wetter wünscht sich der Landwirt zur Getreideernte.

An ebenso einem Tag war ich einmal im Gouvernement Tula, im Tschernsker Kreis, auf der Birkhuhnjagd.

Ich hatte ziemlich viel Wildbret aufgestöbert und geschossen; die volle Jagdtasche schnitt mir unbarmherzig in die Schulter. Das Abendrot erlosch bereits, und in der noch hellen, jedoch nicht mehr von den Strahlen der untergegangenen Sonne erleuchteten Luft begannen sich schon kalte Schatten zu verdichten und auszubreiten, als ich mich endlich entschloß, den Heimweg anzutreten. Mit schnellen Schritten durchquerte ich einen langen Buschwald, erstieg einen Hügel und erblickte anstatt der erwarteten bekannten Ebene mit dem Eichenwäldchen rechts und der niedrigen weißen Kirche in der Ferne eine ganz andere, mir völlig unbekannte Gegend. Zu meinen Füßen zog sich ein schmales Tal hin; mir gegenüber ragte wie eine steile Wand dichter Espenwald auf. Ich blieb überrascht stehen und schaute mich um. Nanu, dachte ich, da bin ich ja ganz woanders hingeraten, ich habe mich zu weit rechts gehalten. Ich wunderte mich über meinen Irrtum und stieg eilig den Hügel hinunter. Sogleich umgab mich eine unangenehme regungslose Feuchtigkeit, als wäre ich in einen Keller getreten. Das dichte hohe Gras auf der Talsohle war ganz naß und schimmerte weiß wie ein Tischtuch; es war mir etwas unbehaglich, da hindurchzugehen. Ich strebte, so schnell ich konnte, auf die andere Seite und schritt, mich links haltend, längs des Espenwaldes dahin. Fledermäuse huschten schon über seine schlafenden Wipfel; geheimnisvoll kreisten und zitterten sie am dunkelnden Abendhimmel; geschwind und pfeilgerade flog hoch oben ein verspäteter Habicht vorüber, seinem Horst zueilend. Wenn ich erst jene Ecke dort erreicht habe, dachte ich bei mir, werde ich auch die Landstraße sehen, ich haben einen Umweg von ungefähr einer Werst gemacht!

Ich gelangte endlich an die Waldecke, aber da war keine Landstraße; niedriges Gebüsch breitete sich vor mir aus und weit, weit dahinter kahles Feld. Ich blieb wieder stehen. Was soll das heißen? Wo bin ich denn nur? Ich rief mir ins Gedächtnis zurück, wie und wohin ich im Laufe des Tages gegangen war.

„Aha, das sind die Gebüsche von Parachino!" rief ich. „Richtig! Und das dort muß der Sindejewer Hain sein. Aber wie bin ich bloß hierhergeraten? So weit ab! Sonderbar! Jetzt muß ich mich wieder rechts halten."

Ich bog nach rechts ab, ging durch die Büsche. Die Nacht kam immer näher und wuchs wie eine Gewitterwand; die Dunkelheit schien mit den Abendnebeln zusammen von überallher aufzusteigen und sogar aus der Höhe herniederzusinken. Ich stieß auf einen kaum begangenen, verwachsenen Pfad; ich schlug ihn ein und blickte aufmerksam geradeaus. Ringsum wurde es immer schwärzer und stiller, nur die Wachteln riefen dann und wann. Ein kleiner Nachtvogel, der mit seinen weichen Schwingen lautlos und niedrig dahinglitt, prallte beinahe gegen mich und tauchte erschreckt seitwärts unter. Ich erreichte den Rand des Buchenwaldes und ging auf einem Rain über das Feld. Nur mit Mühe unterschied ich noch entferntere Gegenstände; undeutlich schimmerte das Feld um mich herum; dahinter stieg als ungeheure geballte Masse die düstere Finsternis auf und rückte mit jedem Augenblick näher. Dumpf hallten meine Schritte in der erstarrenden Luft. Der erblaßte Himmel wurde wieder blau, aber es war nun das dunkle Blau der Nacht. Die Sterne flimmerten darin auf und schienen sich zu bewegen.

Was ich für einen Hain gehalten hatte, erwies sich als eine dunkle runde Kuppe. „Wo bin ich bloß?" wiederholte ich laut, blieb zum dritten Mal stehen und sah fragend meinen gelbgefleckten englischen Hund Diana an, der entschieden das gescheiteste Geschöpf unter allen Vierbeinern war. Aber dieser gescheiteste aller Vierbeiner wedelte nur mit dem Schwanz und blinzelte traurig mit den müden Augen, ohne mir einen nützlichen

Rat zu geben. Ich schämte mich vor ihm und strebte nunmehr verzweifelt vorwärts, als wäre mir plötzlich klargeworden, wohin ich gehen müsse; ich umging die Kuppe und geriet in eine nicht sehr tiefe, ringsum aufgepflügte Talsenke. Sogleich überkam mich ein sonderbares Gefühl. Die Senke sah wie ein nahezu runder Kessel mit schrägen Seitenwänden aus; auf ihrem Grunde ragten mehrere große, aufrecht stehende Steine empor – es schien, als wären sie zu einer geheimen Beratung dort hinuntergekrochen. Es war so still und finster in dieser Talsenke, so flach, so trostlos hing der Himmel darüber, daß sich mir das Herz zusammenzog. Irgendein Tierchen piepste schwach und kläglich zwischen den Steinen. Ich kehrte eilends um und wandte mich der Kuppe zu. Bis jetzt hatte ich noch nicht die Hoffnung verloren, nach Hause zurückzufinden, aber nun gelangte ich zu der Überzeugung, daß ich mich völlig verirrt hatte. Ich bemühte mich gar nicht mehr, die umliegende Gegend wiederzuerkennen, die fast ganz im Dunkel versunken war, sondern ging auf gut Glück geradeaus weiter, den Sternen nach.

Ungefähr eine halbe Stunde ging ich so und setzte dabei nur mit Mühe einen Fuß vor den andern. Ich hatte das Gefühl, als sei ich noch nie in meinem Leben in einer so verlassenen Gegend gewesen: Nirgendwo schimmerte ein Licht, nirgends hörte man einen Laut. Ein Hügel folgte dem andern, endlos reihte sich Feld an Feld, und die Büsche schienen unmittelbar vor meiner Nase aus der Erde emporzuwachsen. Ich lief und lief und war schon drauf und dran, mich bis zum Morgen irgendwo hinzulegen, als ich plötzlich vor einem jähen Abgrund stand.

Schnell zog ich den schon erhobenen Fuß zurück und gewahrte in der fast undurchdringlichen Finsternis der Nacht weit unter mir eine ungeheure Ebene. Ein breiter Fluß umströmte sie in einem zu mir hin offenen Halb-

kreis; das stählerne Blinken des Wassers, das zuweilen aufglitzerte, bezeichnete seinen Lauf. Der Hügel, auf dem ich stand, endete mit einer fast senkrechten Steilwand; seine mächtigen Umrisse zeichneten sich in der tiefblauen Leere schwärzlich ab; gerade unter mir aber, in dem Winkel, den die Steilwand mit der Ebene bildete, ganz nah am Fluß, der an dieser Stelle unbeweglich wie ein dunkler Spiegel dalag, unmittelbar am Hang, brannten und qualmten dicht beieinander zwei rote Feuerchen. Um sie herum bewegten sich Menschen, schwankten Schatten; ab und zu leuchtete die vordere Hälfte eines kleinen Lockenkopfes hell auf.

Endlich wurde mir klar, wohin ich geraten war. Diese Wiese ist in unserer Gegend unter dem Namen Beshinwiese bekannt. Nach Hause zurückzukehren, das war jedoch ganz unmöglich, besonders zur Nachtzeit; vor Müdigkeit knickten mir schon die Beine ein. Ich beschloß, zu den Feuern hinunterzugehen und in Gesellschaft jener Leute, die ich für Viehhändler hielt, das Morgenrot abzuwarten. Ich gelangte glücklich hinab, hatte aber noch nicht den letzten Zweig, den ich ergriffen hatte, losgelassen, als mir plötzlich zwei große weiße, zottige Hunde mit wütendem Gebell entgegenstürzten. Helle Kinderstimmen erschollen um die Feuer, und zwei, drei Jungen erhoben sich schnell vom Erdboden. Ich antwortete auf ihre fragenden Rufe. Sie kamen auf mich zugelaufen, riefen sofort die Hunde zurück, die besonders das Erscheinen meiner Diana aufgeregt hatte, und ich näherte mich ihnen.

Ich hatte mich geirrt, als ich die Menschen, die um die Feuer saßen, für Viehhändler hielt. Es waren einfach Bauernkinder aus einem nahen Dorf, die eine Pferdeherde hüteten. In der heißen Sommerszeit werden bei uns die Pferde über Nacht zur Weide aufs freie Feld getrieben, am Tage würden ihnen die Fliegen und Bremsen keine Ruhe lassen. Die Herde am Abend hinaus- und beim Morgenrot wieder heimzutreiben ist für die Bauernjungen ein großes Fest. Ohne Mützen und in alten Halbpelzen sitzen sie auf den muntersten Kleppern, jagen mit fröhlichem Geschrei und Gejohle dahin, schlenkern mit Armen und Beinen, lassen sich hochschnellen und lachen schallend. Eine feine gelbe Staubwolke steigt auf und zieht über die Landstraße hin; weit hallt das Getrappel der vielen Hufe – die Pferde laufen und spitzen die Ohren, und allen voran galoppiert mit erhobenem Schweif und in ständig wechselnder Gangart ein struppiger Fuchs mit Kletten in der zerzausten Mähne.

Ich sagte den Jungen, daß ich mich verirrt hätte, und setzte mich zu ihnen. Sie fragten mich, woher ich sei, verstummten dann und rückten zur Seite. Wir sprachen ein wenig miteinander. Ich legte mich unter einen abgeweideten Strauch und blickte um mich. Mir bot sich ein wundervolles Bild: Um die Feuer zitterte wie ersterbend und sich gegen das Dunkel wehrend ein runder rötlicher Widerschein; eine auflodernde Flamme leuchtete bisweilen für einen Augenblick über die Grenze jenes Kreises hinaus; eine schmale Lichtzunge leckte an den kahlen Zweigen des Weidengebüschs und verschwand sofort wieder; spitze, lange Schatten brachen für Augenblicke herein und schoben sich bis dicht an das Feuer heran – die Finsternis kämpfte mit dem Licht. Manchmal, wenn die Flammen schwächer brannten und der Lichtkreis sich verengte, tauchte plötzlich aus der herandrängenden Dunkelheit ein Pferdekopf auf, braun mit geflammter Blesse oder ganz weiß, sah uns aufmerksam und doch stumpfsinnig an und mahlte dabei eifrig das lange Gras; dann senkte er sich wieder und war sogleich verschwunden. Man hörte nur, wie er weiterkaute und schnaubte. Von einer beleuchteten Stelle aus kann man schwer erkennen, was in der Dunkelheit vorgeht, und darum schien alles, was sich in nächster Nähe befand, mit einem beinahe schwarzen Vorhang verhängt; weiter zum Horizont hin zeichneten sich indessen als langgestreckte Flecken undeutlich Hügel und Wälder ab. Der dunkle, klare Himmel stand in all seiner geheimnisvollen Pracht feierlich und unermeßlich hoch über uns. Ein wundersames Gefühl beengte die Brust, die jenen eigentümlichen, ermüdenden und doch frischen Duft in sich einsog – den Duft einer russischen Sommernacht. Ringsum war fast kein Geräusch zu hören ... Nur hin und wieder plätscherte laut ein großer Fisch im nahen Fluß und raschelte leicht das Schilf am Ufer, wenn es unter einer heranlaufenden Welle sacht schwankte. Allein das leise Knistern der Feuer unterbrach ständig die Stille.

Die Jungen saßen im Kreis um die Feuer herum, und neben ihnen hockten auch die beiden Hunde, die so große Lust verspürt hatten, mich zu fressen. Sie konnten sich noch lange nicht über meine Anwesenheit beruhigen und knurrten zuweilen, schläfrig blinzelnd und ins Feuer schielend, im außerordentlichen Bewußtsein ihrer eigenen Würde; erst knurrten sie, dann winselten sie nur noch leise, als bedauerten sie die Unmöglichkeit, sich ihren Wunsch zu erfüllen. Im ganzen waren es fünf Jungen: Fedja, Pawluscha, Iljuscha, Kostja und Wanja. Aus ihren Gesprächen hatte ich ihre Namen erfahren und möchte nun den Leser mit ihnen bekannt machen.

Dem ältesten von ihnen, Fedja, konnte man vierzehn Jahre geben. Es war ein schlanker Junge mit hübschen, feinen, ein wenig zu zarten Gesichtszügen, lockigem Blondhaar, hellen Augen und mit einem ständigen halb fröhlichen, halb zerstreuten Lächeln. Er gehörte allem Anschein nach einer reichen Familie an und war nicht aufs Feld geritten, weil er mußte, sondern nur so, zu seinem Vergnügen. Er trug ein buntes Baumwollhemd mit gelben Säumen; der an sich nicht große Bauernrock, den er sich übergeworfen hatte, hielt sich kaum auf seinen schmalen Schultern; an dem blauen Gürtel hing ein Kamm. Die Stiefel mit den niedrigen Schäften waren wirklich seine Stiefel, nicht die seines Vaters.

Der zweite Junge, Pawluscha, hatte struwweliges schwarzes Haar, graue Augen und breite Backenknochen; sein Gesicht war blaß und blatternarbig, der Mund groß, aber regelmäßig, der ganze Kopf viel zu massig – wie ein Bierkessel, pflegt man zu sagen –, sein Körper untersetzt und plump. Der Junge war häßlich, gewiß, und trotzdem gefiel er mir. Er blickte sehr klug und offen drein, und aus seiner Stimme sprach Kraft. Mit seiner Kleidung konnte er keinen Staat machen, sie bestand nur aus einem schlichten Hanfhemd und geflickten Hosen.

Das Gesicht des dritten, Iljuschas, war ziemlich nichtssagend; hakennasig, langgezogen und kurzsichtig, drückte es eine stumpfe, krankhafte Besorgtheit aus; seine zusammengepreßten Lippen bewegten sich nicht, die gerunzelten Augenbrauen glätteten sich nicht – es sah aus, als kneife er fortwährend des Feuers wegen die Lider zusammen. Seine gelben, fast weißen Haare standen in spitzen Strähnen unter einem flachen Filzkäppchen hervor, das er sich mit beiden Händen immer wieder auf die Ohren drückte. Er trug neue Bastschuhe und Fußlappen; ein dicker Strick, der dreimal um seinen Leib geschlungen war, hielt seinen sauberen schwarzen Kittel sorgfältig zusammen. Er war, wie auch Pawluscha, dem Aussehen nach nicht älter als zwölf Jahre.

Der vierte, Kostja, ein Junge von etwa zehn Jahren, erregte meine Neugier durch seinen nachdenklichen und traurigen Blick. Sein Gesicht war klein, mager und voller Sommersprossen, nach unten lief es spitz zu wie bei einem Eichhörnchen; seine Lippen waren kaum zu erkennen; einen seltsamen Eindruck machten jedoch seine großen schwarzen, in mattem Glanz leuchtenden Augen; sie schienen etwas ausdrücken zu wollen, wofür die Sprache – oder wenigstens seine Sprache – keine Worte hatte. Er war klein von Wuchs, dazu von schwächlichem Körperbau und ziemlich ärmlich gekleidet. Den letzten, Wanja, hatte ich zunächst gar nicht bemerkt; er lag auf der Erde, friedlich unter eine steife Bastmatte gekuschelt, und streckte nur dann und wann seinen hellbraunen Lockenkopf darunter hervor. Dieser Junge war nicht älter als sieben Jahre.

Ich lag also etwas abseits unter dem Strauch und betrachtete mir die Jungen. In einem kleinen Kessel, der über einem der Feuer hing, kochten Kartoffeln. Pawluscha gab auf sie acht und stach kniend mit einem Span in das aufwallende Wasser. Fedja lag, auf einen Ellbogen gestützt, da und hatte die Schöße seines Bauernrockes ausgebreitet. Iljuscha saß neben Kostja und blinzelte fortwährend angestrengt. Kostja hielt den Kopf ein wenig gesenkt und blickte in die Ferne. Wanja rührte sich nicht unter seiner Matte. Ich stellte mich schlafend. Allmählich begannen sich die Jungen wieder zu unterhalten. Anfangs plauderten sie von diesem und jenem, von den Arbeiten des morgigen Tages, von den Pferden; doch plötzlich wandte sich Fedja an Iljuscha, und als nehme er ein unterbrochenes Gespräch wieder auf, fragte er ihn: „Nun, wie war das, du hast also den Hausgeist gesehen?"

„Nein, gesehen habe ich ihn nicht, man kann ihn ja nicht sehen", antwortete Iljuscha mit einer heiseren, schwachen Stimme, deren Klang mit seinem Gesichtsausdruck wunderbar übereinstimmte, „aber gehört habe ich ihn – und nicht nur ich allein."

„Wo erscheint er denn bei euch?" fragte Pawluscha.

„In der alten Lumpenmühle*."

* Lumpenmühle und Schöpfmühle nennt man in den Papierfabriken das Gebäude, in dem aus großen Bottichen die Papiermasse geschöpft wird. Es befindet sich unmittelbar am Wehr, unter dem Mühlrad. (Fußnote vom Verfasser)

„Geht ihr etwa in die Fabrik?"

„Freilich gehen wir. Mein Bruder Awdjuschka und ich, wir arbeiten als Papierglätter."

„Sieh mal an – Fabrikarbeiter!"

„Na, und wie hast du ihn denn gehört?" fragte Fedja.

„Das kam so. Ich mußte mit meinem Bruder Awdjuschka und mit Fjodor Michejewski und mit Iwaschka Kossoi und mit dem anderen Iwaschka, dem von den Roten Hügeln, und dann noch mit Iwaschka Suchorukow, und es waren auch noch andere Jungen dort, im ganzen waren wir ungefähr zehn Mann, eben die ganze Schicht, wir mußten also in der Lumpenmühle übernachten, das heißt, nicht so, daß wir unbedingt mußten, aber Nasarow, der Aufseher, hatte uns nicht gehen lassen, er sagte: ‚Wozu wollt ihr erst nach Hause gehen, Kinder; morgen gibt's viel Arbeit, darum geht nur nicht erst nach Hause, Kinder.' Wir blieben also da und lagen alle beisammen, und auf einmal fing Awdjuschka an und sagte: ‚Wenn aber nun der Hausgeist kommt, Jungens?' Und er hatte kaum ausgesprochen, der Awdej, da fing es über unseren Köpfen an zu trapsen; wir lagen unten, und oben, beim Rad, da trapste einer. Wir hören richtig, wie er geht, wie sich die Dielenbretter unter ihm biegen, wie sie knarren; jetzt ist er über unsere Köpfe hinweggegangen. Auf einmal rauscht das Wasser übers Rad, rauscht und rauscht; das Rad fängt an zu klappern und sich zu drehen; die Staubretter am Wasserschloß* waren aber heruntergelassen. Wir wunderten uns: Wer hat sie denn hochgezogen, daß das Wasser laufen kann? Aber das Rad drehte sich und drehte sich, und dann stand es. Der dort oben ging wieder zur Tür. Dann fing er an, die Stiege hinunter-

* Wasserschloß wird bei uns die Stelle genannt, an der das Wasser auf das Rad läuft. (Fußnote vom Verfasser)

zusteigen, und er stieg so hinunter, als ob er sich gar nicht beeilte, die Stufen ächzten sogar unter ihm. Na, und dann kam er an unsere Tür und wartete, wartete ... Und mit einemmal flog die Tür ganz weit auf. Wir fuhren zusammen, guckten – nichts. Aber plötzlich, hast du nicht gesehen, bewegt sich an dem einen Bottich das Schöpfsieb, hebt sich, taucht ein und bewegt sich, bewegt sich so durch die Luft, als ob es jemand schwinge, dann fällt es wieder auf seinen alten Platz zurück. Danach wird an einem anderen Bottich eine Haspe herausgerissen und wieder hineingesteckt; dann war es, als ginge jemand zur Tür, und plötzlich klang es, als huste oder räuspere sich einer, aber ganz laut, als ob ein Schaf blökte.

Wir hatten uns alle zu einem Haufen zusammengedrängt und krochen einer unter den andern ... Wie waren wir damals erschrocken!"

„So was!" sagte Pawel. „Weshalb hat er denn gehustet?"

„Weiß nicht; vielleicht wegen der Feuchtigkeit."

Alle schwiegen.

„Sag mal", fragte Fedja, „sind die Kartoffeln gar?"

Pawluscha befühlte sie.

„Nein, sie sind noch roh ... Horch, da hat etwas geplätschert", setzte er hinzu und wandte das Gesicht zum Fluß hin, „wahrscheinlich ein Hecht ... Dort ist eine Sternschnuppe gefallen."

„Nein, ich werde euch etwas erzählen, Jungens", fing Kostja mit seiner dünnen Stimme an, „hört mal zu, was mein Vater dieser Tage erzählt hat, als ich dabei war."

„Nun, wir hören schon", sagte Fedja mit Gönnermiene.

„Ihr kennt doch Gawrila, den Dorfzimmermann?"

„Na ja, kennen wir."

„Aber wißt ihr auch, warum er immer so mürrisch und

so schweigsam ist, wißt ihr das? Darum ist er nämlich so mürrisch: Er ging einmal, so hat mein Vater erzählt, er ging einmal in den Wald nach Nüssen, Jungens. Er ging also in den Wald nach Nüssen, und da verirrte er sich; er hatte sich verlaufen, Gott weiß, wohin er sich verlaufen hatte. Er ging und ging, Jungens – aber nein, er konnte den Weg nicht finden, und dabei wurde es schon Nacht da draußen. Da setzte er sich unter einen Baum; also gut, dachte er, ich werde den Morgen abwarten, setzte sich hin und nickte ein. Und wie er so einnickt, hört er auf einmal, wie ihn jemand ruft. Er fährt auf – niemand da. Er nickt wieder ein – und wieder ruft es. Er fährt wieder auf und guckt: Da sitzt vor ihm auf einem Zweig eine Nixe, schaukelt sich und ruft ihn zu sich, und dabei stirbt sie fast vor Lachen, so lacht sie ... Und der Mond, der schien ganz hell, so hell und klar schien der Mond, daß man alles sehen konnte, Jungens. Sie ruft ihn also, und selber sitzt sie ganz hell und weiß auf dem Zweig, so wie eine Plötze oder ein Gründling, auch die Karausche ist so weiß, so silbern ... Gawrila, der Zimmermann, der war ganz starr, Jungens, aber sie lacht in einem fort und winkt ihn immerzu mit der Hand zu sich. Gawrila wollte schon aufstehen und der Nixe gehorchen, Jungens, aber da hat ihm wohl der liebe Gott einen guten Gedanken eingegeben, und er hat erst ein Kreuz geschlagen. Aber wie schwer es ihm geworden ist, das Kreuz zu schlagen, Jungens; er hat gesagt, die Hand war wie aus Stein, sie bewegte sich einfach nicht ... Also so was, nein! Und wie er das Kreuz geschlagen hatte, Jungens, da hörte die Nixe auf zu lachen und fing an zu weinen. Sie weinte, Jungens, und trocknete sich die Augen mit den Haaren, sie hatte ganz grüne Haare, wie Hanf. Und Gawrila sah sie an, immerfort sah er sie an und fragte sie dann: ‚Warum weinst du denn, du Teufelsweib?‘ Und die Nixe, die sprach zu ihm: ‚Hättest du dich doch nicht bekreuzigt, Menschlein‘, sagte sie, ‚du hättest mit mir bis ans Ende deiner Tage in Freuden leben können; aber nun weine ich und gräme mich, weil du dich bekreuzigt hast; und nicht ich allein werde mich grämen, auch du wirst dich bis ans Ende deiner Tage grämen.‘ Dann verschwand sie, Jungens. Dem Gawrila aber wurde auf einmal ganz klar, wie er aus dem Walde herauskommen konnte ... Erst seit dieser Zeit geht er immer so mürrisch umher.“

„So was!“ meinte Fedja nach kurzem Schweigen. „Aber wie kann denn so ein unreiner Waldgeist eine Christenseele verderben, er hat ihr doch gar nicht gehorcht?“

„Was du denkst!“ sagte Kostja. „Und Gawrila hat gesagt, sie hätte ein so dünnes, klägliches Stimmchen gehabt wie eine Kröte.“

„Dein Vater hat das selbst erzählt?“ fragte Fedja weiter.

„Er selbst. Ich lag oben auf meiner Schlafpritsche unter der Stubendecke und habe alles gehört.“

„Eine sonderbare Sache! Weshalb muß er denn aber so traurig sein? Er hat ihr sicher gefallen, daß sie ihn gerufen hat.“

„Ja, gefallen!“ fiel Iljuscha ein. „Freilich! Zu Tode kitzeln wollte sie ihn, das hat sie gewollt. So machen sie es nämlich, die Nixen.“

„Hier müssen doch eigentlich auch Nixen sein“, bemerkte Fedja.

„Nein“, entgegnete Kostja, „das hier ist ein reiner Ort, ein freier. Allerdings – der Fluß ist in der Nähe.“

Alle verstummten. Plötzlich erscholl irgendwo in der Ferne ein langgezogener, klingender, fast stöhnender Laut, einer jener unerklärlichen nächtlichen Laute, die manchmal mitten in der tiefsten Stille entstehen, sich erheben, eine Weile in der Luft verharren und dann endlich langsam verhallen, gleichsam ersterben. Man horcht hin – es ist, als sei gar nichts da, und doch tönt es. Es schien, als schreie jemand lange, ganz lange fern am Horizont, als antworte ihm ein anderer im Walde mit einem feinen, spitzen Lachen und als gleite ein schwaches zischendes Pfeifen über den Fluß hin. Die Jungen erschauerten und blickten einander an ...

„Mit uns ist des Kreuzes Kraft!" flüsterte Ilja.

„Ach, ihr Raben!" rief Pawel. „Was hat euch denn so erschreckt? Da, seht ihr, die Kartoffeln sind gar."

Alle rückten an den Kessel heran und begannen die dampfenden Kartoffeln zu essen; nur Wanja regte sich nicht.

„Na, und du?" sagte Pawel.

Aber er kroch nicht unter seiner Matte hervor. Der Kessel leerte sich rasch.

„Habt ihr schon gehört, Kinder", begann Iljuscha, „was sich neulich bei uns in Warnawizy zugetragen hat?"

„Auf dem Damm?" fragte Fedja.

„Ja, ja, auf dem Damm, auf dem gebrochenen. Das ist auch so ein unreiner Ort, gar nicht geheuer ist es dort und so einsam. Ringsherum sind lauter solche Erdspalten und Schluchten, und in den Schluchten gibt es lauter Schlangen."

„Na, und was war denn dort los? Erzähl schon."

„Ihr werdet gleich hören, was da los war. Du weißt es vielleicht nicht, Fedja, dort bei uns liegt nämlich ein Ertrunkener begraben; er hat sich vor langer, langer Zeit ertränkt, als der Teich noch tief war. Nur sein Grab ist noch zu sehen, aber auch das ist kaum noch zu erkennen, es ist nur so ein kleiner Hügel. Da ruft dieser Tage der Verwalter den Hundewärter Jermil zu sich. ‚Jermil', sagt er, ‚geh und hol die Post.' Jermil reitet bei uns immer auf die Post. Seine Hunde, die hat er alle eingehen lassen; sie bleiben bei ihm nicht am Leben, wer weiß, warum, nie sind sie bei ihm am Leben geblieben, dabei ist er ein guter Hundewärter, er kann alles. Jermil ritt also nach der Post, aber er hielt sich in der Stadt zu lange auf, und als er zurückritt, war er schon betrunken. Es war Nacht, eine helle Nacht, der Mond schien. Jermil ritt also über den Damm, sein Weg führte darüber ... Er reitet also dahin, der Hundewärter Jermil, und sieht: Auf dem Grabe des Ertrunkenen läuft ein Lämmchen auf und ab, so ein hübsches weißes, lockiges. Da denkt Jermil: Das nehme ich mir mit, was soll es hier umkommen! und steigt ab und nimmt es auf den Arm. Das Lämmchen läßt sich das gefallen. Nun geht Jermil zu seinem Pferd, doch das Pferd scheut vor ihm zurück, schnaubt, schüttelt den Kopf. Aber er beruhigt es, setzt sich darauf und reitet wieder los, das Lämmchen hält er vor sich. Er sieht es an – und das Lämmchen blickt ihm gerade in die Augen. Da wird dem Jermil, dem Hundewärter, unheimlich zumute. Was hat das zu bedeuten, denkt er, ich kann mich nicht erinnern, daß Lämmer einem so in die Augen sehen. Aber weiter geschieht nichts; er fängt an, ihm das Fell zu streicheln, und sagt: ‚Mäh, mäh!' Da fletscht das Lamm auf einmal die Zähne und macht zu ihm auch: ‚Mäh, mäh ...'"

Der Erzähler hatte das letzte Wort noch nicht zu Ende gesprochen, als plötzlich beide Hunde zugleich aufsprangen, mit wildem Gebell vom Feuer fortstürmten und in der Dunkelheit verschwanden. Die Jungen waren sämtlich erschrocken. Wanja sprang unter seiner Matte hervor. Pawluscha rannte schreiend den Hunden nach. Ihr Bellen entfernte sich rasch. Man hörte die aufgescheuchte Pferdeherde aufgeregt durcheinanderlaufen. Pawluscha rief laut die Hunde: „Grauer! Shutschka!" Nach einigen Augenblicken verstummte das Gebell; Pawels Stimme drang schon von weit her. Es verging einige Zeit; die Jungen sahen einander unschlüssig an, als warteten sie ab, was da noch kommen werde ... Plötzlich erscholl der Hufschlag eines galoppierenden Pferdes; dicht am Feuer hielt es jäh an, und sich an der Mähne festhaltend, sprang Pawluscha gewandt herab. Auch die beiden Hunde kamen in den Lichtkreis gelaufen, legten sich wieder hin und ließen die roten Zungen heraushängen.

„Was war es? Was war dort los?“ fragten die Jungen.

„Nichts“, erwiderte Pawel und machte eine Handbewegung zu dem Pferd hin, „die Hunde haben wohl etwas gewittert. – Ich dachte, es sei ein Wolf“, fügte er gleichgültig hinzu, wobei sich seine Brust heftig hob und senkte.

Es machte mir Freude, Pawluscha zu betrachten. Er sah sehr gut aus in diesem Augenblick. Sein unschönes Gesicht, belebt von dem schnellen Ritt, glühte vor Mut und fester Entschlossenheit. Ohne eine Gerte in der Hand, hatte er keinen Augenblick gezaudert und war mitten in der Nacht ganz allein auf den Wolf losgaloppiert. Was für ein prächtiger Junge! dachte ich, während ich ihn ansah.

„Und habt ihr sie denn gesehen, die Wölfe?“ fragte der ängstliche Kostja.

„Hier sind immer viele“, antwortete Pawel, „aber unruhig werden sie nur im Winter.“

Er setzte sich wieder vor dem Feuer auf die Erde nieder und legte eine Hand auf den zottigen Nacken eines der Hunde; lange hielt das erfreute Tier den Kopf still, mit dankbarem Stolz blickte es Pawluscha von der Seite an.

Wanja kroch wieder unter die Matte.

„Was hast du uns da für Gespenstergeschichten erzählt, Iljuscha“, begann Fedja, der als Sohn eines reichen Bauern den Ton angab, von neuem (er selber sprach wenig, als fürchte er, seiner Würde etwas zu vergeben). „Auch die Hunde hier hat der Teufel zum Bellen gereizt. Wirklich, ich habe gehört, in eurer Gegend ist es nicht geheuer.“

„In Warnawizy? Und wie! Gar nicht geheuer ist es da!

Es heißt, sie hätten dort schon mehrmals den alten Herrn gesehen, den verstorbenen Herrn. Er geht in einem langschößigen Kaftan umher, sagt man, und ächzt und stöhnt immerzu und sucht etwas auf der Erde. Großvater Trofimytsch ist ihm einmal begegnet und hat zu ihm gesagt: ‚Was suchst du denn da auf der Erde, Väterchen Iwan Iwanytsch?'“

„Er hat ihn gefragt?“ unterbrach der erstaunte Fedja den Erzähler.

„Ja, gefragt.“

„Dann ist euer Trofimytsch aber ein mutiger Kerl. Nun, und was hat jener gesagt?“

„‚Sprengwurz suche ich‘, hat er gesagt. Aber so dumpf hat er gesprochen, ganz dumpf: ‚Sprengwurz.‘ – ‚Wozu brauchst du denn die Sprengwurz, Väterchen Iwan Iwanytsch?‘ – ‚Es drückt mich‘, hat er gesagt, ‚das Grab drückt mich, Trofimytsch, hinaus will ich, hinaus.‘“

„Sieh mal an, so einer ist das!“ bemerkte Fedja. „Er hat wohl noch zuwenig gelebt!“

„Das ist aber seltsam“, meinte Kostja. „Ich dachte, die Verstorbenen könnte man nur am Totensonnabend sehen.“

„Die Verstorbenen kann man zu jeder Stunde sehen“, warf Iljuscha überzeugt ein, der, soviel ich bemerken konnte, den ganzen Aberglauben im Dorf besser kannte als die anderen. „Aber am Totensonnabend kannst du auch die Lebenden sehen, das heißt die, die noch in demselben Jahr sterben müssen. Man braucht sich nur nachts auf die Kirchentreppe zu setzen und immer auf die Straße zu gucken. Dann kommen sie auf der Straße an einem vorbei, ebendie, die noch im selben Jahr an der Reihe sind. Im vorigen Jahr, da ist bei uns die alte Uljana auf die Kirchentreppe gegangen.“

„Nun, und hat sie jemanden gesehen?“ fragte Kostja neugierig.

„Freilich. Zuallererst hat sie lange, lange dagesessen

und niemanden gesehen und keinen gehört. Es war nur immer, als würde irgendwo in der Ferne dauernd ein Hund bellen. Auf einmal sieht sie auf dem Weg einen Jungen kommen, der hatte nur ein Hemd an. Sie guckt genauer hin – es war Iwaschka Fedossejew ..."

„Der im Frühling gestorben ist?" unterbrach Fedja.

„Derselbe. Er ging dahin und hob den Kopf nicht. Aber die Uljana hat ihn doch erkannt. Und dann sieht sie eine alte Bäuerin kommen. Sie sieht hin, sieht ganz genau hin – ach, du lieber Gott! Da geht sie ja selber die Straße entlang, die Uljana!"

„Wirklich sie selbst?" fragte Fedja.

„Bei Gott, sie war es selbst."

„Wie denn, sie ist ja noch gar nicht gestorben?"

„Das Jahr ist auch noch nicht zu Ende. Sieh sie dir doch an: Sie ist schon ganz klapprig."

Wieder waren alle still. Pawel warf eine Handvoll dürrer Zweige ins Feuer. Scharf und schwarz hoben sie sich von der jäh auflodernden Flamme ab, knisterten und qualmten, krümmten sich dann und drehten die verbrannten Enden nach oben. Der heftig flackernde Lichtschein sprang nach allen Seiten, besonders aber zum Himmel hinauf. Plötzlich kam, wer weiß, woher, eine weiße Taube angeflogen, gerade in den Lichtschein hinein, drehte sich, von dem heißen Glanz übergossen, furchtsam an einer Stelle und verschwand wieder mit lautem Flügelschlag.

„Die hat sich wohl verflogen", bemerkte Pawel, „jetzt wird sie fliegen, bis sie auf etwas stößt, und worauf sie stößt, dort bleibt sie über Nacht, bis zum Morgenrot."

„Was meinst du, Pawluscha", fragte Kostja, „könnte das nicht eine reine Seele sein, die in den Himmel fliegt, wie?"

Pawel warf noch eine Handvoll Zweige ins Feuer.

„Kann sein", erwiderte er schließlich.

„Aber sag mal, Pawluscha", begann Fedja, „war bei

euch in Schalamowo auch das himmlische Vorzeichen* zu sehen?"

„Als die Sonne unsichtbar wurde? Freilich!"

„Ihr seid sicher auch erschrocken?"

„Nicht nur wir allein. Unser Herr, der ist schon vorher gekommen und hat uns gesagt, daß wir ein Vorzeichen kriegen, aber als es dann dunkel wurde, da soll er selber solche Angst gehabt haben, daß er am liebsten davongelaufen wäre. Und im Gesindehaus hat die alte Köchin, sowie es dunkel wurde, die Ofengabel genommen und alle Töpfe im Ofen zerschlagen. ‚Jetzt braucht niemand mehr zu essen', hat sie gesagt, ‚der Weltuntergang ist da!' Und so ist die ganze Kohlsuppe weggeflossen. Dann gingen bei uns im Dorf auch solche Gerüchte um, daß auf der Erde weiße Wölfe herumliefen und die Menschen fressen würden, daß ein Raubvogel käme und man sogar den Trischka** sehen könnte."

„Was ist das für einer, der Trischka?" fragte Kostja.

„Das weißt du nicht?" mischte sich Iljuscha eifrig ein. „Na, sag mal, wo bist du denn her, daß du den Trischka nicht kennst? Bei euch im Dorf sitzen wohl lauter Stubenhocker, lauter richtige Stubenhocker! Der Trischka – das wird so ein Wundermann sein, der einmal kommen wird; und er wird als so ein Wundermann kommen, daß man ihn nicht wird greifen können und ihm nichts wird tun können, so ein Wundermann wird er sein. Die Christenmenschen zum Beispiel werden ihn greifen wollen, sie werden mit Knüppeln auf ihn losgehen und ihn umzingeln, aber er wird ihre Augen von sich ablenken – so wird er ihre Augen ablenken, daß sie sich selber gegenseitig totschlagen. Und wenn sie ihn

* So nennen die Bauern bei uns eine Sonnenfinsternis. (Fußnote vom Verfasser)

** Im Aberglauben an den Trischka wirkt wahrscheinlich die Legende vom Antichrist fort. (Fußnote vom Verfasser) zum Beispiel ins Gefängnis sperren, dann wird er um eine Schöpfkelle voll Wasser bitten – zum Trinken, sie werden ihm auch eine Schöpfkelle voll bringen, aber er wird darin untertauchen und weg sein, spurlos verschwunden. In Ketten wird man ihn legen, aber er wird in die Hände klatschen – und schon fallen die Ketten von ihm ab. Und durch die Dörfer und die Städte wird der Trischka gehen, und das Christenvolk wird er verführen, der Trischka, der hinterlistige Mann. Ja, aber sie werden ihm nichts anhaben können ... So ein hinterlistiger Wundermann wird er sein."

„Na ja", fuhr Pawel mit seiner ruhigen Stimme fort, „so wird er sein. Bei uns hatten sie ihn auch erwartet. Die alten Männer sagten: ‚Sobald das himmlische Vorzeichen da ist, wird auch der Trischka kommen.' Das Vorzeichen war da. Die Leute strömten alle auf die Straße und aufs Feld und warteten, was nun werden würde. Und unser Ort liegt doch so frei, wißt ihr, so weithin sichtbar. Da sehen sie auf einmal vom Dorf her einen Mann den Berg herunterkommen, der sieht ganz seltsam aus, er hat einen ganz sonderbaren Kopf. Da schreit alles: ‚O weh, o weh, der Trischka kommt! Der Trischka kommt!' Und jeder rennt irgendwohin. Unser Dorfältester kroch in einen Graben, seine Frau wollte unterm Hoftor durchschlüpfen und blieb stecken; sie schrie wie am Spieß und erschreckte ihren eigenen Hofhund so, daß er sich von der Kette losriß und über den Zaun sprang, in den Wald. Kuskas Vater aber, Dorofejitsch, der rannte in den Hafer, setzte sich hin und fing an wie eine Wachtel zu rufen. Einen Vogel, dachte er, wird er vielleicht verschonen, der böse Feind, der Seelenverderber. So durcheinander waren alle! Aber der Mann, der da kam, war unser Böttcher Wawila; er hatte sich einen neuen Kübel gekauft, und den leeren Kübel hatte er sich über den Kopf gestülpt."

Die Jungen brachen in Gelächter aus und verstummten dann wieder einen Augenblick lang, wie das oft bei Menschen vorkommt, die sich im Freien unterhalten. Ich blickte um mich: Feierlich und majestätisch stand ringsum die Nacht; die feuchte Frische des späten Abends hatte sich in eine mitternächtliche trockene Wärme verwandelt, die noch lange wie eine weiche Decke auf den schlafenden Feldern liegen würde. Noch viel Zeit verblieb bis zum ersten Raunen und Rascheln und Wispern des Morgens, bis zu den ersten Tautropfen der Frühe. Kein Mond schien vom Himmel, er ging um diese Zeit spät auf. Unzählige goldene Sterne flimmerten um die Wette und schienen still neben der Milchstraße einherzuziehen, und wirklich, wenn man sie anschaute, glaubte man den ungestümen, unaufhaltsamen Lauf der Erde dunkel zu verspüren ... Ein eigentümlicher, scharfer und weher Schrei erscholl plötzlich zweimal hintereinander über dem Fluß und wiederholte sich wenige Augenblicke später schon etwas weiter entfernt.

Kostja erschauerte.

„Was war das?“

„Da schreit ein Reiher“, entgegnete Pawel ruhig.

„Ein Reiher“, wiederholte Kostja. „Aber was kann das sein, was ich gestern abend gehört habe, Pawluscha?“ fügte er hinzu, nachdem er ein Weilchen geschwiegen hatte. „Du weißt es vielleicht ...“

„Was hast du denn gehört?“

„Also das habe ich gehört: Ich ging von Kamennaja Grjada nach Schaschkino. Zuerst ging ich die ganze Zeit durch unsere Haselbüsche, und dann bin ich über die Wiese gegangen, weißt du, dort, wo sie die scharfe Biegung macht. Dort ist doch eine Wassergrube*, sie ist

* Gemeint ist eine tiefe Grube mit Frühjahrswasser, das von der Schneeschmelze zurückgeblieben ist und auch im Sommer nicht austrocknet. (Fußnote vom Verfasser)

ganz mit Schilf zugewachsen, weißt du. An dieser Wassergrube ging ich also vorbei, Jungens, und plötzlich stöhnte dort in der Wassergrube etwas, und so kläglich und herzzerreißend: ‚Uh – uh – uh!‘ Da packte mich so eine Furcht, Jungens, es war doch schon spät, und die Stimme klang so jämmerlich. Also, es fehlte nicht viel, da hätte ich selbst losgeheult ... Was mag das bloß gewesen sein?“

„In dieser Wassergrube haben im vorvorigen Sommer Diebe den Waldhüter Akim ertränkt“, bemerkte Pawluscha, „vielleicht ist es seine Seele, die dort jammert.“

„Das könnte sein, Jungens“, erwiderte Kostja und riß seine ohnehin übergroßen Augen noch weiter auf. „Ich habe gar nicht gewußt, daß sie den Akim in der Wassergrube ertränkt haben; da hätte ich mich ja noch viel mehr gefürchtet.“

„Es soll aber auch solche kleinen Frösche geben, die so kläglich schreien“, fuhr Pawel fort.

„Frösche? Nein, das waren keine Frösche, was für ...“ Der Reiher schrie wieder über dem Fluß. „Wie das klingt!“ stieß Kostja unwillkürlich hervor. „Wie der Waldgeist schreit es.“

„Der Waldgeist schreit nicht, der ist stumm“, warf Iljuscha ein, „der klatscht nur in die Hände, daß es kracht.“

„Du hast ihn wohl gesehen, den Waldgeist, wie?“ unterbrach ihn Fedja spöttisch.

„Nein, ich habe ihn nicht gesehen, und Gott behüte mich davor, daß ich ihn je zu sehen bekomme, aber andere haben ihn gesehen. Gerade vor ein paar Tagen hat er bei uns einen Bauern in die Irre geführt, durch den Wald hat er ihn geführt, lange, lange, und dabei immer nur im Kreis um eine Lichtung herum. Erst als es hell wurde, hat er sich nach Hause gefunden.“

„Nun, und hat er ihn gesehen?“

„Er hat ihn gesehen. Er sagt, groß, ganz groß hat er dagestanden, dunkel, vermummt, so halb hinter einem Baum, genau hätte man ihn nicht erkennen können, als ob er sich vor dem Mond verstecken wollte, und hat geguckt und geguckt mit seinen großen Augen und mit ihnen geblinzelt, geblinzelt ..."

„Ach du!" rief Fedja, leicht erschauernd und die Schultern hochziehend. „Pfui!"

„Und warum macht sich dieser scheußliche Spuk auf der Welt so breit?" fragte Pawel. „Wahrhaftig!"

„Schimpf nicht! Nimm dich in acht, er hört es", bemerkte Ilja.

Wieder trat Schweigen ein.

„Seht mal, seht mal, Kinder", ertönte plötzlich die kindliche Stimme Wanjas. „Seht mal Gottes Sternlein an, wie Bienen schwärmen sie!"

Er streckte sein frisches Gesichtchen unter der Matte hervor, stützte sich auf seine kleine Faust und hob langsam seine großen stillen Augen empor. Alle Jungen hoben nun die Augen zum Himmel auf und ließen sie erst nach einer ganzen Weile wieder sinken.

„Sag mal, Wanja", begann Fedja freundlich, „ist deine Schwester Anjutka gesund?"

„Ja, freilich", antwortete Wanja, wobei er das r nicht ganz richtig aussprach.

„Sag ihr doch – weshalb kommt sie eigentlich gar nicht mehr zu uns?"

„Ich weiß nicht."

„Sag ihr doch, daß sie kommen soll."

„Ich werd's ihr sagen."

„Sag ihr, ich würde ihr auch was schenken."

„Gibst du mir auch was?"

„Dir gebe ich auch was."

Wanja seufzte.

„Nein, laß nur, ich brauche nichts. Gib lieber ihr alles, sie ist so gut zu uns."

Und Wanja legte seinen Kopf wieder auf die Erde. Pawel stand auf und ergriff den leeren Kessel.

„Wo willst du hin?“ fragte ihn Fedja.

„Zum Fluß, Wasser holen; ich möchte Wasser trinken.“

Die Hunde erhoben sich und folgten ihm.

„Paß auf, daß du nicht in den Fluß fällst!“ rief ihm Iljuscha nach.

„Weshalb sollte er hineinfallen?“ sagte Fedja. „Er wird sich schon vorsehen.“

„Ja, vorsehen wird er sich schon. Aber es kommt so allerhand vor. Er bückt sich, will gerade Wasser schöpfen, da packt ihn der Wassermann an der Hand und zieht ihn zu sich hinunter. Nachher wird es heißen: Er ist ins Wasser gefallen, der arme Kerl. Ja, von wegen gefallen! – Horcht, jetzt ist er im Schilf“, setzte er hinzu und lauschte.

Wirklich raschelte das auseinandergebogene Schilf.

„Ist es wahr“, fragte Kostja, „daß die närrische Akulina erst den Verstand verloren hat, seit sie im Wasser war?“

„Ja, erst seit der Zeit. Wie sie jetzt aussieht! Und vorher soll sie so schön gewesen sein. Der Wassermann hat sie so schlimm zugerichtet. Er hat wohl nicht erwartet, daß man sie so bald wieder herausziehen würde. Da hat er sie bei sich unten auf dem Grund so zugerichtet.“

Ich selbst war dieser Akulina mehrmals begegnet. In Lumpen gehüllt, entsetzlich mager, mit einem kohlschwarzen Gesicht, irrem Blick und ewig gefletschten Zähnen trampelte sie irgendwo am Wege stundenlang auf einem Fleck herum, die knochigen Hände fest an die Brust gepreßt und langsam von einem Fuß auf den andern tretend, wie ein wildes Tier im Käfig. Was man auch zu ihr sagte, sie verstand nichts und lachte nur zuweilen krampfhaft auf.

„Es heißt doch“, fuhr Kostja fort, „Akulina habe sich

deswegen in den Fluß gestürzt, weil ihr Liebster sie betrogen hat."

„Ja, deswegen."

„Erinnerst du dich an Wassja?" fragte Kostja traurig.

„An welchen Wassja?" fragte Fedja.

„An den, der ertrunken ist", antwortete Kostja, „hier in diesem Fluß. Was das für ein Junge war! Ja, das war ein Junge! Und seine Mutter, die Feklista, wie die ihn geliebt hat, den Wassja! Und es war, als ob sie geahnt hätte, die Feklista, daß ihm das Wasser Unheil bringen würde. Manchmal im Sommer, wenn Wassja mit uns andern Kindern in den Fluß baden ging, da zitterte sie am ganzen Leibe. Die anderen Frauen kümmerten sich nicht um uns, sie gingen mit ihren Waschtrögen schwankend an uns vorbei, aber die Feklista setzte ihren Trog auf die Erde und rief: ‚Komm zurück, komm zurück, mein Sonnenschein! Ach, komm nur zurück, mein kleiner Falke!' Aber wie er dann ertrunken ist, das weiß Gott allein. Er spielte am Ufer, seine Mutter war dabei, sie harkte Heu zusammen; plötzlich hört sie es im Wasser glucksen, wie wenn Blasen aufsteigen, sie blickt hin – da schwimmt nur noch Wassjas Mütze auf dem Wasser. Seit der Zeit ist auch die Feklista nicht mehr ganz bei Verstand, sie kommt und legt sich an der Stelle nieder, wo er ertrunken ist; sie legt sich nieder, Jungens, und singt ein Lied – wißt ihr noch: Wassja, der sang doch immer so ein Lied – und das Lied, das singt sie und weint und weint und klagt Gott bitterlich ihr Leid."

„Da kommt Pawluscha", sagte Fedja.

Pawel trat ans Feuer, den vollen Kessel in der Hand.

„Ich sage euch, Jungens", begann er nach kurzem Schweigen, „die Sache ist nicht geheuer."

„Was war denn?" fragte Kostja hastig.

„Ich habe Wassjas Stimme gehört."

Alle fuhren zusammen.

„Was sagst du? Was sagst du?“ stammelte Kostja.

„Bei Gott. Ich beugte mich gerade zum Wasser nieder, da höre ich auf einmal, wie es mich ruft, genau mit Wassjas Stimme und wie aus dem Wasser heraus: ‚Pawluscha, he, Pawluscha, komm doch her!‘ Ich ging fort. Aber Wasser habe ich doch geschöpft.“

„Ach, du lieber Gott! Ach, du lieber Gott!“ riefen die Jungen und bekreuzigten sich.

„Da hat dich der Wassermann gerufen, Pawel“, fügte Fedja hinzu. „Wir haben soeben von ihm gesprochen, von Wassja.“

„Oh, das ist ein schlimmes Vorzeichen“, meinte Iljuscha bedächtig.

„Nun, laß nur, das hat nichts zu bedeuten“, sagte Pawel entschieden und setzte sich wieder hin. „Seinem Schicksal kann keiner entgehen.“

Die Jungen verstummten. Man sah, daß Pawels Worte einen tiefen Eindruck auf sie gemacht hatten. Sie streckten sich am Feuer aus, als wollten sie nun schlafen.

„Was war das?“ fragte plötzlich Kostja und hob den Kopf.

Pawel lauschte.

„Da fliegen Schnepfen, die pfeifen so.“

„Wohin fliegen sie denn?“

„Dahin, wo es keinen Winter geben soll.“

„Gibt es denn so ein Land?“

„Ja, das gibt es.“

„Ist es weit weg?“

„Weit, sehr weit, hinter den warmen Meeren.“

Kostja seufzte und schloß die Augen.

Schon mehr als drei Stunden waren verflossen, seit ich mich zu den Jungen gesellt hatte. Der Mond war endlich aufgegangen; ich hatte ihn nicht gleich bemerkt, so klein und schmal war er. Diese mondlose Nacht erschien ebenso erhaben wie zuvor. Aber schon neigten sich viele Sterne, die vor gar nicht langer Zeit noch hoch am Himmel gestanden hatten, dem dunklen Rand der Erde zu. Ringsum war es vollkommen still geworden, so still, wie es gewöhnlich erst gegen Morgen wird; alles schlief den festen, regungslosen Schlaf vor dem Morgengrauen. In der Luft duftete es nicht mehr so stark, es war, als ergieße sich von neuem Feuchtigkeit in sie. Die Sommernächte sind nicht lang! Das Gespräch der Jungen war zugleich mit den Feuern erloschen. Sogar die Hunde schlummerten, und auch die Pferde lagen, soviel ich bei dem glimmenden, schwachen Licht der Sterne wahrnehmen konnte, mit gesenkten Köpfen da. Ich dämmerte vor mich hin und fiel schließlich in einen leichten Schlaf ...

Ein frischer Hauch glitt über mein Gesicht. Ich öffnete die Augen – der Morgen brach an. Noch rötete sich nirgends der Horizont, doch im Osten begann es bereits zu dämmern. Alles rundum wurde sichtbar, wenn auch noch undeutlich. Der blaßgraue Himmel hellte sich auf, wurde kälter und blauer; die Sterne flimmerten nur noch schwach und verschwanden bald ganz; die Erde wurde feucht, die Blätter bedeckten sich mit feinen Tröpfchen; hier und da ließen sich schon Laute des Lebens, Stimmen vernehmen; ein leichter Morgenwind erhob sich und strich flatternd über die Erde. Mein Körper antwortete ihm mit einem leisen wohligen Schauer. Ich stand rasch auf und ging zu den Jungen. Sie schliefen alle noch wie tot rings um die schwelende Feuerstätte; nur Pawel richtete sich halb auf und sah mich aufmerksam an.

Ich nickte ihm zu und ging längs des dampfenden Flusses nach Hause. Ich hatte noch keine zwei Werst zurückgelegt, als sich bereits rings um mich – über die weite nasse Wiese, über die grünen Hügel vor mir, von Wald zu Wald, über die lange staubige Straße, die hinter mir lag, über die blitzenden, blutroten Büsche und über den Fluß, dessen Bläue schamhaft unter dem schwindenden Nebel hervortrat – die erst purpurnen, dann hochroten und goldenen Ströme des jungen, warmen Tageslichtes ergossen. Alles regte sich und erwachte, begann zu singen, zu lärmen, zu reden. Überall funkelten, wie strahlende Diamanten, große Tautropfen; rein und klar, als sei auch er von der Morgenkühle gewaschen, tönte mir Glockenklang entgegen, und plötzlich jagte, angetrieben von den Jungen, die ich nun kannte, die ausgeruhte Pferdeherde an mir vorüber ...

Leider muß ich hinzufügen, daß Pawel noch im selben Jahr ums Leben kam. Er ist nicht ertrunken, er verunglückte tödlich, als er von einem Pferd stürzte. Schade, er war ein prächtiger Bursche.

# ES RATTERT!

„Was ich Ihnen melden wollte", sagte Jermolai, als er zu mir in die Bauernstube trat – ich hatte soeben Mittag gegessen und mich auf mein Feldbett gelegt, um mich nach einer recht erfolgreichen, aber anstrengenden Birkhahnjagd auszuruhen; wir hatten etwa Mitte Juli, und es herrschte eine furchtbare Hitze –, „was ich Ihnen melden wollte: Uns ist das Schrot ausgegangen."

Ich sprang vom Feldbett auf.

„Das Schrot ausgegangen! Wie ist das möglich! Wir haben doch von zu Hause beinahe dreißig Pfund mitgenommen! Einen ganzen Sack voll!"

„Das stimmt; der Sack war groß, es hätte für zwei Wochen reichen müssen. Wer weiß, wie das zugegangen ist! Vielleicht hat er ein Loch bekommen, jedenfalls ist kein Schrot mehr da, höchstens noch für zehn Schuß."

„Was sollen wir da bloß machen? Die besten Stellen

haben wir noch vor uns – für den morgigen Tag sind uns sechs Gesperre Birkhühner versprochen worden ...“

„Schicken Sie mich doch nach Tula. Das ist nicht weit von hier, nur fünfundvierzig Werst. Ich bin im Handumdrehen wieder zurück und bringe Schrot mit; wenn Sie befehlen, ein ganzes Pud.“

„Wann willst du denn fahren?“

„Meinetwegen gleich. Weshalb zögern? Allerdings, wir werden Pferde mieten müssen.“

„Wieso Pferde mieten? Wozu haben wir unsere eigenen?“

„Mit unseren kann ich nicht fahren. Das Mittelpferd lahmt, und zwar ganz schlimm!“

„Seit wann denn?“

„Erst seit kurzem; der Kutscher hatte es zum Beschlagen geführt. Nun, und da ist es vernagelt worden. Der Schmied hat sicherlich nicht viel getaugt. Jetzt kann es mit dem Fuß gar nicht mehr auftreten. Es ist ein Vorderfuß. Es hebt ihn immer und geht auf drei Beinen, wie ein Hund.“

„Na und? Hat man ihm wenigstens das Hufeisen abgenommen?“

„Nein, man hat es nicht abgenommen, aber es muß unbedingt runter. Der Nagel ist ihm wahrscheinlich bis ins Fleisch gedrungen.“

Ich ließ den Kutscher rufen. Es stellte sich heraus, daß Jermolai nicht geschwindelt hatte: Das Mittelpferd konnte mit dem Fuß wirklich nicht auftreten. Ich ordnete sofort an, daß das Hufeisen abgenommen und das Pferd auf feuchten Lehm gestellt wurde.

„Und was nun? Befehlen Sie, Pferde nach Tula zu mieten?“ drängte mich Jermolai.

„Kann man denn in diesem gottverlassenen Nest Pferde auftreiben?“ rief ich in unwillkürlichem Ärger aus.

Das Dorf, in dem wir uns befanden, war abgelegen;

seine Bewohner schienen lauter arme Teufel zu sein; nur mit Mühe hatten wir ein halbwegs geräumiges Bauernhaus ausfindig gemacht, das freilich nicht einmal einen Schornstein hatte.

„Das kann man schon", antwortete Jermolai mit gewohnter Gelassenheit. „Was Sie über das Dorf hier gesagt haben, ist ganz richtig; und doch lebte früher in diesem Ort ein Bauer. Ein kluger und reicher Bauer! Neun Pferde besaß er. Er selbst ist gestorben, und sein ältester Sohn hat jetzt alles in der Hand. Der Mensch ist dümmer als dumm, aber das väterliche Vermögen durchzubringen, das ist ihm noch nicht gelungen. Bei ihm verschaffen wir uns Pferde. Wenn Sie befehlen, hol ich ihn. Seine Brüder sollen pfiffige Kerle sein ... Und trotzdem ist er für sie das Oberhaupt."

„Warum ist das so?"

„Weil er der älteste ist! Also heißt es für die jüngeren sich fügen!" Hier äußerte sich Jermolai mit einem nicht wiederzugebenden Kraftausdruck über die jüngeren Brüder im allgemeinen. „Ich bringe ihn her. Er ist einfältig. Mit ihm werden wir uns schon einigen!"

Während Jermolai den „einfältigen" Mann holen ging, kam mir der Gedanke, ob ich nicht lieber selbst nach Tula fahren sollte. Erstens hatte mich die Erfahrung gelehrt, daß auf Jermolai nicht viel Verlaß war – ich hatte ihn einmal zu Einkäufen in die Stadt geschickt; er hatte versprochen, alle meine Aufträge im Laufe eines Tages zu erledigen, und blieb eine ganze Woche weg, vertrank das ganze Geld und kehrte zu Fuß zurück, hingefahren war er jedoch auf einer Laufdroschke –, und zweitens kannte ich in Tula einen Pferdehändler; bei ihm konnte ich ein Pferd kaufen als Ersatz für das lahmende Mittelpferd.

Beschlossene Sache! dachte ich. Ich fahre selber; schlafen kann ich auch unterwegs, denn mein Tarantas ist bequem.

„Hier bring ich ihn!" rief eine Viertelstunde später Jermolai und polterte in die Stube herein. Hinter ihm trat ein hochgewachsener Bauer in weißem Hemd, blauen Hosen und Bastschuhen ein; er war weißblond, sehr kurzsichtig, hatte ein rötliches Spitzbärtchen und eine lange, dicke Nase; sein Mund stand offen. Er sah wirklich wie ein Einfaltspinsel aus.

„Hier, bitte", sagte Jermolai, „Pferde hat er, und einverstanden ist er auch."

„Das heißt, eigentlich, ich ...", begann der Bauer mit belegter Stimme und stockend, während er seine spärlichen Haare schüttelte und am Rand seiner Mütze herumfingerte, die er in den Händen hielt. „Eigentlich, ich ..."

„Wie heißt du?" fragte ich.

Der Bauer schlug die Augen nieder, als müsse er nachdenken.

„Wie ich heiße?"

„Ja, wie ist dein Name?"

„Mein Name wird sein – Filofej."

„Also paß mal auf, mein lieber Filofej. Ich habe gehört, du hast Pferde. Bring mal ein Dreigespann hierher, wir wollen es vor meinen Tarantas spannen – er ist leicht –, und du fährst mich nach Tula. Nachts ist jetzt Mondschein, es ist hell und zum Fahren kühl. Wie ist die Straße bei euch?"

„Die Straße? Die Straße – es geht. Bis zur großen Landstraße werden es zwanzig Werst sein, mehr nicht. Es gibt eine schlechte Stelle. Sonst geht es."

„Was ist das für eine schlechte Stelle?"

„Da muß man an einer Furt ein Flüßchen überqueren."

„Wollen Sie etwa selbst nach Tula fahren?" erkundigte sich Jermolai.

„Ja, ich fahre selbst."

„So!" sprach mein treuer Diener und schüttelte den

Kopf. „Sso!“ wiederholte er, spuckte aus und ging hinaus.

Die Fahrt nach Tula hatte für ihn offenbar jeden Reiz verloren; sie war für ihn eine unnütze und uninteressante Angelegenheit geworden.

„Kennst du den Weg gut?“ wandte ich mich an Filofej.

„Wie sollten wir den Weg nicht kennen! Nur kann ich nicht ... das heißt, wie Sie wollen ... weil das so ganz plötzlich ...“

Es stellte sich heraus, Jermolai hatte Filofej, als er ihn anwarb, erklärt, er brauche nicht daran zu zweifeln, daß man ihn Dummkopf dafür bezahlen werde ... weiter nichts! Filofej aber gab sich, obwohl er nach Jermolais Worten ein Dummkopf war, mit dieser bloßen Erklärung nicht zufrieden. Er verlangte von mir fünfzig Rubel in Banknoten – einen übertrieben hohen Preis; ich bot ihm zehn Rubel – einen niedrigen Preis.

Wir fingen an zu handeln; Filofej zeigte sich anfangs hartnäckig, dann gab er allmählich nach, allerdings sehr zäh. Jermolai, der auf eine Minute hereinkam, wollte mir einreden, daß „dieser Dummkopf“ („Sieh mal an, das Wort gefällt ihm!“ bemerkte Filofej halblaut), „daß dieser Dummkopf den Wert des Geldes überhaupt nicht kenne“, und erinnerte mich bei dieser Gelegenheit daran, daß vor etwa zwanzig Jahren ein Gasthof, den meine Mutter an einer belebten Stelle, an der Kreuzung zweier großer Landstraßen, errichtet hatte, völlig heruntergewirtschaftet worden sei, weil der alte Leibeigene, den man als Wirt hineingesetzt hatte, tatsächlich den Wert des Geldes nicht kannte, sondern es nach der Menge einschätzte, das heißt, er gab zum Beispiel einen silbernen Viertelrubel für sechs kupferne Fünfkopekenstücke her, wobei er freilich heftig schimpfte.

„Ach du, Filofej, du bist wirklich ein Filofej!“ rief

Jermolai schließlich und schlug im Hinausgehen zornig die Tür zu.

Filofej entgegnete ihm nichts, als gebe er zu, daß es wirklich nicht sehr bequem sei, Filofej zu heißen, und man einem Menschen einen solchen Namen sogar vorwerfen dürfe, obwohl eigentlich der Pope daran schuld war, den man bei der Taufe nicht zufriedengestellt hatte.

Endlich einigte ich mich mit ihm jedoch auf zwanzig Rubel. Er ging die Pferde holen und brachte nach einer Stunde volle fünf Stück zur Auswahl mit. Die Pferde waren in Ordnung, wenn auch ihre Mähnen und Schwänze verfilzt und ihre Bäuche groß und aufgebläht waren wie Trommeln. Mit Filofej waren zwei seiner Brüder gekommen, die ihm in keiner Weise ähnlich sahen. Klein, schwarzäugig und spitznäsig, machten sie wirklich den Eindruck von „pfiffigen Kerlen"; sie sprachen viel und schnell, sie „quasselten", wie Jermolai sich ausdrückte, ordneten sich aber dem ältesten Bruder unter.

Sie zogen meinen Tarantas unter dem Wetterdach hervor und machten sich etwa anderthalb Stunden mit ihm und den Pferden zu schaffen; bald lockerten sie die aus starken Stricken bestehenden Zugstränge, bald zogen sie sie straff an. Die beiden Brüder wollten unbedingt den Graugesprenkelten als Mittelpferd einspannen, weil er gut bergab könnte, doch Filofej entschied sich für den Zottigen. Und so spannten sie den Zottigen in die Gabel.

Der Tarantas wurde mit Heu ausgepolstert; unter den Sitz schob man das Kummet des lahmen Mittelpferdes – für den Fall, daß man es in Tula einem neugekauften Pferd anpassen müßte ... Filofej war inzwischen nach Hause gelaufen und von dort in einem langen weißen, vom Vater geerbten Kittel, einem hohen Hut und Schmierstiefeln zurückgekehrt; nun stieg er feierlich auf den Bock. Ich setzte mich in den Wagen und sah auf die Uhr: Es war ein Viertel nach zehn. Jermolai verabschiedete sich nicht einmal von mir, er war gerade dabei, seinen Waletka zu prügeln. Filofej zog die Zügel an und rief mit hoher, dünner Stimme: „He, ihr Kerlchen!“ Seine Brüder sprangen von beiden Seiten herzu und trieben die Seitenpferde durch leichte Peitschenhiebe auf den Bauch an. Der Tarantas setzte sich in Bewegung und bog aus dem Hoftor auf die Straße ein. Der Zottige wollte erst nach dem eigenen Hof abschwenken, doch Filofej brachte ihn durch einige Peitschenhiebe zur Vernunft – und schon hatten wir das Dorf hinter uns gelassen und rollten auf der ziemlich ebenen Straße zwischen Hecken dichter Haselnußbüsche dahin.

Die Nacht war still und schön, überaus günstig für eine solche Fahrt. Bald raschelte der Wind in den Büschen und ließ die Zweige schwanken, bald erstarb er gänzlich; am Himmel waren hier und da unbewegliche silberne Wölkchen zu sehen; der Mond stand hoch und beleuchtete hell die Umgebung. Ich streckte mich auf dem Heu aus und war schon im Einschlummern, da fiel mir die „schlechte Stelle“ ein, und ich fuhr auf.

„Hör mal, Filofej, wie weit ist es bis zur Furt?“

„Bis zur Furt? An die acht Werst werden es noch sein.“

Acht Werst, dachte ich. Vor einer Stunde kommen wir nicht hin. Da kann ich einstweilen ein bißchen schlafen.

„Du, Filofej, kennst du den Weg gut?“ fragte ich wieder.

„Wie sollte ich *den* nicht kennen, den Weg! Wir fahren doch nicht zum ersten Mal ...“

Er fügte noch etwas hinzu, aber ich hörte es nicht mehr ... Ich schlief.

Mich weckte nicht die eigene Absicht, genau nach einer Stunde aufzuwachen, wie das oft geschieht, sondern ein seltsames, wenn auch schwaches Plätschern und Glucksen dicht an meinem Ohr. Ich hob den Kopf ...

Wie merkwürdig! Ich liege nach wie vor in meinem Tarantas, aber rings um den Tarantas – und zwar einen halben Arschin, nicht mehr, von seinem Rand entfernt – flimmert und zittert eine vom Mond beschienene Wasserfläche in feinem, deutlich sichtbarem Wellengekräusel. Ich blickte nach vorn: Auf dem Bock sitzt, den Kopf gesenkt und den Rücken gekrümmt, wie ein Götzenbild Filofej, und noch weiter vorn sehe ich über dem murmelnden Wasser den Bogen des Krummholzes und die Köpfe und Rücken der Pferde. Und alles ist so starr, so lautlos wie in einem Zauberreich, in einem Traum, einem märchenhaften Traum ... Was soll das bedeuten? Ich blicke unter dem Verdeck des Wagens hervor zurück ... Wir sind mitten im Fluß ... Das Ufer ist wohl dreißig Schritt von uns entfernt!

„Filofej!" rief ich.

„Was ist?" erwiderte er.

„Wie, was ist? Was fällt dir ein? Wo sind wir denn?"

„Im Fluß."

„Das sehe ich, daß wir im Fluß sind. Aber wir werden gleich ertrinken. Nennst du das durch die Furt fahren? Wie? Du schläfst ja, Filofej! Antworte doch!"

„Hab mich ein bißchen verirrt", sagte mein Kutscher, „bin wohl dummerweise seitwärts abgekommen, jetzt muß man abwarten."

„Was heißt: ‚muß man abwarten'? Worauf wollen wir denn warten?"

„Erst mag sich der Zottige umsehen: Wohin er sich wendet, dahin muß man dann fahren."

Ich richtete mich auf dem Heu auf. Der Kopf des Mittelpferdes ragte regungslos aus dem Wasser. Doch konnte man beim hellen Licht des Mondes sehen, wie sich das eine Ohr ein klein wenig bewegte, bald nach hinten, bald nach vorn.

„Er schläft ja auch, dein Zottiger!"

„Nein", antwortete Filofej, „er beriecht jetzt das Wasser."

Und wieder wurde es ganz still, nur das Wasser gluckste leise wie zuvor. Auch ich erstarrte.

Das Mondlicht, die Nacht, der Fluß, und wir mittendrin ...

„Was fiept da so?" fragte ich Filofej.

„Das? Die jungen Enten im Schilf – oder auch Schlangen."

Plötzlich warf das Mittelpferd den Kopf hin und her, seine Ohren spitzten sich, es schnaubte, es geriet in Bewegung.

„Hü-hü-hü-hüü!" brüllte Filofej mit einemmal aus vollem Halse, richtete sich auf und schwang die Peitsche. Der Tarantas wurde mit einem Ruck von der Stelle gezogen; quer zur Strömung bewegte er sich vorwärts und fuhr stoßend und schwankend weiter ... Zunächst kam es mir vor, als versänken wir, als ginge es in die Tiefe, jedoch nach zwei-, dreimaligem Stoßen und Untertauchen schien sich die Wasserfläche plötzlich zu senken ... Sie senkte sich immer mehr, der Tarantas wuchs aus ihr heraus – da zeigten sich schon die Räder und die Schweife der Pferde, und nun zog uns das Dreigespann, starke und große Spritzer aufwerfend, die als diamantene, nein, nicht als diamantene, als saphirne Garben im matten Glanz des Mondes auseinandersprühten, fröhlich und einträchtig auf das sandige Ufer und dann weiter auf der Straße bergan, indem es in raschem Takt kräftig mit den vor Nässe glänzenden Füßen aufstampfte.

Was wird Filofej jetzt sagen, ging es mir durch den Kopf: Ich hatte also doch recht! Oder etwas anderes in dieser Art? Aber er sagte nichts. Darum hielt auch ich es für unnötig, ihm seine Unvorsichtigkeit vorzuwerfen; ich legte mich auf dem Heu lang und versuchte wieder einzuschlafen. Aber ich konnte nicht einschlafen – nicht etwa, weil ich von der Jagd nicht müde gewesen wäre, auch nicht, weil die ausgestandene Aufregung mir den Schlaf verscheucht hätte, aber die Gegend, durch die wir fuhren, war zu schön. Um uns herum lagen freie, weite, im Frühjahr überschwemmte, grasreiche Wiesen mit einer Menge kleiner Tümpel, Teiche, Bäche und Altwässer, die an den Rändern mit Weidengebüschen überwuchert waren – eine echt russische Landschaft, wie sie der russische Mensch liebt, jenen Gegenden ähnlich, in die die Recken unserer alten Heldenlieder ritten, um weiße Schwäne und graue Enten zu schießen. Als gelbliches Band wand sich die befahrene Straße hindurch; die Pferde liefen rasch dahin – ich konnte die Augen nicht schließen, ich genoß das Landschaftsbild! Alles glitt so sanft und friedlich unter dem freundlichen Mond vorüber. Filofej – auch er war ergriffen.

„Diese Wiesen heißen bei uns die Heiligengeorgswiesen", wandte er sich an mich. „Nach ihnen kommen dann die Großfürstenwiesen; solche Wiesen gibt es in ganz Rußland nicht noch einmal ... Ja, schön ist das!" Das Mittelpferd schnaubte und schüttelte sich ... „Der Herr sei mit dir!" sagte Filofej bedächtig und halblaut. „Schön ist das!" wiederholte er und seufzte, danach räusperte er sich ausgiebig. „Nun fängt bald die Heumahd an, und was man hier für ein Heu machen wird – eine Unmasse! In den Altwässern gibt es auch viele Fische. Solche Brassen!" fügte er in singendem Ton hinzu. „Mit einem Wort: Zu sterben braucht man nicht." Plötzlich hob er die Hand. „Da! Sieh mal! Über dem See dort ... Steht da nicht ein Reiher? Fängt der etwa auch nachts Fische? Ach nein! Ein Ast ist das, kein Reiher. Da habe ich aber einen Bock geschossen! Der Mond täuscht einen immer."

So fuhren wir dahin ... Nun hörten die Wiesen auf, es zeigten sich Wäldchen, bestellte Felder; seitab blinkte ein Dörfchen mit zwei, drei Lichtern. Bis zur großen Landstraße waren es nur noch fünf Werst. Ich schlief ein.

Wieder wachte ich nicht von selbst auf. Diesmal weckte mich die Stimme Filofejs.

„Herr ... He, Herr!"

Ich richtete mich auf. Der Tarantas stand auf einer ebenen Stelle mitten auf der großen Landstraße. Filofej wandte mir vom Bock aus das Gesicht zu; mit weit aufgerissenen Augen (ich wunderte mich sogar, denn ich hatte nicht geglaubt, daß er so große Augen machen könnte) flüsterte er mir bedeutsam und geheimnisvoll zu: „Es rattert! ... Es rattert!"

„Was sagst du da?"

„Ich sage: Es rattert! Beugen Sie sich mal hinaus und horchen Sie. Hören Sie es?"

Ich steckte den Kopf aus dem Tarantas hinaus, hielt den Atem an und hörte tatsächlich irgendwo weit, weit hinter uns ein schwaches, zuweilen aussetzendes Rattern wie von rollenden Rädern.

„Hören Sie es?" wiederholte Filofej.

„Nun ja", antwortete ich, „da kommt eine Equipage gefahren."

„Hören Sie denn nicht ... scht! Da ... Schellen ... und Pfeifen auch ... Hören Sie es? So nehmen Sie doch die Mütze ab ... Da werden Sie es besser hören." Ich nahm die Mütze nicht ab, aber ich horchte angespannt.

„Nun ja, kann sein. Aber was ist denn dabei?"

Filofej wandte sein Gesicht den Pferden zu.

„Da fährt ein Bauernwagen, ein leerer Wagen, die Räder mit Eisen beschlagen", sagte er und nahm die Zügel auf. „Das sind böse Menschen, Herr, die so fahren; hier bei Tula treibt sich doch Räubergesindel herum – viel sogar."

„Was für ein Unsinn! Warum nimmst du an, daß das unbedingt böse Menschen sind?“

„Ich weiß, was ich sage. Mit Schellen ... und in einem leeren Wagen ... Wer kann das schon sein?“

„Sag mal, ist es noch weit bis Tula?“

„An die fünfzehn Werst werden es noch sein, und hier ist keine menschliche Wohnung in der Nähe.“

„Nun, so fahr zu, und recht lebhaft, wozu hier die Zeit vertrödeln.“

Filofej schwang die Peitsche, und der Tarantas rollte wieder weiter.

Zwar schenkte ich Filofej keinen Glauben, aber einschlafen konnte ich nicht mehr. Wie, wenn nun wirklich ...? Ein unangenehmes Gefühl beschlich mich. Ich setzte mich im Tarantas auf – bis dahin hatte ich gelegen – und fing an, nach allen Seiten Ausschau zu halten. Während ich schlief, hatte sich ein dünner Nebel ausgebreitet, nicht über die Erde, sondern über den Himmel; er stand hoch oben, und der Mond hing als ein weißlicher Fleck darin, wie von Rauch umzogen. Alles sah trübe und verschwommen aus, obgleich weiter unten die Sicht besser war. Rundum lag eine flache, trostlose Gegend: Felder, nichts als Felder, hier und da niedrige Sträucher, Schluchten und wieder Felder, meistens Brachen mit spärlichem Unkraut. Öde, erstorben! Hätte wenigstens irgendwo eine Wachtel geschrien!

Wir fuhren ungefähr eine halbe Stunde. Filofej schwang fortwährend die Peitsche und schnalzte mit den Lippen, aber weder er noch ich sprachen ein Wort. Wir hatten eine Anhöhe erklommen ... Filofej brachte das Dreigespann zum Stehen und sagte sogleich: „Es rattert ... Es ra-attert, Herr!“

Ich lehnte mich wieder aus dem Tarantas hinaus; aber ich hätte ruhig unter dem Verdeck bleiben können, so deutlich, wenn auch noch aus weiter Ferne, drang jetzt das Rattern von Wagenrädern, das Pfeifen von Menschen, das Schellengeklingel und das Getrappel von Pferdehufen an mein Ohr; sogar Singen und Lachen glaubte ich zu vernehmen. Zwar wehte der Wind von dorther, doch gab es keinen Zweifel daran, daß die unbekannten Reisenden inzwischen eine ganze Werst, vielleicht auch zwei, näher an uns herangekommen waren.

Ich wechselte einen Blick mit Filofej. Er schob sich nur den Hut aus dem Nacken in die Stirn und begann sogleich, über die Zügel gebeugt, auf die Pferde loszupeitschen. Sie setzten sich in Galopp, aber sie konnten nicht lange galoppieren und fielen wieder in Trab. Filofej peitschte weiter auf sie ein. Wir mußten doch entkommen!

Ich konnte mir nicht erklären, warum ich, der ich anfangs Filofejs Verdacht nicht geteilt hatte, plötzlich davon überzeugt war, daß wirklich böse Menschen hinter uns herfuhren ... Ich hatte doch nichts Neues gehört: Es waren dieselben Schellen, dasselbe Rattern eines unbeladenen Bauernwagens, dasselbe Pfeifen, derselbe verworrene Lärm ... Doch jetzt zweifelte ich nicht mehr. Filofej irrte sich nicht!

Und wieder waren etwa zwanzig Minuten vergangen ... Während der letzten dieser zwanzig Minuten hörten wir durch das Rattern und Poltern unseres eigenen Wagens bereits ein anderes Rattern und ein anderes Poltern ...

„Halt an, Filofej", sagte ich, „es ist doch einerlei – mag es kommen, wie es will."

Filofej rief ängstlich: „Brrr!" Die Pferde standen augenblicklich still, als freuten sie sich über die Möglichkeit, etwas auszuruhen.

Allmächtiger Gott! Die Schellen heulen ja schon ganz dicht hinter unserem Rücken, der Wagen dröhnt und klirrt, die Leute pfeifen, schreien und singen, die Pferde schnauben und stampfen mit den Hufen den Boden ... Sie haben uns eingeholt!

„Schlimm“, sagte Filofej halblaut und gedehnt und begann unentschlossen schnalzend die Pferde anzutreiben. Doch im selben Augenblick war es, als ob etwas jäh über uns hereinbräche, aufbrüllte und zusammenstürzte – ein riesengroßer, breit ausladender Bauernwagen, von einem Dreigespann magerer Pferde gezogen, raste wie ein Wirbelwind scharf an uns vorbei, jagte vor und fiel sogleich in Schritt, so daß er uns den Weg versperrte.

„Eine richtige Räubersitte!“ flüsterte Filofej.

Ich muß gestehen, mir stand das Herz still ... Ich spähte angespannt in das Halbdunkel des von Nebelschwaden verschleierten Mondlichtes. In dem Wagen vor uns befanden sich, halb sitzend, halb liegend, sechs Männer in Hemden und weit offenen Bauernröcken; zwei davon hatten keine Mütze auf; ihre großen, in Stiefeln steckenden Füße hingen baumelnd über den Wagenrand, ihre Arme reckten sich in die Höhe und fielen wieder herab, ohne Sinn und Zweck ... Die Körper schwankten hin und her ... Es gab keinen Zweifel: Die Leute waren betrunken. Einige grölten, was ihnen gerade einfiel; einer pfiff schrill und durchdringend, aber rein, ein anderer schimpfte; auf dem Bock saß ein Riese in einem Halbpelz und lenkte. Sie fuhren im Schritt, als beachteten sie uns gar nicht. Was sollten wir machen? Wir fuhren notgedrungen ebenfalls im Schritt hinter ihnen her.

Etwa eine Viertelwerst bewegten wir uns auf diese Art vorwärts. Qualvolle Spannung ... Sich retten, sich verteidigen ... aber wie denn! Sie waren ihrer sechs, und ich hatte nicht einmal einen Stock bei mir! Kehrtmachen und zurückfahren? Aber sie würden uns doch sofort wieder einholen. Mir fiel ein Vers von Shukowski ein, in dem er von der Ermordung des Feldmarschalls Kamenski spricht: Verachtenswerte Axt des Räubers ... Oder aber – sie schnüren dir mit einem schmutzigen Strick die Kehle zu ... und werfen dich in den Graben ... Röchle dort und zapple wie der Hase in der Schlinge ... Ach, scheußlich!

Sie aber fuhren nach wie vor im Schritt und beachteten uns nicht.

„Filofej“, flüsterte ich, „versuch es mal, halte mehr nach rechts, als ob du vorbeifahren wolltest.“

Filofej versuchte es – er hielt nach rechts ... Aber jene hielten sofort gleichfalls nach rechts ... Es war unmöglich, vorbeizukommen.

Filofej versuchte es nochmals: Er hielt nach links ... Aber auch dort ließen sie ihn nicht an ihrem Wagen vorbei. Sie lachten sogar. Es war klar, sie wollten uns nicht durchlassen.

„Richtige Räuber“, flüsterte mir Filofej über die Schulter zu.

„Aber worauf warten sie denn?“ fragte ich, ebenfalls flüsternd.

„Da vorn, in der Mulde, da führt eine kleine Brücke über einen Bach ... Dort werden sie! ... So machen sie's immer ... an Brücken. Wir sind erledigt, Herr!“ fügte er mit einem Seufzer hinzu. „Die werden uns kaum am Leben lassen, denn für sie ist die Hauptsache: Alle Spuren verwischen. Eins tut mir leid, Herr: Mein Dreigespann ist hin, auch meine Brüder werden es nicht bekommen.“

Ich hätte mich eigentlich wundern müssen, daß sich Filofej in einer solchen Minute noch Sorgen um seine Pferde machte, aber ich gestehe, mir war nicht danach zumute ... Ob sie uns wirklich umbringen? wiederholte ich in Gedanken immer wieder. Wozu denn? Ich werde ihnen ja alles geben, was ich habe.

Die kleine Brücke kam immer näher, immer deutlicher wurde sie sichtbar. Plötzlich erscholl ein wildes, schrilles Geschrei, das Dreigespann vor uns schien davonzufliegen; es raste los, und erst als es die kleine Brücke erreicht hatte, blieb es mit einem Ruck wie angewurzelt stehen, ein wenig seitlich von der Straße. Mir sank das Herz in die Kniekehlen.

„Ach, Bruder Filofej", sagte ich, „nun fahren wir beide in den Tod. Vergib mir, wenn ich dich ins Verderben gebracht habe."

„Das ist doch nicht deine Schuld, Herr! Seinem Schicksal entgeht man nicht! Nun, Zottiger, mein treues Pferdchen", wandte sich Filofej an das Mittelpferd, „lauf zu, Bruder, vorwärts! Erweis mir den letzten Dienst! Es ist alles eins ... Gott sei uns gnädig!"

Und er ließ sein Dreigespann traben.

Wir näherten uns der Brücke und gleichzeitig jenem regungslosen, bedrohlichen Wagen ... Auf ihm war es, wie mit Absicht, ganz still geworden. Nicht ein Laut! So hält der Hecht still, der Habicht, jedes Raubtier, wenn sich die Beute nähert. Jetzt waren wir mit dem Wagen auf gleicher Höhe ... Plötzlich sprang der Riese in dem Halbpelz herunter und kam gerade auf uns zu! Er sagte kein Wort zu Filofej, aber dieser zog sofort von selbst die Zügel an ... Der Tarantas hielt.

Der Riese legte beide Hände auf den Wagenschlag, beugte zähnefletschend seinen zottigen Kopf vor und sagte mit leiser, ruhiger Stimme und in der Sprechweise eines Fabrikarbeiters: „Verehrter Herr, wir kommen von einem ehrlichen Festschmaus, von einer netten kleinen Hochzeit; wir haben nämlich einen tüchtigen Jungen von uns verheiratet, zu Bett gebracht, so, wie sich's gehört. Wir sind alle jung, alles verwegene Kerle – es ist viel getrunken worden, aber wir haben nichts, um gegen den Kater noch etwas Starkes zu trinken. Würden Sie vielleicht die Güte haben, wollen Sie uns nicht ein paar Moneten spendieren, eine Kleinigkeit bloß – so viel, daß auf jeden von uns eine halbe Flasche kommt? Wir würden sie auf Ihre Gesundheit trinken, würden Euer Ehren dabei gedenken; wenn Sie uns aber die Güte nicht erweisen wollen – nun, so bitten wir, uns nicht böse zu sein!"

Was soll das heißen? ging es mir durch den Kopf ... Spott? ... Hohn?

Der Riese blieb mit gesenktem Kopf stehen. Gerade in diesem Augenblick trat der Mond aus dem Nebel heraus und beleuchtete sein Gesicht. Es griente, dieses Gesicht, mit den Augen und mit dem Mund. Aber von einer Drohung war nichts darin zu sehen, nur gespannte Erwartung schien es auszudrücken ... Und die Zähne waren so weiß und groß.

„Ich werde mit Vergnügen ... Nehmen Sie ...", sagte ich rasch, zog den Geldbeutel aus der Tasche und entnahm ihm zwei Silberrubel; damals war in Rußland noch Silbergeld im Umlauf. „Hier, wenn das genügt."

„Danke gehorsamst!" schrie der Riese nach Soldatenart, und seine dicken Finger entrissen mir im Nu – nicht den ganzen Beutel, sondern nur die zwei Rubel. „Danke gehorsamst!" Er schüttelte die Haare aus dem Gesicht und lief zu dem Bauernwagen.

„Jungens!" rief er. „Zwei Rubel spendiert uns der Herr Reisende!"

Die anderen stimmten plötzlich ein lautes Gejohle an ... Der Riese wälzte sich auf den Bock ... „Glückliche Weiterreise!" Und fort waren sie! Die Pferde griffen aus, der Wagen polterte bergan, nur einmal tauchte er noch auf der dunklen Linie auf, die Erde und Himmel trennte, dann fuhr er bergab und verschwand. Und schon war kein Rattern, kein Schreien, kein Schellengeklingel mehr zu hören ...

Es war totenstill geworden.

Filofej und ich kamen nicht sofort zur Besinnung.

„Ach, der Spaßvogel, so ein Spaßvogel!" sagte er

endlich, nahm den Hut ab und bekreuzigte sich. „Wahrhaftig, ein Spaßvogel", fügte er hinzu und drehte sich freudestrahlend zu mir um. „Ein guter Mensch muß das sein, wahrhaftig. Hü-hü-hü, ihr Kerlchen, bewegt euch! Ihr bleibt heil und ganz! Alle bleiben wir heil und ganz! Das war er, der uns nicht vorbeifahren ließ, er lenkte ja die Pferde. So ein Spaßvogel, der Kerl! Hü-hü-hü-hüü! Mit Gott!"

Ich schwieg, aber auch mir wurde wohl ums Herz. „Heil und ganz bleiben wir!" wiederholte ich für mich und streckte mich auf dem Heu aus. Billig waren wir davongekommen!

Ich schämte mich sogar ein wenig, daß ich an den Vers von Shukowski gedacht hatte.

Plötzlich kam mir ein Gedanke.

„Filofej!"

„Was ist?"

„Bist du verheiratet?"

„Ich bin verheiratet."

„Und hast du Kinder?"

„Ich habe auch Kinder."

„Wie, hast du denn gar nicht an sie gedacht? Die Pferde taten dir leid, aber deine Frau, deine Kinder?"

„Warum sollten die mir leid tun? Sie wären ja nicht den Räubern in die Hände gefallen. Im Sinn habe ich sie die ganze Zeit behalten, habe ich sie auch jetzt – und ob." Filofej schwieg eine Weile. „Vielleicht ... ist ihretwegen der Herrgott dir und mir gnädig gewesen."

„Aber wenn es nun gar keine Räuber waren?"

„Woher soll man das wissen? Kann man in eine fremde Seele hineinkriechen? Eine fremde Seele – das weiß man –, die ist dunkel. Aber mit Gott kommt man immer besser. Nein ... meine Familie habe ich immer ... Hü-hü-hü, ihr Kerlchen, mit Gott!"

Es war schon fast hell geworden, als wir uns Tula näherten. Ich lag im Dämmer des Halbschlafes ...

„Herr“, sagte Filofej plötzlich zu mir, „sehen Sie mal: Da halten sie an der Schenke ... Das dort ist ihr Wagen.“

Ich hob den Kopf. Richtig, das waren sie, ihr Wagen und auch ihre Pferde. Auf der Schwelle des Wirtshauses erschien plötzlich der wohlbekannte Riese im Halbpelz.

„Herr!“ rief er, die Mütze schwenkend. „Wir vertrinken Ihr Geld! Sag mal, Kutscher“, fügte er hinzu, indem er Filofej zunickte, „du hast ganz schön Angst gehabt, was?“

„Ein gar zu lustiger Mensch“, bemerkte Filofej, als wir uns etwa zwanzig Sashen von der Schenke entfernt hatten.

Endlich gelangten wir nach Tula. Ich kaufte Schrot und nebenbei auch Tee und Branntwein und erstand sogar ein Pferd beim Händler. Gegen Mittag machten wir uns auf den Rückweg. Als wir an der Stelle vorüberkamen, an der wir zum ersten Mal das Rattern des Wagens hinter uns gehört hatten, begann Filofej, der in Tula ein bißchen über den Durst getrunken hatte und sich nun als ein äußerst gesprächiger Mensch entpuppte – er erzählte mir sogar Märchen –, als wir also da vorüberkamen, begann Filofej plötzlich zu lachen.

„Erinnerst du dich, Herr, wie ich immer wieder zu dir sagte: ‚Es rattert!‘ – ‚Es rattert‘, sagte ich, ‚es rattert!‘“ Er schwenkte ein paarmal kräftig die Hand. Sehr spaßig kam ihm dieses Wort jetzt vor.

Am selben Abend kehrten wir heim in sein Dorf.

Ich teilte Jermolai unser Erlebnis mit. Da er nüchtern war, zeigte er keinerlei Anteilnahme, sondern machte nur „hm, hm!“, ob anerkennend oder vorwurfsvoll, das wußte er, meine ich, selber nicht. Aber zwei Tage danach berichtete er mir vergnügt, daß in derselben Nacht, in der ich mit Filofej nach Tula fuhr, und auf derselben Landstraße ein Kaufmann beraubt und erschlagen worden sei. Anfangs glaubte ich diese Nachricht nicht, aber später mußte ich sie doch glauben; ihre Richtigkeit bestätigte mir der Landpolizist, der vorbeigeritten kam, als er diesen Vorfall untersuchte. War das vielleicht die „Hochzeit", von der unsere verwegenen Gesellen zurückkehrten, und war das etwa der „tüchtige Junge", den sie zu Bett gebracht hatten, wie der Spaßvogel, der Riese, sich ausdrückte? Ich blieb noch fünf Tage in Filofejs Dorf. Wenn ich ihm begegnete, sagte ich jedesmal zu ihm: „Na, rattert es?"

„Ein lustiger Mensch", antwortete er mir jedesmal und fing selber an zu lachen.

# DIE WACHTEL

Zehn Jahre war ich alt, als mir das widerfuhr, worüber ich hier erzählen will.

Es geschah im Sommer. Damals lebte ich mit meinem Vater auf einem abgelegenen Gut im Süden Rußlands. Rings um das Gut erstreckte sich über mehrere Werst hin die Steppenlandschaft. Weder Wald noch Flüsse befanden sich in der Nähe; gleich langen grünen Schlangen wanden sich hier und da flache, mit Buschwerk bewachsene Schluchten durch die ebene Steppe. Schmale Rinnsale schlängelten sich auf ihrem Grund; bisweilen sprudelte am Fuß der niedrigen Abhänge Wasser, klar wie Tränen, aus winzigen Quellen; zu ihnen führten festgetretene Pfade – und auf dem feuchten Boden, nahe dem Wasser, kreuzten sich die Spuren von Vögeln und anderem Kleingetier. Sie brauchen das frische Wasser so nötig wie wir Menschen.

Mein Vater war leidenschaftlicher Jäger; und hatte er nichts in der Wirtschaft zu tun, und schien ihm das

Wetter günstig, so nahm er das Gewehr, packte die Jagdtasche, rief seinen Hund Tresor und ging auf Rebhuhn- oder Wachteljagd. Hasen mochte er nicht, er ließ sie den Treibjägern, die er Hundejäger nannte. Und anderes Wild fand sich bei uns nicht ein, es sei denn, im Herbst kamen die Waldschnepfen geflogen. Aber Wachteln und Rebhühner gab es dafür um so mehr, besonders Rebhühner. Immer wieder stieß man an den Rändern der Schluchten auf aufgewühlte runde Stellen im trockenen Sand, wo sie ihr Bad genommen hatten. Der alte Tresor nahm dann Witterung auf, sein Schwanz zuckte, und sein Nackenfell sträubte sich; das Gesicht meines Vaters wurde ganz bleich – vorsichtig spannte er die Hähne.

Oft nahm mich der Vater mit ... das war jedesmal ein großes Vergnügen für mich! Ich steckte die Hosenbeine in die Stiefelschäfte, hängte mir eine Feldflasche um – und fühlte mich wie ein Jäger! Schweißperlen liefen mir übers Gesicht, kleine Steine rutschten mir in die Stiefel, doch ich verspürte keine Müdigkeit und hielt wacker mit dem Vater Schritt. Fiel dann endlich ein Schuß und ein Vogel taumelte getroffen zu Boden, sprang ich auf und jauchzte – so wunderbar war mir zumute! Der angeschossene Vogel rang im Maul von Tresor oder im Gras um sein Leben und schlug mit den Flügeln – sein Blut floß, ich aber war dennoch begeistert und fühlte kein bißchen Mitleid. Was hätte ich darum gegeben, selbst mit einem Gewehr schießen und Rebhühner oder Wachteln töten zu dürfen! Vater meinte jedoch, ich würde nicht früher als mit zwölf Jahren ein Gewehr bekommen, und zwar eine einläufige Flinte; und schießen dürfte ich dann nur auf Lerchen. Sie gab es in unserer Gegend im Überfluß; es kam vor, daß sie bei strahlendem Sonnenschein zu Dutzenden am klaren Himmel kreisten, immer höher und höher schraubten sie sich, und ihr Tirilieren klang wie das Läuten von Glöck-

chen. Ich blickte zu ihnen, meiner zukünftigen Beute, empor und nahm sie wie ein Jäger aufs Korn, mit meinem Stock, den ich anstelle eines Gewehrs über der Schulter trug. Lerchen trifft man leicht, sie bleiben zwei bis drei Arschin über dem Boden regelrecht in der Luft stehen, schlagen rasend schnell mit den Flügeln und lassen sich dann ganz plötzlich ins Gras fallen. Bisweilen standen auch weit draußen im Feld, im ersten Grün des Getreides oder auf den Stoppeln, Trappen; ja, ich dachte mir, solch einen großen Vogel schießen und dann sterben – das wäre wohl das Leben wert! Ich machte den Vater auf sie aufmerksam; doch er erklärte mir jedesmal, die Trappe sei ein besonders scheuer Vogel und lasse die Menschen nie nahe an sich heran. Trotz allem versuchte er einmal, sich an eine Trappe heranzuschleichen, er glaubte, sie sei angeschossen und hinter dem Schwarm zurückgeblieben. Er befahl Tresor, ihm zu folgen, und mir, zu bleiben, wo ich stand; sein Gewehr lud er mit Schrotpatronen, darauf schaute er sich noch einmal nach Tresor um, drohte ihm und zischte das Kommando „Zurück! Zurück!", duckte sich und schlich los – nicht geradewegs auf die Trappe zu, sondern von der Seite her. Obwohl sich Tresor nicht wie der Vater duckte, lief er recht eigenartig: mit gespreizten Beinen, eingezogenem Schwanz und eingebissenen Lefzen. Ich hielt es nicht mehr aus und folgte dem Vater und Tresor fast kriechend. Die Trappe ließ uns nicht einmal dreihundert Schritt heran; erst rannte sie, dann begann sie mit den Flügeln zu schlagen und flog davon. Der Vater schoß, doch er sah sie nur noch wegfliegen ... Tresor sprang vor, aber auch er konnte sie nur noch mit einem Blick erhaschen. Ich sah ebenfalls hin ... und Ärger stieg in mir auf! Hätte sie, sagen wir, nur eine Sekunde gewartet! Die Schrotkugeln hätten sie bestimmt erreicht!

Eines Tages, es war unmittelbar vor Peter-und-Paul, gingen wir, der Vater und ich, zur Jagd. Um diese Zeit sind die Rebhuhnkücken noch sehr klein, der Vater wollte sie nicht schießen und ging deshalb ins niedrige Eichengehölz neben dem Roggenfeld, wo sich immer Wachteln einstellten. Gemäht konnte hier nicht werden – daher stand das Gras lange unberührt. Viele Blumen blühten dort: Wolfsschoten, Wiesenklee, Glockenblumen, Vergißmeinnicht, Donnernelken. Kam ich mit der Schwester oder der Kinderfrau hierher, so pflückte ich ganze Arme voll; war ich aber mit dem Vater unterwegs, rührte ich keine einzige an: Dann betrachtete ich diese Beschäftigung als eines Jägers unwürdig.

Plötzlich erstarrte Tresor; mein Vater rief: „Faß!“ – und dicht vor Tresors Schnauze flatterte eine Wachtel auf und flog davon. Nur flog sie recht seltsam; sie überschlug sich, taumelte zur Seite, fiel zur Erde – bestimmt war sie verletzt, oder ein Flügel war gebrochen. Tresor setzte ihr mit aller Kraft nach ... was er nicht getan hätte, wenn der Vogel wie üblich davongeflogen wäre. Der Vater konnte nicht einmal einen Schuß abgeben, weil er fürchtete, es könnte auch den Hund treffen. Auf einmal sehe ich, Tresor beschleunigt seinen Lauf – und schnappt zu! Er packte die Wachtel, kam zurück und apportierte sie meinem Vater. Der Vater nahm sie und legte sie mit dem Bäuchlein nach oben auf seine Hand. Ich sprang hinzu.

„Was ist“, fragte ich, „war sie verletzt?“

„Nein“, antwortete der Vater. „Das war sie nicht; doch muß sie hier ganz in der Nähe ein Nest mit Jungen haben und stellte sich absichtlich verletzt, damit der Hund glauben sollte, er könne sie leicht schnappen.“

„Aber warum hat sie das getan?“ fragte ich.

„Weil sie den Hund von ihren Jungen ablenken wollte. Später wäre sie normal geflogen. Nur hat sie sich diesmal verrechnet: Sie hat das Ablenkungsspiel zu sehr übertrieben – und Tresor hat sie erwischt.“

„So war sie also nicht verletzt?" fragte ich wiederum.

„Nein ... nur wird sie nicht am Leben bleiben ... Tresor hat sie zu arg mit seinen Zähnen zugerichtet."

Ich drängte mich noch näher an die Wachtel heran. Sie lag reglos auf Vaters Hand, das Köpfchen zur Seite geneigt – und blickte mich mit ihren kastanienbraunen Äuglein an. Ganz plötzlich tat sie mir leid! Mir schien, sie schaute mich an und dachte: Warum muß ich sterben? Wofür? Ich habe doch nur meine Pflicht getan; wollte meine Jungen schützen, den Hund möglichst weit weglocken – und nun hat es mich ereilt! Ich Arme! Oh, ich Arme! Ungerecht ist das! So ungerecht!

„Papa, vielleicht muß sie auch nicht sterben ...", sagte ich und wollte ihr Köpfchen streicheln.

Vater aber meinte: „Nein! Sieh doch. Gleich werden sich ihre Beinchen strecken und ihre Augen schließen."

Als die Lider zufielen, schluchzte ich auf.

„Was ist los?" fragte mein Vater und lachte.

„Sie tut mir leid", sagte ich. „Sie hat ihre Pflicht getan – und man hat sie getötet! Das ist ungerecht!"

„Sie wollte uns an der Nase herumführen", antwortete der Vater. „Nur war Tresor schlauer."

Böser Tresor, dachte ich ... Ja, selbst Vater schien mir nicht gut. Was heißt hier an der Nase herumführen? Liebe zu den Kindern hat nichts mit „an der Nase herumführen" zu tun! Wenn es ihr gegeben war, sich zu verstellen, um ihre Kinder zu schützen – dann durfte Tresor sie nicht fangen! Als der Vater sich anschickte, die Wachtel in der Jagdtasche zu verstauen, entriß ich sie ihm, nahm sie behutsam in meine Hände und hauchte sie an ... Vielleicht wird sie zu sich kommen? Aber sie bewegte sich nicht.

„Es hat keinen Sinn, mein Lieber", sagte der Vater, „du machst sie nicht wieder lebendig. Schau, das Köpfchen baumelt nur noch."

Vorsichtig faßte ich nach dem Schnabel; aber als ich ihn losließ, fiel das Köpfchen wieder zur Seite.

„Tut sie dir noch immer leid?" fragte mich der Vater.

„Und wer wird die Kleinen füttern?" fragte ich darauf.

Aufmerksam betrachtete mich der Vater.

„Du kannst ganz beruhigt sein", sagte er. „Das Wachtelmännchen, der Vater, wird sie füttern. Aber warte", fügte er hinzu, „Tresor scheint wieder Witterung aufzunehmen ... Vielleicht ist es das Nest? Das Nest – da ist es."

Und tatsächlich ... Im Gras, zwei Schritt von Tresors Schnauze entfernt, hockten eng aneinandergekuschelt vier Nestlinge. Sie schmiegten sich aneinander, die Hälschen lang gereckt, und atmeten ganz schnell, ganz gleichmäßig ... als zitterten sie! Sie hatten schon ein Federkleid, keinen Flaum mehr, nur die Schwänzchen waren noch sehr kurz.

„Papa, Papa!" schrie ich aus voller Kehle. „Ruf Tresor zurück! Sonst tötet er auch sie!"

Der Vater rief Tresor und setzte sich in einiger Entfernung unter einen kleinen Busch, um zu frühstücken. Ich hatte keinen Appetit auf Frühstück und blieb beim Nest. Ich holte ein sauberes Tuch hervor und legte die Wachtel darauf ...

„Schaut, ihr kleinen Waisen, hier ist eure Mutter! Sie hat sich für euch geopfert!" Die Kleinen atmeten immer noch schnell, mit dem ganzen Körperchen. Ich ging zum Vater.

„Schenkst du mir die Wachtel?" fragte ich ihn.

„Gern. Doch was willst du mit ihr?"

„Ich will sie begraben!"

„Begraben?"

„Ja, neben ihrem Nest. Gib mir dein Messer; ich mach ihr ein Grab!"

Der Vater war erstaunt.

„Sollen die Kinderchen auf ihrem Grab herumspazieren?“ fragte er.

„Nein“, antwortete ich, „nur so, ich möchte es eben. Ihr wird wohler sein, wenn sie hier, neben ihrem Nest, liegt.“

Der Vater schwieg, er holte das Messer aus der Tasche und reichte es mir. Daraufhin scharrte ich ein kleines Loch; ich küßte die Wachtel auf die Brust, legte sie in das Loch – und häufte Erde darüber. Dann schnitt ich mit dem Messer zwei Zweige zurecht, schälte die Rinde ab, fügte sie zu einem Kreuz, band sie fest mit einem Grashalm zusammen und steckte sie auf das Grab. Kurz danach ging ich mit dem Vater weiter – immer wieder schaute ich mich um ... Das Kreuz leuchtete weiß – man konnte es weithin sehen.

Nachts hatte ich einen Traum: Mir schien, als wäre ich im Himmel; und was sah ich dort? Auf einer Wolke saß meine Wachtel, auch sie war ganz weiß, wie das Kreuz! Auf dem Kopf trug sie einen kleinen goldenen Kranz; als hätte man sie dafür ausgezeichnet, daß sie sich für ihre Kinder geopfert hatte!

Fünf Tage später kam ich erneut mit dem Vater an diese Stelle. Ich fand das kleine Grab wieder, dank dem Kreuz, das, wenn auch gelb geworden, so doch nicht umgefallen war. Das Nest aber war leer, von den Vögelchen keine Spur.

Mein Vater überzeugte mich, daß der Alte, ihr Vater, sie weggebracht hatte; und als nach ein paar Schritten aus einem Gebüsch eine alte Wachtel geflogen kam, schoß er nicht nach ihr... Nein, sagte ich mir darauf, Papa ist doch gut!

Allein was verwunderlich ist: Von diesem Tage an war meine Jagdleidenschaft erloschen. Ich dachte auch nicht einmal mehr an die Zeit, da mir der Vater ein Gewehr schenken würde! Als ich herangewachsen war, begann ich trotz alledem zu schießen; aber ein begeisterter Jäger wurde ich nie. Noch etwas erlebte ich, was mich davon abgehalten hat.

Einmal gingen wir zu zweit, mein Freund und ich, auf Birkhuhnjagd. Wir fanden ein Gesperre. Die Birkhenne flatterte auf, wir schossen und trafen sie; doch sie fiel nicht zur Erde, sondern flog weiter, zusammen mit den jungen Birkhühnern. Ich wollte ihnen eigentlich folgen, aber mein Freund meinte: „Bleiben wir lieber hier und täuschen sie ... Sie kommen gleich zurück!" Mein Jagdgenosse konnte ausgezeichnet pfeifen und die Lockrufe der Birkhähne nachahmen. Wir kauerten uns hin; er begann zu pfeifen. Und tatsächlich: Zuerst meldete sich das eine Junge, dann das andere, und plötzlich hörten wir das zärtliche Gackern der Birkhenne – und das ganz nah. Ich hob den Kopf – und was sehe ich: Durch das Gewirr der Grashalme läuft sie auf uns zu, sie läuft und läuft, und ihre Brust ist blutüberströmt! Die Mutterliebe war es, die sie zurücktrieb. Nun erwies ich mich als Störenfried. Ich erhob mich und klatschte in die Hände. Die Birkhenne flog daraufhin weg – und die Jungen verstummten. Mein Freund wurde böse; er erklärte mich für verrückt ...

„Du hast uns die ganze Jagd verdorben."

Von da an fiel es mir immer schwerer und schwerer, zu töten und Blut zu vergießen.

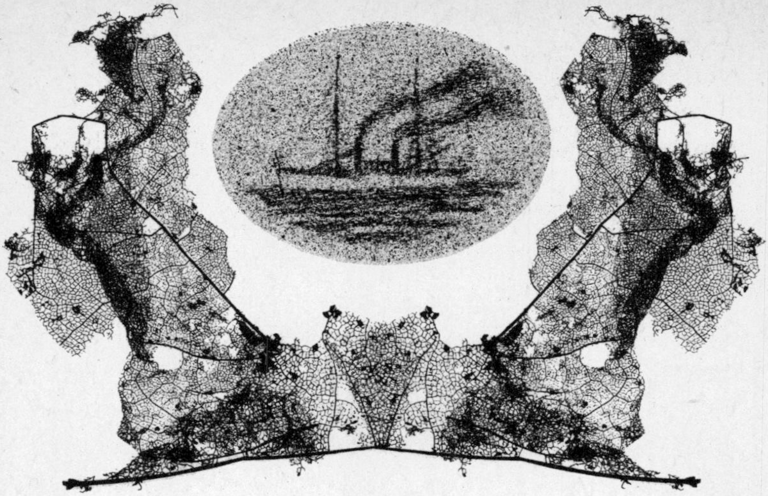

# EIN BRAND AUF DEM MEER

Es war im Mai des Jahres 1838.

Mit zahlreichen anderen Passagieren befand ich mich an Bord des Dampfers „Nikolai I.“, der zwischen Petersburg und Lübeck verkehrte. Da zu jener Zeit die Eisenbahn noch nicht sehr in Blüte stand, wählten alle Reisenden den Seeweg. Aus demselben Grund nahmen viele ihre eigenen Equipagen mit, um damit ihre Reise durch Deutschland, Frankreich usw. fortzusetzen.

Ich erinnere mich, daß wir achtundzwanzig herrschaftliche Kutschen an Bord hatten, ferner ungefähr zweihundertachtzig Passagiere, die rund zwanzig Kinder mitgerechnet.

Ich war damals noch sehr jung, und da ich nicht seekrank wurde, konnte ich mich ganz diesen neuen Eindrücken hingeben. Auf dem Schiff waren auch einige auffallend schöne beziehungsweise hübsche Damen – ein großer Teil von ihnen ist leider gestorben!

Meine Mutter hatte mich zum ersten Mal allein reisen

lassen, und ich hatte ihr versprechen müssen, mich vernünftig zu betragen und vor allem keine Karten anzurühren ... Aber gerade dieses letzte Versprechen wurde zuerst gebrochen.

An dem bewußten Abend hatten sich viele Passagiere in der Gesellschaftskajüte versammelt – übrigens waren auch einige in Petersburg sehr bekannte Spieler darunter. Sie legten jeden Abend eine Bank auf, und die Goldmünzen, die man damals noch häufiger zu sehen bekam als jetzt, klimperten betörend.

Einer dieser Herren bemerkte, daß ich mich abseits hielt, und da er den Grund nicht kannte, forderte er mich plötzlich auf, mitzuspielen; als ich ihm mit der Naivität meiner neunzehn Jahre das Motiv meiner Scheu genannt hatte, lachte er schallend und rief, an seine Kameraden gewandt, er habe einen Schatz entdeckt: einen jungen Mann, der noch nie Karten in der Hand gehabt hätte und deshalb dazu ausersehen wäre, ganz großes, unerhörtes Glück zu haben, das echte Glück des Einfältigen!

Ich weiß nicht, wie es geschah, doch zehn Minuten später saß ich am Spieltisch, die Hände voller Karten, hatte meinen Einsatz vor mir – und spielte, spielte wie besessen.

Ich muß gestehen, daß das alte Sprichwort zutraf. Das Geld strömte mir nur so zu; zwei Häufchen Gold türmten sich auf dem Tisch zu beiden Seiten meiner zitternden und schweißbedeckten Hände. Der Spieler, der mich verleitet hatte, hörte nicht auf, mich zu animieren und anzustacheln ... Ehrlich gesagt, ich glaubte schon, daß ich mit einem Schlage reich werden würde!

Plötzlich wurde die Kajütentür weit aufgerissen; eine Dame stürzte völlig aufgelöst herein und rief mit ersterbender Stimme: „Es brennt!“ Dann sank sie ohnmächtig auf einen Diwan. Das verursachte eine große Aufregung: Keiner blieb auf seinem Platz; Gold,

Silber, Banknoten fielen hinunter, rollten und flatterten in alle Richtungen, und wir liefen alle hinaus. Wie war es nur möglich gewesen, daß wir nicht schon früher den Rauch bemerkt hatten, der bereits in die Kajüte drang? Ich kann das noch heute absolut nicht verstehen! Die Treppe war schon voller Qualm. Dunkelrote Feuergarben – wie von brennender Steinkohle – loderten hier und da auf. Augenblicklich waren alle an Deck. Zwei breite, mit Flammen vermischte Rauchsäulen stiegen an beiden Seiten des Schornsteins und an den Masten in die Höhe; es begann ein entsetzliches Durcheinander, welches auch nicht mehr aufhörte. Das Chaos war unvorstellbar; man spürte, daß ein verzweifelter Selbsterhaltungstrieb alle diese menschlichen Wesen – und mich ganz besonders – erfaßt hatte. Ich weiß noch, daß ich einen Matrosen am Arm festhielt und ihm im Namen meiner Mutter zehntausend Rubel versprach, wenn es ihm gelänge, mich zu retten. Der Matrose, der meine Worte selbstverständlich nicht ernst nehmen konnte, machte sich frei, und ich bedrängte ihn auch nicht weiter, denn ich begriff, daß das, was ich gesagt hatte, bar jeder Vernunft war. Was ich um mich herum sah, war es übrigens nicht weniger. Es stimmt durchaus, daß nichts der Tragik eines Schiffsunterganges oder eines Brandes auf dem Meer gleichkommt – außer der ihr innewohnenden Komik. Einige Beispiele: Ein reicher Gutsbesitzer kroch, von Entsetzen gepackt, auf den Planken herum und machte wie besessen tiefe Verbeugungen; als jedoch das Wasser, das reichlich in die Öffnungen der Kohlebunker geschüttet wurde, für einen Augenblick die wütenden Flammen zügelte, erhob er sich in seiner ganzen Größe und schrie mit Donnerstimme: „Ihr Kleingläubigen! Habt ihr wirklich gedacht, unser Gott, der Gott der Russen, würde uns verlassen?“ Doch in diesem Moment loderte das Feuer wieder auf, und der arme „Großgläubige“ fiel abermals auf seine Knie und begann aufs neue, sich bis zum Boden zu verbeugen. Ein General mit düster-irrem Blick rief fortwährend: „Ein Kurier muß zum Zaren geschickt werden! Ein Kurier wurde zu ihm geschickt beim Aufruhr der Militärsiedlungen, wo auch ich war, jawohl, ich persönlich, und das hat wenigstens einige von uns gerettet!" Ein anderer Herr, mit einem Regenschirm in der Hand, fing plötzlich an, ein beim Gepäck stehendes, schlecht gemaltes und an der Staffelei festgebundenes Ölporträt wütend zu durchlöchern. Mit der Schirmspitze stieß er fünf Löcher hinein, und zwar dort, wo die Augen, die Nase, der Mund und die Ohren waren. Diese Verstümmelung begleitete er mit dem Ausruf: „Was soll das alles jetzt?" Dabei gehörte ihm das Bild nicht einmal! Ein beleibter, tränenüberströmter Herr, der wie ein deutscher Bierbrauer aussah, kreischte die ganze Zeit mit weinerlicher Stimme: „Kapitän! Kapitän!" Und als der Kapitän, der die Geduld verloren hatte, ihn beim Jackenaufschlag packte und schrie: „Ich bin der Kapitän, was wollen Sie von mir?" sah ihn der Dicke ganz entgeistert an und stöhnte weiter: „Kapitän!"

Dennoch hat dieser Kapitän uns allen das Leben gerettet. Einmal dadurch, daß er in letzter Minute, als er noch zur Maschine konnte, den Kurs unseres Schiffes änderte, das Richtung Lübeck fuhr, anstatt direkt auf die Küste zu, und bestimmt völlig ausgebrannt wäre, ehe es den Hafen erreicht hätte; und zum anderen, weil er den Matrosen befahl, ihre Dolche zu ziehen und erbarmungslos jeden niederzustechen, der es wagen sollte, eines der beiden letzten Rettungsboote zu berühren — alle anderen waren durch die Unerfahrenheit der Passagiere, die sie zu Wasser lassen wollten, umgeschlagen.

Mit ihren energischen, kalten Gesichtern und dem fast blutroten Widerschein der Flammen auf den Dolchklingen flößten uns die Matrosen, die größtenteils

Dänen waren, unwillkürlich Angst ein. Es herrschte ein ziemlicher Sturm, der durch das Feuer, das in einem guten Drittel des Schiffes wütete, noch verstärkt wurde. Ohne Rücksicht darauf, wie die maskuline Hälfte des Menschengeschlechtes darüber denken mag, muß ich gestehen, daß die Frauen in diesem Falle mehr Mut bewiesen als die Männer. Die Nacht hatte die Frauen, die jetzt totenblaß waren, in ihren Betten überrascht (anstatt ihrer Kleider hatten sie sich nur Decken überwerfen können), und obwohl ich damals bereits wenig religiös war, erschienen sie mir wie Engel, die vom Himmel gekommen waren, um uns zu beschämen und uns Mut zu machen. Es gab aber auch Männer, die sich furchtlos zeigten. Besonders erinnere ich mich an einen, an Herrn D., unseren früheren russischen Gesandten in Kopenhagen. Er hatte Schuhe, Krawatte und Jacke abgelegt, ihre Ärmel vor dem Bauch zusammengebunden und saß auf einem dicken, gespannten Tau, baumelte mit den Beinen, rauchte in aller Ruhe seine Zigarre und besah sich jeden von uns mit spöttischem Bedauern. Was mich angeht, so hatte ich auf einer Außenbordtreppe Zuflucht gefunden, wo ich auf einer der untersten Stufen hockte. Gebannt starrte ich auf den rötlichen Schaum, der unter mir brodelte und dessen Spritzer mir ins Gesicht flogen, und sagte mir: Hier also gehst du mit deinen neunzehn Jahren unter!, denn ich war fest entschlossen, lieber zu ertrinken als zu verbrennen. Die Flammen schlugen in hohem Bogen über mir aus dem Schiffsrumpf, und ich konnte ihr Brüllen sehr genau von dem Toben der Wellen unterscheiden.

Auf derselben Treppe saß unweit von mir ein kleines altes Mütterchen, wahrscheinlich die Köchin einer der Familien, die nach Europa reisten. Sie hatte ihren Kopf in die Hände gelegt und schien zu beten; doch plötzlich warf sie mir einen kurzen Blick zu, packte mich, vielleicht weil ihr schien, auf meinem Gesicht stehe ein verhängnisvoller Entschluß geschrieben, oder aus irgendeinem anderen Grunde, beim Arm und sagte nachdrücklich und mit fast beschwörender Stimme: „Nein, Herr, niemand darf über sein Leben verfügen – auch Sie nicht, keiner. Was Gott befiehlt, das mag kommen – das andere hieße doch Hand an sich legen, und dafür würden Sie im Jenseits bestraft werden."

Bis zu dem Augenblick hatte ich keinerlei Selbstmordgedanken gehabt, doch jetzt, aus einer Art Wichtigtuerei heraus, die in meiner Situation völlig unerklärlich war, gab ich mir zwei- oder dreimal den Anschein, als wollte ich jene Absicht verwirklichen, die die Alte mir unterstellt hatte – und jedes Mal hielt sie mich zurück, um das zu verhindern, was in ihren Augen ein Verbrechen war. Schließlich schämte ich mich und hörte damit auf. Warum auch sollte ich Komödie spielen im Angesicht des Todes, den ich in diesem Moment tatsächlich für unumgänglich hielt? Im übrigen hatte ich weder Zeit, mir über diese eigenartigen Empfindungen klarzuwerden, noch das Fehlen jeglichen Egoismus (heutzutage würde man es Altruismus nennen) bei dieser alten Frau zu bewundern, denn die Flammen über uns tobten immer wütender. Plötzlich ertönte über unseren Köpfen eine metallene Stimme (es war die Stimme unseres Retters): „Was macht ihr Unglücklichen denn da? Ihr kommt dort um, folgt mir!" Ohne zu wissen, wer rief und wohin wir sollten, sprangen die Alte und ich sofort wie von einer Feder hochgeschnellt auf und stürzten durch den Qualm einem Matrosen in blauer Bluse nach, der vor uns eine Strickleiter hinaufkletterte. Ich weiß nicht, warum, aber ich stieg hinter ihm her; ich glaube, wenn er sich in diesem Augenblick ins Wasser geworfen oder irgend etwas anderes, etwas völlig Abwegiges getan hätte, ich wäre ihm blindlings gefolgt. Nachdem er zwei oder drei Stufen erklommen hatte, sprang der Matrose auf das Dach einer der Kutschen, deren Unterteil schon zu brennen anfing. Ich tat es ihm nach und hörte hinter mir auch die Alte; dann schwang sich der Matrose von der ersten Kutsche auf eine zweite, dann auf eine dritte, und ich hielt mich die ganze Zeit hinter ihm – auf diese Weise gelangten wir bis an den Bug des Schiffes.

Hier hatten sich fast alle Passagiere versammelt. Unter Aufsicht des Kapitäns ließen die Matrosen eines der beiden Rettungsboote zu Wasser – zum Glück das größere. Über der anderen Reling des Schiffes sah ich die von dem Feuer grell beleuchteten steilen Uferfelsen, die nach Lübeck hin abfallen. Bis zu diesen Felsen waren es gute zwei Werst. Ich konnte nicht schwimmen. Die Stelle, an der wir auf Grund gelaufen waren (wir hatten das nicht einmal bemerkt), war offensichtlich nicht tief, aber die Wellen gingen sehr hoch. Und dennoch – als ich die Felsen erblickt hatte, erfaßte mich die Gewißheit, daß ich gerettet war, und zur Verwunderung der Umstehenden machte ich ein paar Freudensprünge und schrie: „Hurra!" Ich wollte mich nicht weiter dem Platz nähern, wo sich die Menge drängte, um zu der Treppe zu gelangen, die zu dem großen Rettungsboot führte – dort waren viele Frauen, ältere Leute und Kinder; außerdem hatte ich es überhaupt nicht mehr eilig, seit ich die Felsen gesehen hatte, denn ich war sicher, daß ich gerettet war. Mit Erstaunen stellte ich fest, daß fast keines der Kinder Anzeichen von Furcht zeigte – einige waren sogar auf den Armen ihrer Mütter eingeschlafen. Keines der Kinder ist umgekommen.

In der Gruppe der Passagiere erblickte ich auch einen stattlichen General; von seiner Kleidung troff Wasser. Er stand unbeweglich, gestützt auf eine hochgekantete Bank, die er eben abgerissen hatte. Ich erfuhr, daß er im ersten Schrecken eine Frau grob zurückgestoßen hatte, weil sie vor ihm in eines jener Boote springen wollte, die dann durch die Schuld der Passagiere kenterten. Einer von der Schiffsbesatzung hatte ihn umfaßt und mit Gewalt zurückgezerrt, und der alte Soldat, der sich nun dieses Anflugs von Feigheit schämte, hatte sich geschworen, das Schiff als letzter zu verlassen, noch nach dem Kapitän. Er war groß, blaß, hatte eine blutige Schramme auf der Stirn und schaute niedergeschlagen und ergeben um sich, als bäte er um Verzeihung.

Inzwischen hatte ich mich der linken Bordseite des Schiffes genähert und sah unser kleineres Rettungsboot wie ein Spielzeug auf den Wellen tanzen; zwei Matrosen, die sich darin befanden, gaben den Passagieren durch Zeichen zu verstehen, den Sprung in das Boot zu wagen, aber das war nicht so einfach, denn die „Nikolai I.“ war ein Linienschiff, und man mußte schon sehr geschickt springen, um das Boot nicht zum Kentern zu bringen. Schließlich entschloß ich mich: Ich begann damit, daß ich auf die Ankerkette trat, die außen am Schiff entlanglief, doch gerade als ich abspringen wollte, fiel eine dicke, schwere und weiche Masse auf mich. Eine Frau umklammerte meinen Hals und hing regungslos an mir. Ich gestehe, daß ich im ersten Moment ihre Arme mit Gewalt über meinen Kopf drücken und mich so von dieser Masse befreien wollte; zum Glück bin ich dieser Regung nicht gefolgt. – Die Wucht des Stoßes hätte uns beinahe beide ins Wasser geschleudert, doch glücklicherweise baumelte direkt vor mir das Ende eines Taues, das von Gott weiß wo herunterhing und an dem ich mich mit einer Hand krampfhaft festhielt, wobei ich mir die Haut abschürfte, so daß ich blutete. Dann schaute ich nach unten und sah, daß ich mich mit meiner Last genau über dem Boot befand. Dann mit Gott! Ich ließ los ... Das Boot krachte in allen Fugen. „Hurra!“ schrien die Matrosen. Ich legte meine Last, die ohnmächtig geworden war, auf dem Boden des Bootes ab und wandte mich sogleich wieder nach dem Schiff um, wo ich viele Menschen erblickte, vor allem Frauen, die sich aufgeregt an der Reling drängten.

„Springt!“ rief ich und breitete die Arme aus. In diesem Augenblick verliehen mir der Erfolg meines kühnen Unternehmens und die Überzeugung, daß ich vor dem Feuer in Sicherheit war, ungeahnte Kraft und Mut, und ich fing die drei Frauen, die als einzige den Sprung in mein Boot wagten, mit Leichtigkeit auf, wie man während der Ernte Äpfel auffängt. Es muß noch gesagt werden, daß jede dieser Damen in dem Moment, da sie vom Schiff absprang, einen schrillen Schrei ausstieß und, unten angekommen, in Ohnmacht fiel. Ein Passagier, der wohl vor Angst verrückt geworden war, hätte eine dieser Unglücklichen beinahe erschlagen, denn er warf eine schwere Schatulle ins Boot, die beim Aufprall zersprang und sich als recht wertvolles Necessaire erwies. Ohne zu überlegen, ob ich überhaupt berechtigt war, über sie zu verfügen, schenkte ich sie auf der Stelle den beiden Matrosen, die auch ungeniert das Geschenk annahmen. Sofort ruderten wir mit aller Kraft dem Ufer entgegen, begleitet von den Rufen: „Kommt schnell zurück! Schickt uns das Boot zurück!“ Deshalb mußten wir auch aus dem Boot klettern, als das Wasser nicht mehr tiefer als ein Arschin war. Über eine Stunde schon ging ein kalter Nieselregen nieder, ohne die geringste Wirkung auf das Feuer zu haben, uns jedoch hatte er bis auf die Haut durchnäßt.

Endlich hatten wir das rettende Ufer erreicht, das nichts anderes als eine gewaltige Pfütze voller klebrigen Schlammes war, in dem man bis zu den Knien versank.

Schnell entfernte sich unser Boot wieder und fuhr jetzt – ebenso wie das große Rettungsboot – pausenlos zwischen Schiff und Ufer hin und her. Es sind nicht viele Passagiere ums Leben gekommen, insgesamt acht: Einer stürzte in den Kohlenbunker, ein anderer ertrank, weil er sein ganzes Geld eingesteckt hatte. Letzterer, den ich kaum beim Namen kannte, hatte mit mir den größten

Teil des Tages Schach gespielt, und zwar mit solcher Hingabe, daß Fürst W., der unsere Partie verfolgte, zu guter Letzt ausrief: „Man hat den Eindruck, bei Ihnen geht es um Leben und Tod!"

Was das Gepäck betrifft, so ist es fast gänzlich verlorengegangen; auch die Kutschen konnten nicht geborgen werden.

Unter den Damen, die gerettet wurden, war auch Madame T., eine sehr hübsche und nette Frau, die durch ihre vier Töchter und deren Kindermädchen allerdings sehr in Anspruch genommen war; deshalb blieb sie auch am Ufer allein zurück, barfuß, die Schultern nur notdürftig bedeckt. Ich hielt es für angebracht, den liebenswürdigen Kavalier zu spielen, was mich meinen Rock kostete, den ich bis dahin behütet hatte, ferner mein Halstuch und sogar die Stiefel. Außerdem erachtete es der Bauer mit dem zweispännigen Wagen, den ich auf dem Steilufer aufgetrieben und vorausgeschickt hatte, nicht für nötig, auf mich zu warten, und fuhr mit allen meinen Reisegefährtinnen nach Lübeck ab, so daß ich allein zurückblieb, dürftig bekleidet, naß bis auf die Haut, das Meer vor Augen, auf dem unser Dampfer langsam niederbrannte. Ich sage absichtlich „niederbrannte", denn ich hätte niemals geglaubt, daß ein solcher „Riese" so schnell vernichtet werden könnte. Er war jetzt nichts weiter als ein großer brennender Fleck, der leblos auf dem Wasser lag, durchfurcht von den schwarzen Konturen der Schornsteine und der Masten, um die in ihrem schwerfälligen und gleichgültigen Flug Möwen kreisten. Dann stieg eine mächtige, mit kleinen Funken durchsetzte Aschengarbe empor und fiel in breiten, geschwungenen Linien auf die etwas ruhiger gewordene See nieder. War das alles? dachte ich. Ist unser ganzes Leben etwa nur ein Stäubchen Asche, das vom Winde verweht wird?

Glücklicherweise wurde der Philosoph, dem schon vor

Kälte die Zähne klapperten, von einem anderen Fuhrmann mitgenommen. Es kostete mich zwei Dukaten, dafür hüllte er mich aber in seinen dicken Umhang und sang mir zwei oder drei mecklenburgische Lieder vor, die mir recht gut gefielen. So gelangte ich im Morgengrauen nach Lübeck; hier traf ich meine Leidensgefährten wieder, und wir begaben uns nach Hamburg. Dort fanden wir zwanzigtausend Silberrubel vor, die uns Zar Nikolai, der sich gerade auf der Durchreise in Berlin aufhielt, mit seinem Adjutanten geschickt hatte. Alle Männer versammelten sich und entschieden einstimmig, das Geld den Damen zu überlassen. Das zu tun fiel uns um so leichter, als damals jeder Russe, der nach Deutschland kam, unbegrenzten Kredit hatte. Jetzt ist es nicht mehr so.

Der Matrose, dem ich für meine Rettung im Namen meiner Mutter eine unermeßliche Summe geboten hatte, meldete sich und mahnte mich, mein Versprechen zu erfüllen. Da ich aber nicht ganz sicher wußte, ob tatsächlich er es gewesen war, und da er außerdem absolut nichts getan hatte, um mich zu retten, gab ich ihm einen Taler, den er auch dankend nahm.

Was die arme alte Köchin betrifft, die derart um die Rettung meiner Seele besorgt war, so habe ich sie nicht wiedergesehen; ob sie in den Flammen umkam oder in den Wellen – eines kann man mit Bestimmtheit sagen: Ein Platz im Paradies ist ihr sicher.

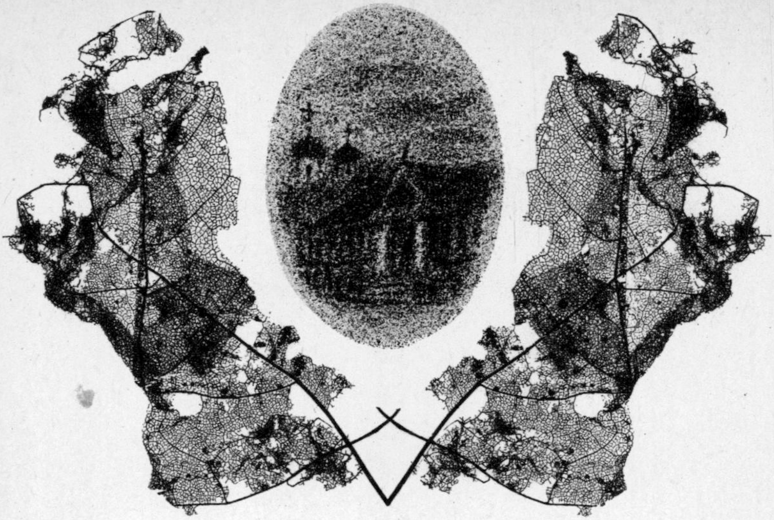

# MUMU

In einer abgelegenen Straße von Moskau, in einem grauen Haus mit weißen Säulen, Zwischengeschoß und windschiefem Balkon, wohnte einst, umgeben von zahlreicher Dienerschaft, eine verwitwete vornehme Dame. Ihre Söhne dienten in Petersburg, ihre Töchter waren verheiratet. Sie fuhr nur selten aus und verbrachte die letzten Jahre ihres kärglichen und langweiligen Altersdaseins recht zurückgezogen. Der Mittag ihres Lebens, freudlos und unwirtlich, war längst vorüber; aber auch der Abend war dunkler als die Nacht.

Die bemerkenswerteste Person aus ihrem zahlreichen Gesinde war der Hausknecht Gerassim, ein Mann von hünenhaftem Körperbau und taubstumm von Geburt. Seine Herrin hatte ihn vom Gut mitgebracht, wo er allein, von seinen Brüdern getrennt, in einer kleinen Hütte hauste und als einer der verläßlichsten Fronbauern galt. Mit außergewöhnlicher Kraft ausgestattet, arbeitete er für vier; die Arbeit ging ihm nur so von der Hand, und es war ein Vergnügen, ihm zuzusehen, wenn er pflügte und, sich mit den mächtigen Fäusten gegen den Hakenpflug stemmend, die pralle Brust der Erde allein, ohne die Hilfe des elenden Kleppers, aufzureißen schien oder wenn er am Peter-und-Pauls-Tag so verheerend mit der Sense werkte, daß man glauben konnte, es sei ihm ein leichtes, ein junges Birkenwäldchen an den Wurzeln abzusäbeln, oder wenn er schnell und ohne Pause den drei Arschin langen Dreschflegel schwang und seine länglichen und festen Schultermuskeln sich wie ein Pumpenschwengel hoben und senkten. Sein ständiges Schweigen verlieh seiner unermüdlichen Arbeit einen feierlichen Ernst. Er war ein Prachtkerl, und wäre nicht sein Gebrechen gewesen, so hätte ihn jedes junge Mädchen gern zum Mann genommen. So aber brachte man Gerassim nach Moskau, kaufte ihm Stiefel, ließ ihm einen Kaftan für den Sommer und einen Pelzmantel für den Winter schneidern, drückte ihm Besen und Schaufel in die Hand und machte ihn zum Hausknecht.

Seine neue Lebensweise behagte ihm anfangs ganz und gar nicht. Von Kindheit an war er das Landleben und die Feldarbeit gewöhnt. Durch sein Gebrechen von jeder Gesellschaft ausgeschlossen, war er in aller Stille tüchtig herangewachsen, wie ein Baum auf fruchtbarem Boden. In die Stadt verpflanzt, begriff er lange nicht, was man mit ihm angestellt hatte; er langweilte sich und wußte nichts mit sich anzufangen, wie ein gesunder junger Stier, den man gerade von der Weide genommen hat, wo ihm das saftige Gras bis zum Bauch reichte, genommen und auf einen Wagen der Eisenbahn verladen, die ihn nun, seinen feisten Körper bald in Rauch und Funken, bald in wallenden Dampf hüllend, unter Poltern und Quietschen davonträgt, wohin, das weiß Gott allein. Seine neuen Obliegenheiten dünkten Gerassim nach der schweren Landarbeit ein Kinderspiel. In einer halben Stunde hatte er alles erledigt; dann stand er wieder mitten auf dem Hof und starrte die Vorübergehenden offenen Mundes an, als erwarte er von ihnen eine Änderung seiner eigenartigen Situation, oder er verzog sich plötzlich in irgendeinen Winkel, warf Besen und Schaufel weit von sich, ließ sich bäuchlings zu Boden fallen und blieb so stundenlang regungslos liegen wie ein gefangenes Tier. Doch der Mensch gewöhnt sich an alles, und so gewöhnte sich auch Gerassim schließlich an das Stadtleben. Zu tun hatte er nicht viel; seine ganze Aufgabe bestand darin, den Hof sauberzuhalten, zweimal täglich eine Tonne voll Wasser zu holen, Brennholz für Küche und Haus heranzuschaffen und zu hacken, Fremde nicht hereinzulassen und des Nachts zu wachen. Und man muß sagen, er kam seinen Pflichten gewissenhaft nach. Auf dem Hof lag niemals auch nur ein Spänchen oder anderer Kehricht herum. Blieb irgendwo der seiner Obhut anvertraute müde Gaul mit dem Wasserwagen im Straßenkot stecken, genügte ein Ruck von ihm mit der Schulter, und nicht nur der Wagen, sondern auch das Pferd wurden ein Stück vorwärts geschubst. Wenn er Brennholz hackte, klirrte seine Axt wie Glas, und Splitter und Scheite flogen nur so nach allen Seiten. Und was die Fremden betraf, so hatten alle in der Umgegend einen Heidenrespekt vor ihm, seit er eines Nachts zwei Diebe erwischt und mit den Köpfen zusammengestoßen hatte, und zwar dermaßen, daß man sie danach nicht einmal mehr zur Polizei schaffen konnte. Selbst am Tage suchten die Vorübergehenden, nicht etwa Spitzbuben, sondern einfach Fremde, den furchteinflößenden Hausknecht durch Handbewegungen wegzuscheuchen und schrien ihn an, als könnte er ihr Geschrei hören. Zu dem übrigen Gesinde stand Gerassim, wenn auch nicht in freundschaftlichen – sie hatten Angst vor ihm –, so doch in engen Beziehungen;

er behandelte sie als seinesgleichen. Sie verständigten sich mit ihm durch Zeichen; er verstand sie auch und führte alle Aufträge exakt aus. Er kannte jedoch auch seine Rechte, und niemand hätte es je gewagt, sich auf seinen Platz am Eßtisch zu setzen. Überhaupt war Gerassim von strenger und ernster Gemütsart und liebte Ordnung in allen Dingen. Selbst die Hähne wagten in seiner Gegenwart nicht, miteinander zu kämpfen; andernfalls erging es ihnen schlecht. Ertappte er sie dabei, packte er sie kurzerhand bei den Beinen, ließ sie ein dutzendmal in der Luft kreisen und warf sie dann in verschiedene Richtungen. Auch Gänse wurden auf dem Hof seiner Herrin gehalten; doch die Gans ist bekanntlich ein gravitätischer und vernünftiger Vogel. Gerassim empfand Achtung vor ihnen, pflegte und fütterte sie; er ähnelte selber einem respektablen Gänserich. Man hatte ihm über der Küche eine Kammer zugewiesen, die er sich selbst nach seinem Geschmack einrichtete. Er zimmerte sich ein Bett aus Eichenbohlen mit vier Holzklötzen als Beine – ein wahres Hünenbett: Hundert Pud trug es, ohne sich auch nur ein bißchen durchzubiegen. Unter dem Bett stand eine robuste Truhe, in einer Ecke ein kleiner Tisch von ebenso solider Bauart und daneben ein dreibeiniger Stuhl, aber so haltbar und stämmig, daß Gerassim ihn gelegentlich hochhob, fallen ließ und dann selbstgefällig lächelte. Die Kammertür war mit einem Schloß versehen, das seiner Form nach an einen Kringel erinnerte, nur daß es schwarz war; den Schlüssel dazu hatte Gerassim immer bei sich am Gürtel. Er liebte es nicht, wenn jemand zu ihm kam.

So verstrich ein Jahr, und an dessen Ende ereignete sich mit Gerassim ein kleiner Zwischenfall.

Die betagte Herrin, bei der er als Hausknecht diente, befolgte in allen Dingen die alten Bräuche und hielt sich eine zahlreiche Dienerschaft. In ihrem Hause gab es nicht nur Waschfrauen, Näherinnen, Tischler, Schneider und Schneiderinnen, sondern sogar einen Sattler, der auch als Veterinär und als Arzt für die Leute in Anspruch genommen wurde, sowie einen Hausarzt für die gnädige Frau und schließlich einen Schuhmacher, Kapiton Klimow mit Namen, einen notorischen Trinker. Klimow glaubte sich ungerecht behandelt und unterschätzt; er hielt sich für einen gebildeten, hauptstädtischen Menschen, unter dessen Würde es eigentlich war, in Moskau zu leben, noch dazu ohne rechte Beschäftigung und in einem so abgelegenen Winkel. Wenn er trank, so nur, wie er stotternd und sich an die Brust schlagend verkündete, vor lauter Kummer. Auf den nun kam eines Tages die Rede zwischen der Herrin und Gawrila, ihrem Haushofmeister, einem Manne, dem es, allein schon seinen gelben Augen und seiner Entennase nach zu urteilen, vom Schicksal selbst bestimmt zu sein schien, die führende Rolle zu spielen. Die Herrin bedauerte die verdorbene Moral Kapitons, den man erst wieder tags zuvor irgendwo auf der Straße aufgelesen hatte.

„Nun, Gawrila", sagte sie plötzlich, „sollten wir ihn nicht verheiraten, was meinst du? Vielleicht kommt er dann zur Vernunft."

„Warum denn nicht, gnä' Frau!" antwortete Gawrila. „Das ist möglich, und es wird sogar sehr gut sein."

„Ja. Aber wer wird ihn nehmen?"

„Allerdings, gnä' Frau! Aber ganz, wie's Ihnen beliebt. Immerhin wird er ja doch noch zu irgend etwas nütze sein. Seinen Mann steht er allemal noch."

„Ich glaube, Tatjana gefällt ihm?"

Gawrila wollte schon etwas einwenden, aber dann hielt er doch lieber den Mund.

„Ja. Er soll um Tatjanas Hand anhalten", entschied die Herrin und schnupfte genießerisch eine Prise Tabak. „Hörst du?"

„Sehr wohl, gnä' Frau!" sagte Gawrila und entfernte sich.

In sein Zimmer zurückgekehrt – es befand sich in einem Nebengebäude und war fast ganz mit beschlagenen Truhen angefüllt –, schickte Gawrila fürs erste seine Frau fort, setzte sich dann ans Fenster und versank in Nachdenken. Die überraschende Anordnung seiner Gebieterin hatte ihn sichtlich in Verlegenheit gebracht. Schließlich stand er auf und ließ Kapiton rufen. Der erschien auch ... Doch bevor wir dem Leser ihre Unterredung wiedergeben, ist es wohl nötig, in wenigen Worten zu berichten, wer diese Tatjana war, die Kapiton heiraten sollte, und weshalb der Befehl der gnädigen Frau dem Haushofmeister solche Sorgen bereitete.

Tatjana, die als Wäscherin im Hause lebte (übrigens vertraute man ihr als einer geschickten und erfahrenen Kraft die feine Wäsche an), war etwa achtundzwanzig Jahre alt, klein und schmächtig, hatte blondes Haar und mehrere Muttermale auf der linken Wange. Ein Muttermal auf der linken Wange aber gilt in Rußland als böses Omen, als Verheißung eines unglücklichen Lebens. Und Tatjana hatte allen Grund, mit ihrem Schicksal zu hadern. Von Kindheit an hatte man sie stiefmütterlich behandelt. Sie arbeitete für zwei, hörte jedoch nie ein freundliches Wort, wurde schlecht gekleidet und erhielt den geringsten Lohn. Verwandte hatte sie so gut wie keine mehr; ein alter Beschließer, den man wegen Untauglichkeit auf dem Lande zurückgelassen hatte, war ihr Onkel, und die übrigen Onkel waren Bauern – das war alles. Einst hatte sie als hübsch gegolten, doch ihre Schönheit war nur allzu schnell verblüht. Sie war recht sanft von Gemüt oder, besser gesagt, verschüchtert; sich selbst gegenüber völlig gleichgültig, war sie vor anderen überaus ängstlich und nur darauf bedacht, rechtzeitig mit ihrer Arbeit fertig zu werden. Sie ließ sich mit niemandem in ein Gespräch ein und zitterte schon, wenn der Name ihrer Herrin auch nur erwähnt wurde, obwohl sie diese kaum von Angesicht kannte. Nachdem man Gerassim vom Lande geholt hatte, war sie beim Anblick seiner riesigen Gestalt vor Schreck fast in Ohnmacht gefallen. Sie vermied es nach Möglichkeit, ihm zu begegnen, und machte sogar die Augen zu, wenn sie auf dem Weg vom Haus in die Waschküche doch einmal an ihm vorüber mußte. Gerassim schenkte ihr anfangs keine besondere Aufmerksamkeit; dann aber lächelte er über sie, wenn sie ihm über den Weg lief; später schaute er sie interessiert an, und schließlich wandte er kein Auge mehr von ihr. Er hatte Gefallen an ihr gefunden – ob ihres sanften Gesichtsausdrucks oder ihrer scheuen Bewegungen halber, das weiß Gott allein. Als sie eines Tages, eine gestärkte Bluse ihrer Herrin behutsam auf den gespreizten Händen tragend, den Hof überquerte, packte sie plötzlich jemand kräftig am Ellbogen. Sie drehte sich um und schrie auf – hinter ihr stand Gerassim. Dumm grinsend und mit einem freundlichen Grunzen hielt er ihr einen Pfefferkuchenhahn hin, dessen Schwanz und Flügel mit Goldpapier verziert waren. Sie wollte das Geschenk nicht annehmen, aber er drückte es ihr mit Gewalt in die Hand, schüttelte den Kopf, ging davon und grunzte ihr, sich umwendend, noch einmal recht freundschaftlich zu. Seit jenem Tag ließ er ihr keine Ruhe mehr. Wohin sie auch gehen mochte, er war immer zur Stelle, kam ihr entgegen, lächelte, grunzte, fuchtelte mit den Armen, zog unversehens ein Band aus dem Brustausschnitt und drängte es ihr auf oder säuberte mit dem Besen vor ihr den Weg. Das arme Mädchen wußte nicht mehr aus noch ein. Bald erfuhr das ganze Haus von dem Benehmen des taubstummen Hausknechts, und es hagelte Witzeleien, Spottverse und spitze Bemerkungen über Tatjana. Nur die wenigsten jedoch wagten, sich über Gerassim lustig zu machen, denn er verstand keinen Spaß; und auch sie ließ man in Ruhe, sobald er dabei war. Das Mädchen mußte sich wohl oder übel seinen Schutz gefallen lassen. Wie alle Taubstummen war er recht scharfsinnig und merkte sehr wohl, wenn man über ihn oder über sie lachte. Eines Tages während des Mittagessens fing die Beschließerin, Tatjanas Vorgesetzte, an, sie aufzuziehen, und brachte die Ärmste so weit, daß sie nicht mehr wußte, wohin sie blicken sollte, und vor Verdruß beinahe in Tränen ausgebrochen wäre. Da erhob sich plötzlich Gerassim, legte der Beschließerin seine mächtige Pranke auf den Kopf und sah sie so finster und grimmig an, daß sie sich tief über den Tisch neigte. Alle verstummten. Gerassim aber griff wieder nach seinem Löffel und aß seine Kohlsuppe weiter.

„Sieh einer diesen tauben Satan an, diesen Waldschrat!" murmelten alle halblaut. Die Beschließerin aber stand auf und zog sich ins Mägdezimmer zurück. Als Gerassim ein andermal gewahrte, daß Kapiton, eben jener Kapiton, von dem soeben die Rede war, allzu liebenswürdig mit Tatjana plauderte, winkte er ihn mit dem Zeigefinger zu sich heran, führte ihn in die Wagenremise, packte eine in der Ecke stehende Deichsel und drohte ihm andeutungsweise, aber vielsagend damit. Seitdem wagte niemand mehr, ein Gespräch mit Tatjana anzuknüpfen. All das ging immer gut für Gerassim ab. Zwar fiel die Beschließerin, sobald sie das Mägdezimmer erreicht hatte, prompt in Ohnmacht und agierte überhaupt so geschickt, daß Gerassims grobes Benehmen noch am selbigen Tag der gnädigen Frau zu Ohren kam, doch die wunderliche Alte lachte nur, ließ die Beschließerin zu deren größten Ärger mehrmals wiederholen, wie er sie mit seiner schweren Hand niedergedrückt hatte, und schickte Gerassim am nächsten Tag einen Silberrubel. Sie schätzte ihn als treuen und starken

Wächter. Gerassim hatte gehörigen Respekt vor ihr, hoffte aber dennoch auf ihr Wohlwollen und trug sich bereits mit dem Gedanken, sich zu ihr zu begeben mit der Bitte, sie möge ihm erlauben, Tatjana zu heiraten. Er wartete nur noch auf den ihm vom Haushofmeister versprochenen neuen Kaftan, damit er in anständigem Aufzug vor der gnädigen Frau erscheinen könne, und nun hatte es sich ebendiese gnädige Frau auf einmal in den Kopf gesetzt, Tatjana zur Frau Kapitons zu machen.

Jetzt wird der Leser leicht den Grund für die Beklemmung erraten, die sich des Haushofmeisters Gawrila nach der Unterredung mit seiner Herrin bemächtigt hatte. Gewiß, dachte er, während er am Fenster saß, die Gnädige kann den Gerassim gut leiden (Gawrila wußte das sehr wohl und sah ihm darum vieles nach), aber er ist immerhin ein stummes Wesen. Ich kann der Gnädigen doch nicht melden, daß Gerassim hinter der Tatjana her ist. Und schließlich ist es ja auch richtig: Was würde er schon für einen Mann abgeben! Andererseits aber braucht dieser – Gott verzeih mir! – Waldschrat bloß zu erfahren, daß man Tatjana mit Kapiton verheiraten will, dann schlägt er doch alles im Hause kurz und klein, wahrhaftig! Man kann sich ja mit ihm nicht verständigen. Solch einen Teufel – jetzt hab ich doch wieder gesündigt, ich Sünder! – kann man auf keine Weise zur Vernunft bringen, wahrhaftig nicht!

Kapitons Erscheinen unterbrach die Gedankengänge Gawrilas. Der leichtsinnige Schuhmacher trat ein, lehnte sich, die Hände auf dem Rücken und die Beine gekreuzt, lässig gegen einen Wandvorsprung neben der Tür und nickte mehrmals. Da bin ich, schien er sagen zu wollen. Was steht zu Diensten?

Gawrila betrachtete Kapiton und trommelte mit den Fingern auf dem Fensterrahmen. Kapiton blinzelte nur ein wenig mit seinen bleigrauen Äuglein, schlug sie jedoch nicht nieder, sondern grinste sogar ein bißchen und fuhr sich mit der Hand über das flachsblonde Haar, das nach allen Seiten vom Kopf abstand. Nun ja, ich bin's, schien er sagen zu wollen, was gaffst du so?

„Schön!“ fing Gawrila an und machte eine Pause. „Wunderschön! Alles, was recht ist!“

Kapiton zuckte nur mit den schmalen Schultern. Bist du vielleicht schöner? dachte er bei sich.

„Na, guck dich doch mal an, los, guck doch mal“, fuhr Gawrila vorwurfsvoll fort. „Na, wie siehst du aus?“

Seelenruhig musterte Kapiton seinen abgetragenen und zerschlissenen Gehrock und seine geflickte Hose; besondere Aufmerksamkeit widmete er seinen löcherigen Stiefeln, vornehmlich jenem, auf dessen Spitze sich sein rechter Fuß so elegant stützte. Dann blickte er dem Haushofmeister wieder unverwandt ins Gesicht.

„Na und?“

„Na und!“ äffte Gawrila ihn nach. „Na und! Da sagst du noch: Na und? Wie der Teufel siehst du aus – Gott verzeih mir die Sünde! –, jawohl, so siehst du aus.“

Kapiton zwinkerte lebhaft mit seinen Äuglein.

Schimpfen Sie nur, Gawrila Andrejitsch, schimpfen Sie nur! dachte er wieder bei sich.

„Du warst ja schon wieder betrunken“, sagte Gawrila. „Schon wieder! Hä? Na, so antworte schon!“

„Meiner schwachen Gesundheit wegen habe ich mich in der Tat spirituösen Getränken ausgesetzt“, erwiderte Kapiton.

„Deiner schwachen Gesundheit wegen! Zuwenig Prügel bekommst du – das ist es! Und dabei warst du noch in Petersburg in der Lehre! Hast ja allerhand gelernt in der Lehre! Ißt dein Brot ganz umsonst.“

„Was diesen Fall betrifft, Gawrila Andrejitsch, so ist nur einer mein Richter: der Herrgott selber und sonst niemand. Er allein weiß, was für ein Mensch ich auf dieser Welt bin und ob ich mein Brot wirklich umsonst esse. Und was das Saufen anbelangt, so bin auch in diesem Falle nicht ich schuld, sondern mehr ein Freund von mir. Er hat mich erst animiert und sich dann verpolitisiert, das heißt, ist abgehauen, und ich ..."

„Und du sauberer Patron bist auf der Straße liegengeblieben. Ach, du Liederjan! Nun, aber darum geht es jetzt nicht", fuhr der Haushofmeister fort, „sondern um folgendes. Die gnädige Frau ..." Hier machte er eine kleine Pause. „Die gnädige Frau wünscht, daß du heiratest. Hörst du? Sie meint, daß du nach der Heirat zur Vernunft kommst. Verstehst du?"

„Wie sollte ich das nicht verstehen!"

„Na ja. Meiner Meinung nach wäre es besser, dich gehörig an die Kandare zu nehmen. Nun, das ist aber ihre Sache. Also was ist? Bist du einverstanden?"

Kapiton zeigte grinsend die Zähne.

„Heiraten ist eine schöne Sache für den Mann, Gawrila Andrejitsch. Ich für mein Teil bin mit dem allergrößten Vergnügen dabei."

„Na schön!" erwiderte Gawrila und dachte bei sich: Der Kerl weiß die Worte zu setzen, alles, was recht ist! „Die Sache hat nur einen Haken", fuhr er laut fort. „Man hat dir keine gute Braut ausgesucht."

„Wer ist es denn, wenn ich so neugierig sein darf?"

„Tatjana."

„Tatjana?"

Kapiton riß die Augen auf und löste sich von der Wand.

„Nun, warum bist du denn so erschrocken? Gefällt sie dir etwa nicht?"

„Warum sollte sie mir nicht gefallen, Gawrila Andrejitsch! Das Mädel ist nicht übel, eine tüchtige Arbeiterin und ein stilles Ding. Aber Sie wissen doch selber, Gawrila Andrejitsch, daß der andere da, der Waldschrat, der Steppenunhold, daß der dauernd hinter ihr her ..."

„Weiß ich, mein Lieber, weiß ich alles“, unterbrach ihn der Haushofmeister ärgerlich, „aber ...“

„Aber ich bitte Sie, Gawrila Andrejitsch! Er schlägt mich doch tot, bei Gott, er schlägt mich tot. Wie eine Fliege wird er mich zerquetschen. Er hat doch eine Hand – schauen Sie sich doch bitte selber mal an, was für eine Hand er hat; er hat ja geradezu die Pratze von Minin und Posharski! Taub, wie der ist, schlägt er doch zu und hört nicht mal, wie er zuschlägt. Wie im Traum schwingt er die Fäuste. Und es gibt keine Möglichkeit, ihn zu beschwichtigen. Warum nicht? Weil er, wie Sie selber wissen, Gawrila Andrejitsch, taub ist und obendrein dumm wie Bohnenstroh. Er ist doch so was wie ein Tier, ein Götze, Gawrila Andrejitsch, schlimmer als ein Götze, eine Art Klotz. Warum soll ich denn jetzt durch ihn zu Schaden kommen? Gewiß, es macht mir jetzt nicht mehr viel aus; hab ganz schön was ausgehalten, mich ganz schön angepaßt und bin ganz schön speckig geworden – wie ein Topf aus Kolomna, aber immerhin bin ich doch ein Mensch und nicht irgend so ein wirklich armseliger Topf.“

„Ich weiß, ich weiß. Brauchst es nicht weiter auszumalen ...“

„Herr, du mein Gott!“ fuhr der Schuhmacher mit Feuereifer fort. „Wann ist denn Schluß damit? Wann, o Herr? Ein armer Teufel bin ich, ein armer Teufel bis in alle Ewigkeit. Das ist ein Schicksal, man stell sich das mal vor! In jungen Jahren bin ich von meinem deutschen Herrn verprügelt worden, in der Blüte meines Lebens von meinesgleichen, und nun im reifen Alter schließlich ist es so weit mit mir gekommen ...“

„Ach, du Jammerlappen!“ sagte Gawrila. „Was schwingst du hier große Reden, hä?“

„Wieso denn, Gawrila Andrejitsch? Nicht vor den Schlägen hab ich Angst, Gawrila Andrejitsch. Mag mich mein Herr im Hause züchtigen, egal; wenn er mich aber vor allen Leuten begrüßt, bleib ich trotzdem ein Mensch. Von wem aber muß ich mich hier ..."

„Na schön, verschwinde", unterbrach ihn Gawrila ungeduldig.

Kapiton wandte sich um und trottete hinaus.

„Aber angenommen, er wäre nicht da", rief ihm der Haushofmeister nach, „dann wärst du für dein Teil einverstanden?"

„Ich erkläre es hiermit", erwiderte Kapiton und entfernte sich.

Seine Beredsamkeit ließ ihn selbst in Notfällen nicht im Stich.

Der Haushofmeister schritt einige Male im Zimmer auf und ab.

„Nun, so ruft mir also jetzt Tatjana", sagte er schließlich.

Wenige Augenblicke später trat Tatjana fast geräuschlos ein und blieb an der Schwelle stehen.

„Was befehlen Sie, Gawrila Andrejitsch?" fragte sie leise.

Der Haushofmeister blickte sie durchdringend an.

„Na, Tanjuscha", begann er, „willst du heiraten? Die gnädige Frau hat einen Bräutigam für dich ausgesucht."

„Sehr wohl, Gawrila Andrejitsch! Und wen hat man mir zum Bräutigam bestimmt?" setzte sie zaghaft hinzu.

„Kapiton, den Schuhmacher."

„Sehr wohl."

„Er ist ein Bruder Leichtfuß, das stimmt. Aber die gnädige Frau hofft in diesem Falle auf dich."

„Sehr wohl."

„Eines ist allerdings schlimm: Dieser Taube da, der Gerassim, der macht dir den Hof. Womit hast du diesen Bären bloß bezirzt? Der kriegt's doch fertig und schlägt dich tot, dieser Bär."

„Er schlägt mich tot, Gawrila Andrejitsch, ganz bestimmt schlägt er mich tot.“

„Dich totschlagen! Na, das wollen wir mal sehen! Wie du das so sagst: ‚Er schlägt mich tot!‘ Hat er denn ein Recht darauf, dich totzuschlagen? Sag selbst?“

„Ich weiß nicht, Gawrila Andrejitsch, ob er das hat oder nicht.“

„Du bist mir ja eine! Du hast ihm doch nicht etwa irgendwelche Versprechungen gemacht ...“

„Was belieben Sie damit zu meinen?“

Der Haushofmeister schwieg eine Weile und dachte bei sich: Unschuldige Seele, du!

„Na schön!“ sagte er dann. „Wir werden noch mal darüber reden. Jetzt aber geh, Tanjuscha. Ich sehe, du hast wirklich ein sanftes Gemüt.“

Tatjana wandte sich um, stützte sich leicht gegen den Türrahmen und ging hinaus.

Vielleicht hat die Gnädige diese Hochzeit morgen schon wieder vergessen, dachte der Haushofmeister. Warum mach ich mir eigentlich solche Sorgen? Diesen Raufbold werden wir schon hinters Licht führen! Passiert doch was, benachrichtigen wir die Polizei.

„Ustinja Fjodorowna!“ rief er nach seiner Frau. „Stellen Sie doch mal den Samowar auf, meine Verehrteste!“

Tatjana kam fast den ganzen Tag nicht aus der Waschküche heraus. Anfangs weinte sie leise; dann wischte sie sich die Tränen ab und ging wieder an ihre Arbeit. Kapiton aber saß bis in die späte Nacht hinein mit einem Freund von finsterem Aussehen in einem Lokal und erzählte ihm ausführlich, daß er in Petersburg bei einem Herrn gedient habe, der in allem vortrefflich gewesen wäre, wenn er nicht so streng auf Zucht und Ordnung gesehen und außerdem ein bißchen einem gewissen Laster gefrönt hätte – der Alkohol sei ihm leicht zu Kopf gestiegen; was jedoch das weibliche

Geschlecht anbelange, so habe er sich einfach in allen Qualitäten ausgekannt. Sein finsterer Kumpan nickte nur zu allem; als Kapiton aber schließlich erklärte, er sei aus einem bestimmten Grund gezwungen, am nächsten Tag Hand an sich zu legen, bemerkte der finstere Kumpan, es sei an der Zeit, schlafen zu gehen. Und sie schieden wortlos und abrupt voneinander.

Die Erwartungen des Haushofmeisters erfüllten sich indessen nicht. Der Gedanke an Kapitons Hochzeit beschäftigte die Dame des Hauses so sehr, daß sie selbst während der Nacht nur davon sprach, mit einer ihrer Gesellschafterinnen, die einzig und allein im Hause gehalten wurde, um sie bei Schlaflosigkeit zu zerstreuen, und die wie ein Nachtfuhrmann bei Tage schlief. Als Gawrila nach dem Tee zum Rapport bei seiner Herrin erschien, lautete ihre erste Frage: „Was ist mit unserer Hochzeit? Kommt sie voran?"

Natürlich antwortete er, es stehe alles zum besten und Kapiton werde ihr noch heute untertänigst seine Aufwartung machen. Die gnädige Frau fühlte sich nicht ganz wohl; sie befaßte sich nicht lange mit den geschäftlichen Angelegenheiten. Der Haushofmeister kehrte auf sein Zimmer zurück und berief einen Rat ein. Die Sache erforderte wahrhaftig eine besondere Erörterung. Tatjana erhob selbstverständlich keine Einwände; Kapiton jedoch verkündete laut und vernehmlich, er habe nur einen Kopf und nicht zwei oder drei. Gerassim blickte rasch und finster von einem zum andern; er wich nicht von der Treppe zum Mägdezimmer und schien zu erraten, daß man etwas Böses gegen ihn im Schilde führte. Die Versammelten (darunter befand sich auch der alte Büfettier, Onkel Schwanz mit Spitznamen, den alle immer ehrerbietig um Rat fragten, wenngleich sie nichts weiter von ihm zu hören bekamen als: „So ist das also! Ja, ja, ja!") begannen damit, daß sie Kapiton für alle Fälle, zu seiner eigenen Sicherheit, in die Kammer mit der Wasserreinigungsanlage sperrten, und dann stellten sie tiefgründige Überlegungen an. Natürlich sei es einfach, zur Gewalt Zuflucht zu nehmen; aber da sei Gott vor! Es würde Lärm geben und die gnädige Frau dadurch beunruhigt werden – welch Malheur! Was war also zu tun? Sie überlegten hin und her und dachten sich schließlich folgendes aus: Wiederholt hatte man beobachtet, daß Gerassim Trunkenbolde nicht ausstehen konnte. Jedesmal, wenn er, am Tor sitzend, jemanden mit unsicheren Schritten, die Mütze schief aufs Ohr gedrückt, an sich vorüberwanken sah, pflegte er sich angewidert abzuwenden. Man beschloß also, Tatjana dazu zu bringen, sich betrunken zu stellen und an Gerassim vorüberzutorkeln. Das arme Mädchen sträubte sich lange, aber man überredete sie doch; außerdem sah sie selber ein, daß es keine andere Möglichkeit gab, ihren Verehrer loszuwerden. So ging sie. Kapiton wurde aus seiner Kammer herausgelassen; immerhin betraf die Angelegenheit ja auch ihn. Gerassim saß auf dem Prellstein am Tor und stocherte mit der Schaufel im Boden. Von allen Ecken her und durch die Fenstervorhänge waren Augen auf ihn gerichtet.

Die List gelang auf das vortrefflichste. Als Gerassim Tatjana erblickte, nickte er ihr erst nach seiner Gewohnheit mit freundlichem Grunzen zu; dann aber betrachtete er sie genauer, ließ die Schaufel fallen, sprang auf, eilte zu ihr hin und näherte sein Gesicht dem ihren. Vor Angst schwankte sie noch mehr und schloß die Augen. Er packte sie am Arm, stürmte mit ihr über den Hof in das Zimmer, wo der Rat noch immer tagte, und stieß sie in Kapitons Arme. Tatjana war mehr tot als lebendig. Gerassim stand und starrte sie noch eine Weile an, dann machte er eine wegwerfende Handbewegung, lächelte verächtlich und begab sich stampfenden Schrittes in seine Kammer. Den ganzen Tag lang kam er nicht mehr zum Vorschein. Antipka, der Vorreiter, erzählte hinterher, er habe durch einen Spalt gesehen, wie Gerassim, auf dem Bett sitzend und die Hand gegen die Wange gepreßt, leise, gleichmäßig und nur hin und wieder grunzend, gesungen habe, das heißt, er habe sich mit geschlossenen Augen hin und her gewiegt und den Kopf wild geschüttelt – wie die Fuhrleute oder die Treidler, wenn sie ihre schwermütigen Lieder sängen. Antipka war es unheimlich geworden, und er hatte sich von dem Spalt fortgestohlen. Als Gerassim am anderen Tag aus seiner Kammer herauskam, war an ihm keine besondere Veränderung zu bemerken. Nur etwas finsterer schien er geworden zu sein. Tatjana und Kapiton aber schenkte er nicht die geringste Beachtung mehr. Noch am selben Abend begaben sich die beiden mit Gänsen unter dem Arm zu ihrer Herrin, und eine Woche darauf heirateten sie. Auch am Tag der Hochzeit änderte sich Gerassims Verhalten nicht im mindesten; außer daß er ohne Wasser vom Fluß heimkehrte, da er die Tonne unterwegs auf rätselhafte Weise beschädigt hatte, und daß er sein Pferd am Abend im Stall so eifrig putzte und striegelte, daß es schwankte wie ein Grashalm im Wind und unter seinen eisernen Fäusten sich kaum auf den Beinen zu halten vermochte.

All dies geschah im Frühling. Ein weiteres Jahr verging, in dessen Verlauf Kapiton sich durch das Trinken endgültig zugrunde richtete, weshalb man ihn, da er zu überhaupt nichts mehr nutze war, samt seiner Frau mit einem Wagenzug in ein fernes Dorf schickte. Am Tag der Abreise führte er anfangs noch große Reden und versicherte, er werde, wohin man ihn auch schicke, und sei es selbst dorthin, wo sich die Füchse gute Nacht sagten, trotzdem nicht vor die Hunde gehen; doch dann ließ er die Flügel hängen, fing an zu jammern, man schaffe ihn zu völlig ungebildeten Menschen, und war zuletzt so schwach, daß er nicht einmal mehr imstande

war, sich die Mütze aufzusetzen; eine mitleidige Seele stülpte sie ihm auf den Kopf, rückte den Schirm zurecht und klopfte sie noch von oben glatt. Als alles bereit war und die Bauern schon die Zügel in den Händen hatten und nur noch auf den Abschiedsgruß „Gott mit euch!" warteten, trat Gerassim aus seiner Kammer, ging auf Tatjana zu und schenkte ihr zum Andenken ein rotes Baumwolltuch, das er ein Jahr zuvor für sie gekauft hatte. Tatjana, die bis zu diesem Augenblick alle Widrigkeiten ihres Lebens mit großem Gleichmut ertragen hatte, konnte jetzt nicht mehr an sich halten. Sie brach in Tränen aus und küßte, bevor sie auf den Wagen kletterte, Gerassim nach christlicher Sitte dreimal. Er hatte die Absicht, sie bis zum Schlagbaum zu begleiten, und schritt anfangs auch neben dem Wagen her, doch plötzlich, an der Krimfurt, blieb er stehen, winkte noch einmal und ging am Fluß entlang davon.

Es war gegen Abend. Er schlenderte langsam dahin und starrte aufs Wasser. Auf einmal schien es ihm, als strampele etwas im Gewirr der Wasserpflanzen dicht am Ufer. Er bückte sich und entdeckte einen kleinen Hund, weiß mit schwarzen Flecken, der trotz aller Anstrengungen nicht aus dem Wasser gelangen konnte, sich vorwärtsarbeitete, immer wieder zurückglitt und schon am ganzen mageren und pitschnassen Leibe zitterte. Gerassim betrachtete das unglückliche Tierchen einen Augenblick, dann ergriff er es mit einer Hand, barg es an seiner Brust und eilte mit langen Schritten nach Hause. In seiner Kammer legte er das gerettete Hündchen aufs Bett, deckte es mit seinem schweren Bauernrock zu, lief erst in den Pferdestall nach Stroh und dann in die Küche, um ein Schälchen Milch zu holen. Nachdem er den Rock behutsam zurückgeschlagen und das Stroh hingebreitet hatte, stellte er die Milch aufs Bett. Der arme kleine Hund war kaum drei Wochen alt und konnte wohl noch nicht lange sehen; das eine Auge schien sogar etwas größer zu sein als das andere. Er verstand noch nicht, aus dem Schälchen zu trinken, zitterte nur und blinzelte. Gerassim faßte ihn mit zwei Fingern vorsichtig beim Kopf und stippte sein Schnäuzchen in die Milch. Da fing das Tierchen plötzlich gierig an zu trinken, prustete, schüttelte sich, verschluckte sich. Gerassim schaute ihm eine Weile dabei zu und brach dann plötzlich in lautes Lachen aus. Die ganze Nacht hindurch beschäftigte er sich mit ihm: Er trocknete es ab, legte es zum Schlafen zurecht und schlummerte schließlich selbst froh und friedlich neben ihm ein.

Keine Mutter kann ihr Kind liebevoller hegen und pflegen, als Gerassim dies mit seinem Zögling tat. (Wie sich herausstellte, war es eine Hündin.) In der ersten Zeit war er noch sehr schwach, mager und häßlich, doch ganz allmählich kam er zu Kräften, machte sich heraus, und nach knapp acht Monaten hatte er sich dank der unermüdlichen Fürsorge seines Retters in einen prächtigen Spaniel mit langen Ohren, rundem, buschigem Schwanz und großen ausdrucksvollen Augen verwandelt. Er empfand leidenschaftliche Zuneigung für Gerassim, wich keinen Schritt von seiner Seite und folgte ihm schweifwedelnd überallhin. Gerassim hatte ihm auch einen Namen gegeben – die Taubstummen wissen ganz genau, daß ihr Mummeln die Aufmerksamkeit der anderen auf sie lenkt –; Mumu nannte er ihn. Alle im Haus gewannen das Tier lieb und riefen es gleichfalls Mumu. Es war außergewöhnlich klug und zu allen zutraulich, liebte jedoch nur Gerassim. Dieser wiederum war regelrecht in den Hund vernarrt und sah es nicht gern, wenn andere ihn streichelten; fürchtete er für ihn, oder war er eifersüchtig – Gott allein weiß es. Mumu weckte ihn morgens, indem sie ihn am Rockschoß zupfte; sie führte ihm den alten Wassergaul, mit dem sie in großer Freundschaft lebte, am Zügel zu; sie begleitete ihn hoheitsvoll zum Fluß; sie bewachte seinen Besen und seine Schaufel und verwehrte jedem den Zutritt zu seiner Kammer. Er hatte eigens für sie eine Öffnung in seine Tür gesägt, und Mumu schien zu spüren, daß sie nur in seiner Kammer richtig zu Hause war, denn, kaum drinnen, sprang sie mit zufriedener Miene aufs Bett. Nachts schlief sie überhaupt nicht, bellte jedoch auch nicht bei jeder Gelegenheit wie so mancher dumme Hofhund, der, auf den Hinterbeinen sitzend, mit erhobener Schnauze und zusammengekniffenen Augen einfach aus Langerweile die Sterne anbellt, und zwar gewöhnlich dreimal hintereinander. Nein, Mumus hohe Stimme ertönte niemals ohne Grund. Entweder war ein Fremder dem Zaun allzu nahe gekommen, oder irgendwo war verdächtiger Lärm oder ein Geräusch zu hören gewesen. Kurz und gut, sie war überaus wachsam. Allerdings lebte außer ihr auf dem Hof noch ein alter Hund mit braungeflecktem gelbem Fell, Woltschok gerufen, doch der wurde nie, selbst nachts nicht, von der Kette gelassen und verlangte auch seiner Altersschwäche wegen gar nicht mehr nach Freiheit; er lag ständig zusammengerollt in seiner Hütte und gab nur noch selten ein heiseres, fast lautloses Bellen von sich, verstummte aber gleich wieder, als fühlte er selber, wie nutzlos das war. Ins Herrenhaus kam Mumu niemals mit. Wenn Gerassim Brennholz in die Zimmer trug, blieb sie draußen und wartete an der Vortreppe ungeduldig auf ihn, die Ohren gespitzt und beim kleinsten Geräusch hinter der Tür den Kopf bald nach rechts, bald nach links drehend.

So verging noch ein Jahr. Gerassim verrichtete nach wie vor seinen Dienst als Hausknecht und war mit seinem Schicksal ganz zufrieden. Doch da ereignete sich plötzlich etwas Unvorhergesehenes: Eines schönen Sommertages spazierte die Herrin des Hauses mit ihren Gesellschafterinnen im Salon auf und ab. Sie war bei guter Laune, lachte und scherzte. Die Gesellschafterinnen lachten und scherzten ebenfalls, jedoch ohne rechte Freude; man war im Hause nicht sehr davon erbaut, wenn die Gnädige eine heitere Stunde hatte, weil sie dann erstens von allen verlangte, daß sie sofort voll ihre Stimmung teilten, und ärgerlich wurde, wenn nicht jedes Gesicht vor Freude strahlte, und weil zweitens diese Anwandlungen bei ihr nie lange dauerten und gewöhnlich von Mißmut und Verdrießlichkeit abgelöst wurden. An jenem Tage nun hatte ihr beim Aufstehen das Glück gelächelt: Beim Kartenlegen waren für sie die vier Buben herausgekommen, was die Erfüllung ihrer Wünsche bedeutete (sie pflegte sich morgens immer die Karten zu legen), und der Tee hatte ihr besonders gut geschmeckt, wofür das Stubenmädchen in Worten ein Lob und in klingender Münze ein Zehnkopekenstück einheimste. Mit honigsüßem Lächeln auf den faltigen Lippen spazierte also die Gnädige im Salon auf und ab und trat auch ans Fenster. Unterhalb des Fensters befand sich ein Vorgarten, und dort lag auf dem Mittelbeet unter einem Rosenstrauch Mumu und nagte voller Hingabe an einem Knochen. Die Gnädige erblickte sie.

„Mein Gott!“ rief sie plötzlich aus. „Was ist das für ein Hund dort unten?“

Die Gesellschafterin, an die sich die Gnädige gewandt hatte, trippelte hin und her, die Ärmste, in jener ängstlichen Aufregung, von der Untergebene gewöhnlich befallen werden, solange sie noch nicht genau wissen, wie sie den Ausruf ihres Vorgesetzten zu verstehen haben.

„I-i-ich weiß nicht, gnä' Frau“, stotterte sie. „Ich glaube, er gehört dem Stummen ...“

„Mein Gott!“ fiel die Gnädige ihr ins Wort. „Das ist ja ein allerliebstes Hündchen! Lassen Sie es hereinbringen. Hat er es schon lange? Wie ist es möglich, daß ich es bisher noch nicht zu Gesicht bekommen habe? Lassen Sie es hereinbringen."

Die Gesellschafterin flatterte unverzüglich ins Vorzimmer.

„Hallo, Diener!" rief sie. „Bringen Sie schleunigst Mumu herein. Sie ist im Vorgarten."

„Ah, Mumu heißt es!" sagte die Gnädige. „Ein sehr schöner Name."

„Ach ja, sehr schön, gnä' Frau!" erwiderte die Gesellschafterin. „Beeil dich, Stepan!"

Stepan, ein kräftiger Bursche, der den Dienst eines Lakaien versah, stürzte Hals über Kopf in den Vorgarten und wollte Mumu packen; doch sie entwand sich geschickt seinen Händen und rannte, so schnell sie konnte, mit erhobenem Schwanz zu Gerassim, der gerade vor der Küche ein Faß ausklopfte und ausschüttelte, wobei er damit hantierte, als wäre es eine Kindertrommel. Stepan lief hinter ihr her und wollte sie zu Füßen ihres Herrn fangen, aber der flinke kleine Hund ließ sich von fremden Händen nicht greifen, er sprang hin und her und entschlüpfte immer wieder. Gerassim schaute diesem Treiben spöttisch lächelnd zu. Schließlich richtete Stepan sich ärgerlich auf und machte dem Hausknecht durch hastige Gesten klar, daß die Herrin seinen Hund zu sehen wünsche. Gerassim war ein wenig verwundert, rief jedoch Mumu zu sich, hob sie auf und übergab sie Stepan. Der trug sie in den Salon und stellte sie aufs Parkett. Die Gnädige suchte sie mit sanfter Stimme zu sich zu locken. Aber Mumu, die sich noch niemals in so prächtigen Räumen aufgehalten hatte, war ganz verängstigt und lief auf die Tür zu; als der diensteifrige Stepan sie indessen zurückscheuchte, drängte sie sich zitternd an die Wand.

„Mumu, Mumu, komm doch zu mir, komm zur gnädigen Frau!" rief die Herrin des Hauses. „Komm her, du Dummerchen, hab keine Angst ..."

„Komm her, Mumu, komm zur gnädigen Frau", riefen auch die Gesellschafterinnen immer wieder, „komm doch her."

Aber Mumu sah sich nur bange im Kreise um und rührte sich nicht von der Stelle.

„Bringt ihr etwas zu fressen", befahl die Gnädige. „Was für ein dummes Tier! Kommt nicht zur gnädigen Frau! Wovor hat sie denn Angst?"

„Sie fühlt sich noch fremd", wagte schüchtern und devot eine der Gesellschafterinnen zu bemerken.

Stepan brachte ein Schälchen voll Milch und stellte es vor Mumu hin, doch sie schnupperte nicht einmal daran, sondern zitterte weiter und blickte sich nach wie vor bange im Kreise um.

„Ach, was bist du bloß für ein Hund!" sagte die Gnädige, sich ihr nähernd, beugte sich hinab und wollte sie streicheln, aber Mumu ruckte mit dem Kopf und fletschte die Zähne. Da zog die Gnädige die Hand rasch wieder zurück.

Einen Augenblick war es totenstill. Dann begann Mumu leise zu winseln, als wollte sie sich beklagen und sich gleichzeitig entschuldigen. Die Gnädige trat stirnrunzelnd zurück; die jähe Bewegung des Hundes hatte sie erschreckt.

„Ach!" riefen wie aus einem Mund all ihre Gesellschafterinnen. „Er hat Sie – gottbehüte! – doch nicht etwa gebissen?" (Mumu hatte in ihrem ganzen Leben noch niemanden gebissen.) „Ach, du meine Güte!"

„Schafft ihn raus", befahl die Alte mit veränderter Stimme. „Garstiger Köter! So etwas von Bosheit!"

Sie drehte sich langsam um und schritt auf ihr Kabinett zu. Die Gesellschafterinnen wechselten scheue Blicke und machten Anstalten, ihr zu folgen, doch da blieb die Gnädige stehen, sah sie kalt an und sagte: „Was soll das? Ich habe euch nicht gerufen." Und verschwand.

Die Gesellschafterinnen gaben Stepan mit den Händen verzweifelte Zeichen. Da packte er Mumu und warf sie schleunigst zur Tür hinaus, Gerassim gerade vor die Füße. Eine halbe Stunde später herrschte im Haus bereits lautlose Stille, und die alte Dame thronte, finsterer als eine Gewitterwolke, auf ihrem Sofa.

Wenn man so bedenkt, was für Kleinigkeiten einen Menschen bisweilen verärgern können!

Noch am Abend war die Gnädige schlecht gelaunt; sie sprach mit niemandem ein Wort, spielte auch nicht Karten und verbrachte eine schlimme Nacht. Sie bildete sich ein, man habe ihr anderes Kölnischwasser gereicht als sonst und ihr Kissen rieche nach Seife; ja, sie zwang die Beschließerin sogar, die ganze Wäsche zu beschnüffeln – kurzum, sie war sehr erregt und reizbar. Am anderen Morgen ließ sie Gawrila eine Stunde früher als gewöhnlich rufen.

„Sag mir doch bitte", begann sie, kaum daß er, nicht ohne ein gewisses inneres Zittern, die Schwelle ihres Kabinetts überschritten hatte, „was ist das für ein Hund, der die ganze Nacht hindurch auf unserem Hof gebellt hat? Ich konnte nicht schlafen."

„Ein Hund, gnä' Frau? Was für einer? Vielleicht der vom Stummen, gnä' Frau", antwortete Gawrila mit etwas unsicherer Stimme.

„Ich weiß nicht, ob der vom Stummen oder von jemand anders, jedenfalls hat er mich nicht schlafen lassen. Und ich muß mich auch wundern, wozu wir solch eine Unmenge von Hunden brauchen! Das möchte ich mal wissen. Wir haben doch schon einen Hofhund?"

„Gewiß, gnä' Frau, wir haben einen. Den Woltschok."

„Nun, wozu noch mehr? Was brauchen wir da noch einen Hund? Die stiften doch bloß Unfug. Hier fehlt eine feste Hand im Haus – das ist es. Wozu braucht der Stumme überhaupt einen Hund? Wer hat ihm erlaubt, auf meinem Hof Hunde zu halten? Gestern tret ich ans Fenster, da liegt er im Vorgarten, hat sich irgend etwas Scheußliches rangeschleppt und nagt daran – ausgerechnet unter meinen Rosen." Die Gnädige macht eine Pause. „Daß er mir heute noch von hier wegkommt! Hörst du?"

„Sehr wohl, gnä' Frau!"

„Heute noch. Und jetzt geh. Zum Rapport laß ich dich später rufen."

Gawrila ging hinaus.

Während der Haushofmeister den Salon durchquerte, stellte er der Ordnung halber eine Glocke von einem Tisch auf einen anderen, im Empfangsraum schneuzte er sich heimlich die Entennase und begab sich dann ins Vorzimmer. Dort schlummerte auf einer Bank, in der Pose eines gefallenen Kriegers auf einem Schlachtengemälde, Stepan, die bloßen Füße unter dem Gehrock, der ihm als Ersatz für eine Decke diente, krampfhaft hervorgestreckt. Der Haushofmeister rüttelte ihn wach und erteilte ihm halblaut einen Befehl, worauf Stepan mit etwas antwortete, das halb Gähnen und halb Lachen war. Während der Haushofmeister sich entfernte, sprang Stepan auf, zog sich Kaftan und Stiefel an, ging hinaus und plazierte sich an der Vortreppe. Noch keine fünf Minuten waren verstrichen, da erschien in Begleitung seiner von ihm unzertrennlichen Mumu Gerassim mit einer mächtigen Tracht Holz auf dem Rücken. (Die Gnädige ließ ihr Schlafzimmer und ihr Kabinett selbst im Sommer heizen.) Gerassim stellte sich seitlich vor die Tür, stieß sie mit der Schulter auf und schob sich mit seiner Last ins Haus. Mumu blieb wie immer draußen, um auf ihn zu warten. Da nutzte Stepan die günstige Gelegenheit und stürzte sich auf sie wie der Habicht auf das Küken, preßte sie mit der Brust gegen den Boden, klemmte sie sich unter den Arm und rannte mit ihr, ohne sich erst eine Mütze aufzusetzen, über den Hof; vorm Tor nahm er die erste beste Droschke und fuhr eiligst zum Ochotny Rjad. Dort fand er auch bald einen Käufer, dem er den Hund für einen halben Rubel überließ, allerdings unter der Bedingung, daß der Mann ihn mindestens eine Woche lang an die Kette lege. Dann machte er sich sofort wieder auf den Heimweg. Noch bevor er das Haus erreicht hatte, stieg er indessen aus der Droschke, ging um den Hof herum und sprang von der Hintergasse aus über den Zaun – durchs Tor zu gehen, traute er sich nicht, hätte er dort doch Gerassim begegnen können.

Seine Besorgnis war übrigens völlig unbegründet; Gerassim war gar nicht mehr auf dem Hof. Aus dem Haus kommend, hatte er Mumu sogleich vermißt. Er konnte sich nicht erinnern, daß sie jemals seine Rückkehr nicht abgewartet hätte, und so lief er denn überall umher, suchte sie und rief sie auf seine Weise. Er stürzte in seine Kammer, auf den Heuboden, rannte auf die Straße, bald hierhin, bald dorthin. Verschwunden! Er wandte sich an das Gesinde, erkundigte sich mit den verzweifeltsten Gebärden nach ihr, deutete ihre Größe an, einen halben Arschin vom Boden aus gerechnet, zeichnete sie mit den Händen ... Die einen wußten wirklich nicht, wo Mumu geblieben war, und schüttelten nur den Kopf, und die anderen lachten ihm ins Gesicht; der Haushofmeister aber setzte eine überaus strenge Miene auf und begann die Kutscher anzuschreien. Da eilte Gerassim zum Tor hinaus.

Es dunkelte bereits, als er heimkehrte. Sein erschöpftes Aussehen, sein unsicherer Gang und seine eingestaubte Kleidung ließen darauf schließen, daß er halb Moskau durchstreift hatte. Vor den Fenstern der herrschaftlichen Gemächer blieb er stehen, warf einen Blick auf die Vortreppe, auf der sich sieben, acht Dienstboten drängten, wandte sich von ihnen ab und heulte noch einmal: „Mumu!“ Doch keine Mumu zeigte sich. Da ging er. Alle schauten ihm nach, aber niemand lächelte oder sagte ein Wort. Der neugierige Vorreiter Antipka erzählte am nächsten Morgen in der Küche, der Stumme habe die ganze Nacht hindurch gestöhnt.

Den ganzen folgenden Tag kam Gerassim nicht zum Vorschein, so daß statt seiner der Kutscher Potap nach Wasser fahren mußte, was dem Kutscher Potap ganz und gar nicht recht war. Die Gnädige fragte Gawrila, ob ihre Anordnung ausgeführt worden sei. Gawrila antwortete, sie sei ausgeführt. Am nächsten Morgen kam Gerassim wieder aus seiner Kammer und erledigte seine Arbeit. Auch zum Mittagessen stellte er sich ein; er aß und verschwand wieder – ohne Gruß. Sein Gesicht, ohnehin ausdruckslos wie bei allen Taubstummen, wirkte jetzt geradezu versteinert. Nach dem Mittag verließ er den Hof aufs neue, kehrte jedoch bald darauf zurück und begab sich schnurstracks auf den Heuboden. Die Nacht brach an, eine helle Mondnacht. Schwer seufzend lag Gerassim da und wälzte sich ruhelos hin und her. Plötzlich war ihm, als ziehe ihn jemand am Rockzipfel. Er begann am ganzen Leibe zu zittern, hob indessen nicht den Kopf, sondern kniff sogar fest die Augen zu. Doch da zog es wieder an ihm, diesmal kräftiger. Er sprang auf und sah Mumu mit einem Strickende um den Hals vor sich herumtänzeln. Ein langgedehnter Freudenschrei entfuhr seiner stummen Brust; er ergriff Mumu und preßte sie in seine Arme. Im Nu hatte sie ihm Nase, Augen und Bart abgeleckt. Er stand noch eine Weile da und überlegte, dann kletterte er vorsichtig vom Heuboden hinunter, spähte umher, und nachdem er sich überzeugt hatte, daß ihn niemand beobachtete, schlich er unbemerkt in seine Kammer. Gerassim war schon vorher der Verdacht gekommen, daß der Hund nicht von selbst davongelaufen, sondern wahrscheinlich auf Geheiß der gnädigen Frau fortgeschafft worden sei; hatten ihn doch andere vom Gesinde durch Zeichen klargemacht, wie seine Mumu die Gnädige angeknurrt hatte. Und so beschloß er, entsprechende Maßnahmen zu treffen. Zunächst einmal gab er Mumu Brot zu fressen, liebkoste sie und legte sie schlafen; dann sann er die ganze Nacht hindurch darüber nach, wie er sie wohl am besten verstecken könnte. Schließlich verfiel er darauf, sie den ganzen Tag in der Kammer zu lassen, nur von Zeit zu Zeit nach ihr zu sehen und sie erst nachts hinauszuführen. Die Öffnung in der Tür verstopfte er fest mit einem alten Rock. Kaum graute der Morgen, war er bereits auf dem Hof, als wäre nichts geschehen, und trug sogar weiterhin (o harmlose List!) eine traurige Miene zur Schau. Der arme Taubstumme konnte ja nicht ahnen, daß Mumu sich durch ihr Winseln verraten würde. In der Tat wußten bald alle im Haus, daß der Hund des Stummen zurückgekehrt war und in seiner Kammer eingesperrt saß; doch aus Mitleid mit den beiden und zum Teil wohl auch aus Furcht vor ihm ließ ihn niemand merken, daß man sein Geheimnis kannte. Nur der Haushofmeister kraulte sich am Hinterkopf, unternahm aber nichts.

„Nun, Gott befohlen!“ meinte er „Vielleicht kriegt es die Gnädige nicht mit.“ Dafür war der Stumme an diesem Tag eifrig wie nie zuvor. Er putzte und kratzte den ganzen Hof blitzsauber, rupfte selbst den letzten Grashalm aus, zog mit eigener Hand alle Pfähle des Vorgartenzauns heraus, um sich zu vergewissern, ob sie fest genug saßen, und rammte sie dann wieder ein – kurzum, er werkte und schaffte so fleißig, daß selbst der gnädigen Frau sein Eifer auffiel. Im Laufe des Tages stahl sich Gerassim zweimal heimlich zu seiner Einsiedlerin; und als die Nacht anbrach, legte er sich nicht auf dem Heuboden, sondern bei ihr in der Kammer schlafen. Erst gegen zwei Uhr morgens ging er mit ihr an die frische Luft. Nachdem er ziemlich lange mit ihr auf dem

Hof umherspaziert war, schickte er sich an, in die Kammer zurückzukehren; da ertönte plötzlich auf der anderen Seite des Zauns, von der Hintergasse her, ein Geräusch. Mumu spitzte die Ohren und knurrte, dann lief sie zum Zaun, schnupperte und fing laut und durchdringend an zu bellen. Irgendein Betrunkener hatte sich einfallen lassen, dort sein Nachtlager aufzuschlagen. Zu ebendieser Zeit war die gnädige Frau nach längerem „nervösem Erregungszustand" gerade eingeschlafen (solche Erregungszustände bekam sie immer nach allzu reichlichem Abendessen). Das plötzliche Gebell weckte sie wieder; ihr Herz begann heftig zu klopfen, und Angst befiel sie.

„Mädchen, Mädchen!" rief sie stöhnend. „Mädchen!"

Erschrocken stürzten die Dienstmädchen zu ihr ins Schlafzimmer.

„Ach, ach, ich sterbe!" ächzte sie und breitete hilflos die Arme aus. „Schon wieder dieser Hund! Schon wieder! Ach, schickt doch nach dem Doktor! Sie wollen mich umbringen. Der Hund, schon wieder der Hund! Ach!", und sie warf den Kopf zurück, was eine Ohnmacht bedeuten sollte.

Man holte eiligst den Doktor, das heißt Chariton, den Hausarzt, dessen ganze Kunst darin bestand, daß er Stiefel mit weichen Sohlen trug, behutsam den Puls fühlte, täglich vierzehn Stunden schlief und während der übrigen Zeit unentwegt stöhnte und die gnädige Frau unaufhörlich mit Kirschlorbeertropfen traktierte. Dieser Arzt nun eilte sogleich herbei, räucherte, indem er Federn röstete, und reichte der gnädigen Frau, sobald sie die Augen öffnete, auf silbernem Tablett ein Gläschen mit den ersehnten Tropfen. Die gnädige Frau nahm sie ein, fing jedoch gleich wieder an, sich mit weinerlicher Stimme über den Hund, über Gawrila und über ihr Schicksal zu beklagen, darüber, daß alle sie, die arme alte Frau, im Stiche ließen, daß niemand Mitleid mit ihr habe und daß alle ihren Tod herbeiwünschten. Unterdessen bellte die unselige Mumu immer weiter, und Gerassim bemühte sich vergebens, sie vom Zaun fortzulocken.

„Da ... da ... schon wieder", lallte die gnädige Frau und verdrehte die Augen. Der Arzt flüsterte einem der Mädchen etwas zu. Dieses rannte ins Vorzimmer und rüttelte Stepan wach; der lief und weckte Gawrila, und dieser wiederum ordnete in der ersten Aufregung an, das ganze Haus auf die Beine zu bringen.

Gerassim wandte sich um. Da sah er überall Licht aufleuchten und gewahrte Schatten an den Fenstern. Nichts Gutes ahnend, nahm er Mumu unter den Arm, stürzte in seine Kammer und riegelte sich dort ein. Wenige Augenblicke später versuchten fünf Mann, gewaltsam bei ihm einzudringen; als sie jedoch merkten, daß die Tür verriegelt war, hielten sie inne. Gawrila kam atemlos angelaufen und befahl ihnen, allesamt bis zum Morgen dazubleiben und aufzupassen; dann hastete er zum Dienstmädchenzimmer und beauftragte Ljubow Ljubimowna, die älteste Gesellschafterin, mit der gemeinsam er Tee, Zucker und andere Lebensmittel verwaltete und veruntreute, der gnädigen Frau zu melden, der Hund sei leider wieder zurückgekommen, werde aber schon morgen nicht mehr am Leben sein. Die gnädige Frau möge die Güte haben, nicht mehr zu zürnen und sich zu beruhigen. Wahrscheinlich aber hätte sich die gnädige Frau nicht so bald beruhigt, hätte ihr der Arzt in der Aufregung nicht vierzig Tropfen statt der üblichen zwölf verabreicht. Der Kirschlorbeer tat denn auch seine Wirkung, und nach einer Viertelstunde schlummerte die gnädige Frau bereits fest und tief. Gerassim aber lag totenbleich auf seinem Bett und hielt Mumu mit aller Kraft die Schnauze zu.

Am nächsten Morgen erwachte die gnädige Frau erst

ziemlich spät. Gawrila wartete nur noch auf ihr Erwachen, um den Befehl zum entscheidenden Angriff auf Gerassims Zufluchtsort zu erteilen, und machte sich selber auf ein heftiges Donnerwetter gefaßt. Doch das blieb aus. Im Bett liegend, befahl die gnädige Frau, die älteste Gesellschafterin zu holen.

„Ljubow Ljubimowna", begann sie mit ruhiger, schwacher Stimme. Sie spielte zuweilen gern die verfolgte und verlassene Märtyrerin, und es erübrigt sich wohl zu sagen, daß dann allen im Haus recht unbehaglich zumute wurde. „Ljubow Ljubimowna, Sie sehen, wie es um mich steht. Gehen Sie zu Gawrila Andrejitsch, meine Liebe, und sprechen Sie mit ihm. Sollte ihm so ein hergelaufener Köter wirklich mehr wert sein als die Ruhe, ja als das Leben seiner Gebieterin? Ich mag es einfach nicht glauben", setzte sie mit dem Ausdruck tiefen Gefühls hinzu. „Gehen Sie, meine Liebe, seien Sie so gut und gehen Sie zu Gawrila Andrejitsch."

Ljubow Ljubimowna begab sich zu Gawrila aufs Zimmer. Niemand weiß, worüber sie dort sprachen; doch einige Zeit darauf bewegte sich eine Menschenmenge über den Hof auf Gerassims Kammer zu. Voran schritt Gawrila, die Mütze festhaltend, obwohl es gar nicht windig war; ihm folgten die Diener und die Köche; aus einem Fenster schaute Onkel Schwanz und leitete das Ganze, das heißt, er fuchtelte nur mit den Armen; den Schluß bildete, hüpfend und Grimassen schneidend, eine Schar Jungen, von denen die Hälfte von der Straße herbeigeeilt war. Auf der schmalen Treppe, die zur Kammer führte, saß ein Wachposten; zwei andere standen mit Stöcken vor der Tür. Man erklomm die Treppe und füllte sie in ihrer ganzen Länge. Gawrila trat an die Tür heran, schlug mit der Faust dagegen und schrie: „Mach auf!"

Unterdrücktes Bellen war zu hören, doch keine Antwort.

„Aufmachen, sag ich!" wiederholte er.

„Aber Gawrila Andrejitsch", bemerkte Stepan von unten, „er ist doch taub! Er hört doch nichts!"

Alle lachten.

„Was ist da zu tun?" fragte von oben Gawrila.

„Er hat doch dort ein Loch in der Tür", antwortete Stepan. „Fahren Sie mal mit dem Stock drin herum."

Gawrila bückte sich.

„Er hat es mit einem Rock zugestopft, das Loch."

„Dann stoßen Sie doch den Rock rein!"

Da ertönte abermals dumpfes Bellen.

„Sieh einer an, sie macht sich selber bemerkbar!" meinte einer aus der Menge, und wieder wurde gelacht.

Gawrila kratzte sich hinterm Ohr.

„Nein, mein Lieber", sagte er schließlich, „den Rock stoß du mal selber rein, wenn du Lust hast."

„Warum nicht? Bitte sehr."

Und damit kletterte Stepan nach oben, nahm einen Stock und stieß den Rock in die Kammer; dann fuhr er mit dem Stock in der Öffnung hin und her und sagte: „Komm raus, komm raus." Noch war er damit beschäftigt, da wurde die Kammertür plötzlich aufgestoßen, und das ganze Gesinde purzelte kopfüber die Treppe hinunter, allen voran Gawrila. Onkel Schwanz schloß rasch das Fenster.

„Na, na, na!" schrie Gawrila vom Hof her. „Nimm dich in acht, das sag ich dir."

Regungslos stand Gerassim auf der Schwelle. Die Menge sammelte sich wieder am Fuß der Treppe. Die Arme leicht in die Hüften gestemmt, blickte Gerassim von oben herab auf all diese nach westeuropäischer Mode gekleideten Dienstboten; in seinem roten Bauernhemd wirkte er wie ein Riese im Vergleich zu ihnen. Gawrila trat einen Schritt vor.

„Nimm dich in acht, mein Lieber!" sagte er. „Mach mir

ja keinen Unfug!" Und durch Zeichen versuchte er ihm zu erklären, die Gnädige verlange kategorisch, daß er seinen Hund ausliefere. Gib ihn auf der Stelle heraus, sonst ergeht es dir schlecht.

Gerassim sah ihn an, dann zeigte er auf den Hund, machte mit der Hand eine Gebärde um den Hals, als zöge er eine Schlinge zu, und blickte den Haushofmeister fragend an.

„Ja, ja", antwortete der und nickte, „ja, unbedingt."

Gerassim senkte den Kopf, doch dann straffte er sich plötzlich, wies abermals auf Mumu, die während der ganzen Zeit, unschuldig mit dem Schwanz wedelnd, neben ihm stand und neugierig die Ohren spitzte, wiederholte die Gebärde des Erdrosselns an seinem Hals und schlug sich bedeutsam an die Brust, gleichsam verkündend, daß er selbst es auf sich nehme, Mumu zu beseitigen.

„Du willst uns bloß hinters Licht führen", gab ihm Gawrila durch Gebärden zur Antwort.

Gerassim maß ihn mit einem verächtlichen Lächeln, schlug sich nochmals an die Brust und warf die Tür hinter sich zu.

Alle wechselten stumme Blicke.

„Was hat denn das nun wieder zu bedeuten?" sagte Gawrila. „Hat er sich eingeriegelt?"

„Lassen Sie ihn, Gawrila Andrejitsch", meinte Stepan. „Wenn er etwas verspricht, kann man sich auch drauf verlassen. Er ist darin ganz anders als unsereins. Was wahr ist, das ist wahr."

Onkel Schwanz öffnete sein Fenster und sagte gleichfalls: „Jawohl."

„Na, meinetwegen! Wir werden ja sehen", erwiderte Gawrila. „Aber ein Aufpasser bleibt trotzdem da. – He, du, Jeroschka!" wandte er sich an einen blassen Menschen in einem gelben Kosakenrock aus Nankingtuch, der als Gärtner beschäftigt wurde. „Du hast doch nichts zu tun? Nimm den Stock und setz dich hier hin. Sobald was ist, kommst du sofort zu mir gerannt."

Jeroschka nahm den Stock und setzte sich auf die unterste Stufe der Treppe. Die Menge zerstreute sich, bis auf einige Neugierige und etliche Jungen. Gawrila kehrte ins Haus zurück und ließ der gnädigen Frau durch Ljubow Ljubimowna melden, die ganze Angelegenheit sei erledigt; für alle Fälle schickte er jedoch den Vorreiter nach einem Gendarmen. Die gnädige Frau knüpfte sich einen Knoten ins Taschentuch, träufelte Kölnischwasser darauf, roch daran und rieb sich die Schläfen damit; dann trank sie reichlich Tee und schlief, noch immer unter der Einwirkung der Kirschlorbeertropfen, wieder ein.

Eine Stunde nach all dieser Aufregung öffnete sich die Kammertür, und Gerassim kam heraus. Er trug seinen Sonntagskaftan und führte Mumu an einer Leine. Jeroschka trat beiseite und ließ ihn durch. Gerassim schritt auf das Tor zu. Die Jungen und alle, die auf dem Hof waren, blickten ihm schweigend nach. Doch er drehte sich nicht einmal um und setzte seine Mütze erst auf der Straße auf. Gawrila schickte ihm Jeroschka als Beobachter nach. Aus der Ferne sah Jeroschka ihn mit dem Hund in eine Gastwirtschaft gehen, und er beschloß zu warten, bis beide wieder herauskämen.

In der Gastwirtschaft kannte man Gerassim und verstand seine Zeichen. Er bestellte Kohlsuppe mit Fleisch und setzte sich, die Arme auf den Tisch gestützt. Mumu stand neben seinem Stuhl und blickte ihn ruhig mit ihren klugen Augen an. Ihr Fell glänzte nur so; man merkte, daß es erst kurz zuvor gekämmt worden war. Gerassims Kohlsuppe wurde gebracht. Er brockte Brot hinein, schnitt das Fleisch klein und stellte den Teller auf den Fußboden. Mit der ihr eigenen Vornehmheit, das Essen kaum mit dem Schnäuzchen berührend, begann Mumu zu fressen. Gerassim schaute ihr lange dabei zu. Plötzlich rollten ihm zwei dicke Tränen über die Wangen; die eine tropfte auf die hohe Stirn des Hündchens, die andere in die Kohlsuppe. Er bedeckte das Gesicht mit der Hand. Mumu leerte den Teller zur Hälfte und trat, sich das Schnäuzchen ableckend, zur Seite. Gerassim stand auf, zahlte und ging hinaus, begleitet von dem leicht verwunderten Blick des Kellners. Als Jeroschka Gerassim gewahrte, sprang er hinter eine Ecke, ließ ihn vorüber und folgte ihm dann wieder.

Gerassim ging ganz langsam und behielt Mumu an der Leine. An der nächsten Straßenecke blieb er nachdenklich stehen; dann schlug er plötzlich schnellen Schrittes die Richtung nach der Krimfurt ein. Unterwegs betrat er den Hof eines Hauses, an das ein Seitenflügel angebaut wurde, und nahm von dort unter dem Arm zwei Ziegelsteine mit. Von der Krimfurt aus setzte er seinen Weg am Ufer fort bis hin zu einer Stelle, wo zwei Boote lagen, deren Riemen an den Holzdollen festgebunden waren (er hatte sie schon vorher bemerkt). In eines dieser Boote sprang er mit Mumu. Da kam ein lahmer alter Graukopf hinter einer Schilfhütte an der Ecke eines Gemüsegartens hervor und fing an zu zetern. Doch Gerassim nickte nur und legte sich so kräftig in die Riemen, daß er, obwohl er stromaufwärts fuhr, im Nu an die hundert Sashen hinter sich gebracht hatte. Der Alte stand noch eine ganze Weile da und kratzte sich den Rücken erst mit der linken und dann mit der rechten Hand, bevor er zurückhumpelte.

Gerassim aber ruderte und ruderte. Schon lag Moskau hinter ihm. Schon zogen sich längs der Ufer Wiesen, Gärten, Felder und Waldungen hin. Da ließ er die Riemen los, preßte seinen Kopf an Mumu, die vor ihm auf einer trockenen Ducht hockte – der Boden stand unter Wasser –, und verharrte so regungslos, die mächtigen Arme über den Rücken des Tieres gekreuzt, während das Boot von der Strömung langsam wieder zur

Stadt zurückgetrieben wurde. Schließlich richtete Gerassim sich auf, band hastig, mit dem Ausdruck tiefster Erbitterung im Gesicht, die Leine um die mitgebrachten Ziegelsteine, knüpfte eine Schlinge und legte sie Mumu um den Hals; dann hielt er den Hund über den Fluß und warf noch einen letzten Blick auf ihn. Furchtlos und voller Vertrauen schaute Mumu ihn an und wedelte leicht mit dem Schwanz. Da wandte er sich ab, schloß die Augen und öffnete die Hände. Gerassim hörte nichts, weder das kurze Jaulen der fallenden Mumu noch das schwere Aufklatschen auf dem Wasser – war doch für ihn selbst der geräuschvollste Tag lautlos und stumm, wie es für uns auch die stillste Nacht nicht ist. Als er die Lider wieder hob, glitten wie vorher, als wollten sie einander haschen, kleine Wellen über den Fluß, schlugen wie vorher gegen die Bordwand, und nur weit hinten liefen immer größer werdende Kreise dem Ufer zu.

Sobald Jeroschka Gerassim aus den Augen verloren hatte, kehrte er nach Hause zurück und berichtete, was er gesehen hatte.

„Na ja“, meinte Stepan, „er wird sie ertränken. Da können wir ganz beruhigt sein. Wenn der etwas verspricht ...“

Im Laufe des Tages bekam niemand Gerassim zu Gesicht. Das Mittagessen nahm er nicht zu Hause ein. Es wurde Abend. Alle waren bereits zum Essen versammelt, nur er fehlte.

„Ein komischer Kauz ist doch dieser Gerassim!“ piepste ein dickes Waschweib. „Wie kann man bloß um einen Hund solch ein Gewese machen! Wirklich.“

„Aber Gerassim war ja hier!“ rief plötzlich Stepan, während er mit dem Löffel die Grütze zusammenkratzte.

„Wie? Wann denn?“

„Zwei Stunden mag's her sein. Jawohl. Am Tor bin ich

ihm begegnet. Er ging schon wieder von hier weg; er kam vom Hof. Ich wollte ihn nach dem Hund fragen, aber er war offensichtlich schlechter Laune. Na, der hat mich vielleicht gestoßen! Wahrscheinlich wollte er mich dadurch bloß loswerden. Laß mich in Ruhe! sollte das wohl heißen. Und einen Schlag ins Genick hat er mir verabreicht, der hatte es vielleicht in sich, alle Wetter noch mal!" Voll unfreiwilliger Komik zog Stepan den Kopf ein und rieb sich den Nacken. „Ja", fügte er hinzu, „eine Hand hat der!"

Die anderen lachten über Stepan, und nach dem Abendessen gingen alle schlafen.

Zur gleichen Zeit aber wanderte mit einem Bündel auf dem Rücken und einem langen Stock in der Hand auf der Landstraße nach T. ein Riese rüstig und ohne Pause dahin. Es war Gerassim. Ohne sich umzuschauen, strebte er nach Hause, in sein Dorf, in seine Heimat. Nachdem er die arme Mumu ertränkt hatte, war er in seine Kammer geeilt, hatte geschwind einige Habseligkeiten auf eine alte Pferdedecke gepackt, ein Bündel daraus geschnürt, es sich über die Schulter geworfen und sich auf und davon gemacht. Den Weg hatte er sich seinerzeit, als man ihn nach Moskau brachte, gut gemerkt. Das Dorf, aus dem die gnädige Frau ihn hatte holen lassen, lag knapp fünfundzwanzig Werst von der Landstraße entfernt. Mit einer Art von unerschütterlicher Kühnheit schritt er dahin, mit verzweifelter und zugleich freudiger Entschlossenheit. Er schritt dahin, die Brust weit gedehnt und die Augen erwartungsvoll geradeaus gerichtet. Er beeilte sich, als erwarte ihn daheim die alte Mutter, als hätte sie ihn nach langer Wanderschaft in fremden Landen und unter fremden Menschen zu sich zurückgerufen. Die eben hereingebrochene Sommernacht war still und warm. Auf der einen Seite, dort, wo die Sonne untergegangen war, schimmerte der Himmelsrand noch hell und mattrot im letzten Widerschein des scheidenden Tages; auf der anderen Seite hingegen stieg bereits blaugraue Dämmerung herauf. Von dorther kam die Nacht. Zu Hunderten schlugen ringsum die Wachteln, und die Wachtelkönige schnarrten miteinander um die Wette. Gerassim konnte sie nicht hören und auch nicht das leise nächtliche Wispern der Bäume, an denen seine kräftigen Beine ihn vorübertrugen, aber er spürte den vertrauten Geruch des reifenden Roggens, der von den dunklen Feldern zu ihm herüberdrang; fühlte, wie der Wind, der ihm entgegenwehte – Wind aus der Heimat –, ihm zärtlich ins Gesicht fuhr und mit seinem Haar und seinem Bart spielte; sah vor sich die hell schimmernde Straße – die Straße nach Hause –, gerade wie ein Pfeil; schaute am Himmel die unzähligen Sterne, die seinen Weg beleuchteten; und wie ein Löwe schritt er aus, kraftvoll und kühn, so daß, als die aufgehende Sonne den immer schneller dahineilenden Wanderer mit ihren feuerroten Strahlen traf, zwischen ihm und Moskau bereits fünfunddreißig Werst lagen.

Zwei Tage später war er schon zu Hause und trat in seine elende Kate, zum großen Erstaunen der Soldatenfrau, die man dort einquartiert hatte. Nachdem er vor den Heiligenbildern sein Gebet verrichtet hatte, begab er sich schnurstracks zum Starosten. Der staunte im ersten Moment nicht wenig; doch da die Heumahd gerade begonnen hatte, drückte man Gerassim als einer ausgezeichneten Arbeitskraft sogleich eine Sense in die Hand – und er machte sich ans Mähen wie in alten Zeiten, das heißt so, daß es den Bauern durch und durch ging, wenn sie sahen, mit welcher Wucht er ausholte und durchzog.

In Moskau aber hatte man Gerassim erst am Tag nach seiner Flucht vermißt. Man ging in seine Kammer, durchsuchte sie und sagte dann Gawrila Bescheid. Der kam, zuckte mit den Achseln und gelangte zu dem Schluß, der Stumme sei entweder davongelaufen oder zusammen mit seinem dummen Köter ertrunken. Man meldete es der Polizei und berichtete es der gnädigen Frau. Die geriet in heftigen Zorn und brach in Tränen aus; sie befahl, Gerassim um jeden Preis ausfindig zu machen, beteuerte, sie habe nie und nimmer angeordnet, den Hund zu töten, und erteilte Gawrila am Ende einen solchen Rüffel, daß dieser den ganzen Tag lang nur den Kopf schüttelte und „Nein, so was!" sagte, bis ihn Onkel Schwanz wieder zur Vernunft brachte, indem er „Ja, so was!" sagte. Endlich kam aus dem Dorf die Nachricht, daß Gerassim dort aufgetaucht sei. Daraufhin beruhigte sich die gnädige Frau ein wenig. Zuerst gab sie den Befehl, ihn unverzüglich nach Moskau zurückzubringen; doch dann erklärte sie, einen so undankbaren Menschen könne sie absolut nicht gebrauchen.

Übrigens starb sie bald danach. Und ihre Erben legten keinen Wert auf Gerassim; ja, sie entließen auch die übrigen Dienstboten ihrer Mama gegen Zinszahlung.

Gerassim aber haust bis auf den heutigen Tag allein in seiner einsamen Kate. Er ist gesund und stark wie eh und je, arbeitet für vier wie eh und je und ist wie eh und je würdevoll und gesetzt. Doch wie die Nachbarn festgestellt haben, meidet er seit seiner Rückkehr aus Moskau jeden Umgang mit Frauen, ja, er schaut sie nicht einmal mehr an. Auch einen Hund hält er sich nicht mehr.

„Es ist ja trotz allem ein Glück für ihn", sagen die Bauern unter sich, „daß er keine Weiber braucht. Und einen Hund – wozu braucht er den schon? Keine zehn Pferde bringen einen Dieb in sein Haus."

So spricht man über die Riesenstärke des Stummen.

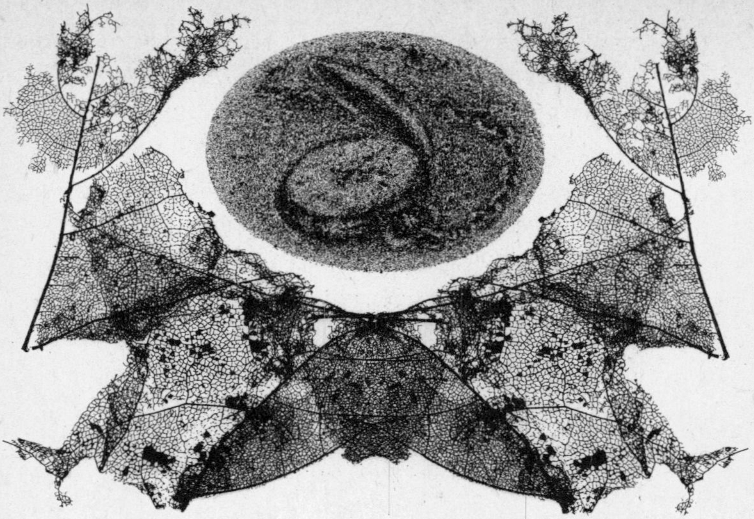

# DIE UHR

## Erzählung eines alten Mannes

### 1

Ich will Ihnen die Geschichte mit meiner Uhr erzählen.

Eine kuriose Geschichte!

Sie ereignete sich ganz zu Beginn dieses Jahrhunderts, im Jahre 1801. Ich war gerade erst fünfzehn geworden und wohnte in Rjasan, in einem Holzhäuschen unweit der Oka zusammen mit meinem Vater, meiner Tante und meinem Vetter. An meine Mutter erinnere ich mich nicht mehr; sie starb drei Jahre nach ihrer Hochzeit. Außer mir hatte mein Vater keine Kinder. Er hieß Porfiri Petrowitsch und war ein stiller, unansehnlicher und kränklicher Mensch, der sich mit der Regelung von Rechtsfällen und anderen Dingen befaßte. In früheren Zeiten pflegte man solche Leute Federfuchser, Rechtsverdreher oder Büttel zu schimpfen; er selbst bezeichnete sich aber als Advokat. Unsere Hauswirtschaft führte seine Schwester, meine Tante, eine fünfzigjährige alte Jungfer. Mein Vater näherte sich damals auch schon den Vierzigern. Die Tante war eine fleißige Kirchgängerin – es war bei ihr reine Bigotterie – und ein geschwätziges Frauenzimmer, das seine Nase in alles steckte. Auch das gute Herz meines Vaters besaß sie nicht, sondern ein böses. Wir lebten zwar nicht in Armut, doch recht bescheiden. Mein Vater hatte noch einen Bruder, Jegor mit Namen; der aber war wegen angeblich „aufrührerischer Handlungen und jakobinischer Anschauungen" (so nämlich stand in dem Ukas) bereits im Jahre 1797 nach Sibirien verbannt worden.

Jegors Sohn, Dawyd, mein Vetter also, war unter der Obhut meines Vaters zurückgeblieben und lebte bei uns. Er war nur ein Jahr älter als ich; dennoch empfand ich eine Ehrfurcht vor ihm und gehorchte ihm, als wäre er ein Erwachsener. Er war ein aufgeweckter Junge mit Charakter, breitschultrig und stämmig, hatte ein kantiges Gesicht, das mit Sommersprossen übersät war, rotblondes Haar, kleine graue Augen, einen breiten Mund und eine kurze Nase, ebenfalls kurze Finger – ein strammer Bursche, wie man so sagt – und war sehr kräftig für sein Alter. Die Tante konnte ihn nicht leiden; mein Vater aber fürchtete ihn entweder, oder er fühlte sich ihm gegenüber schuldig. Ging doch das Gerücht um, daß Dawyds Vater nicht nach Sibirien verbannt worden wäre, hätte mein Vater sich nicht verplappert und so seinen Bruder verraten. Beide besuchten wir das Gymnasium, gingen in ein und dieselbe Klasse und lernten gut; ich war sogar noch etwas besser als Dawyd, da ich ein schärferes Gedächtnis hatte. Jungen indessen halten bekanntlich nichts von Überlegenheit auf *diesem* Gebiet und sind keineswegs stolz darauf, und so ordnete ich mich Dawyd trotzdem weiterhin unter.

# 2

Ich heiße, wie Sie wissen, Alexej. Geboren bin ich am 7. März, und am 17. desselben Monats feiere ich meinen Namenstag. Nach altem Brauch hatte man mir den Namen eines jener Heiligen gegeben, deren Fest auf den zehnten Tag nach meiner Geburt fiel. Mein Taufpate war ein gewisser Anastassi Anastassjewitsch Putschkow oder, wie man ihn eigentlich nannte, Nastassej Nastassejitsch – anders pflegte ihn niemand anzureden. Er war ein rechter Ränkeschmied, der aufs Prozessieren versessen war und Bestechungsgelder nahm – ein durch und durch schlechter Mensch. Aus der Gouvernementskanzlei war er hinausgeflogen, und vor Gericht hatte er auch schon mehrmals gestanden. Aber der Vater brauchte ihn von Zeit zu Zeit. Sie machten gemeinsam „Geschäfte". Er war dick und aufgedunsen und hatte ein Fuchsgesicht, eine Nase, spitz wie eine Ahle, und hellbraune Augen, ebenfalls wie ein Fuchs. Sie waren fortwährend in Bewegung, diese Augen – einmal huschten sie nach rechts und einmal nach links, und auch die Nase fuhr hin und her, als nehme er Witterung auf. Er trug Schuhe ohne Absätze und puderte sich tagtäglich, was dazumal in der Provinz eine große Seltenheit war. Er behauptete, er könne ohne Puder nicht auskommen, weil er mit Generälen und Generalsfrauen verkehre.

Und wieder einmal hatte ich Namenstag. Nastassej Nastassejitsch fand sich bei uns zu Hause ein und sagte: „Bisher, mein liebes Patenkind, hab ich dir noch nie etwas geschenkt. Nun sieh einmal her, was ich dir heute mitgebracht habe."

Und damit holte er aus der Tasche eine silberne Zwiebeluhr, die auf dem Zifferblatt eine gemalte Rose aufwies und an einer Tombakkette hing. Ich war außer mir vor Freude. Pulcherija Petrowna aber, die Tante, schrie aus vollem Halse: „Küß ihm die Hand, küß die Hand, du Nichtsnutz!“

Ich küßte meinem Paten die Hand. Die Tante aber lamentierte dessenungeachtet: „Ach, mein bester Nastassej Nastassejitsch, warum verwöhnen Sie ihn so! Er versteht doch noch gar nicht, mit einer Uhr umzugehen! Ganz bestimmt läßt er sie fallen, zerschlägt sie oder macht sie auf andere Weise entzwei.“

Da kam mein Vater herein, besah sich die Uhr, dankte Nastassejitsch, allerdings etwas obenhin, und bat ihn zu sich ins Arbeitszimmer. Und dann hörte ich meinen Vater wie zu sich selbst sagen: „Wenn du, mein Lieber, dich *damit* loszukaufen meinst ...“

Doch es hielt mich nicht länger auf der Stelle; ich schmückte mich mit der Uhr und rannte spornstreichs davon, um Dawyd das Geschenk zu zeigen.

## 3

Dawyd nahm die Uhr in die Hand, öffnete sie und betrachtete sie aufmerksam. Er war in technischen Dingen sehr bewandert, machte sich gern mit Eisen, Kupfer und anderen Metallen zu schaffen und hatte sich mit allerlei Werkzeug versehen; eine Schraube wieder geradezubiegen, einen Schlüssel und dergleichen mehr zu reparieren oder gar neu anzufertigen bereitete ihm keine Schwierigkeiten.

Dawyd drehte die Uhr hin und her und brummte vor sich hin (er war überhaupt sehr wortkarg): „Alt. Miserabel.“ Und fügte hinzu: „Woher?“

Ich erzählte ihm, daß mein Pate sie mir geschenkt hatte.

Dawyd richtete seine kleinen grauen Augen auf mich.

„Nastassej?“

„Ja. Nastassej Nastassejitsch."

Da legte Dawyd die Uhr auf den Tisch und trat beiseite.

„Gefällt sie dir nicht?" erkundigte ich mich.

„Nein, das nicht. Aber an deiner Stelle würde ich von Nastassej überhaupt kein Geschenk annehmen."

„Warum nicht?"

„Weil er ein Dreckskerl ist; und einem Dreckskerl sollte man nicht verpflichtet sein. Mußt ihm auch noch danke sagen. Hast ihm wohl gar die Hand geküßt?"

„Ja. Tante hat mich dazu gezwungen."

Dawyd lachte höhnisch, auf besondere Art, durch die Nase. Das war so eine Angewohnheit von ihm. Er lachte niemals laut – hielt er das doch für ein Zeichen von mangelnder Härte.

Dawyds Worte und sein lautloses Lachen wurmten mich sehr. Innerlich verurteilt er dich also, dachte ich bei mir. In seinen Augen bist du also ebenfalls ein Dreckskerl. Er selbst hätte sich nie so weit erniedrigt, von Nastassej ein Gnadengeschenk anzunehmen. Aber was ist da jetzt noch zu machen? Soll ich die Uhr vielleicht wieder zurückgeben? Unmöglich!

Ich versuchte, mit Dawyd darüber zu sprechen und einen Rat von ihm zu bekommen. Doch er antwortete mir, er gebe niemandem Ratschläge und ich möge tun oder lassen, was ich für richtig hielte. Was ich für richtig hielte! Ich weiß noch heute, daß ich die ganze Nacht nicht schlafen konnte, weil mich meine Gedanken quälten. Es tat mir leid, mich wieder von der Uhr zu trennen – ich hatte sie auf den Nachttisch neben meinem Bett gelegt, und sie tickte so angenehm und lustig. Aber die Vorstellung, daß Dawyd mich verachtete (jawohl, da brauchte ich mir gar nichts vorzumachen, er verachtete mich!), erschien mir unerträglich. Gegen Morgen war mein Entschluß gefaßt. Ich vergoß zwar einige Tränen, aber dafür schlief ich dann auch bald ein, und als ich wieder aufwachte, zog ich mich in aller Eile an und lief auf die Straße. Ich war entschlossen, meine Uhr dem ersten besten Armen zu geben, der mir begegnete.

## 4

Ich hatte mich noch gar nicht weit von unserem Haus entfernt, da fand ich bereits, was ich suchte. Mir entgegen kam ein Junge von etwa zehn Jahren, barfuß und in Lumpen, der schon oft an unseren Fenstern vorübergeschlendert war. Sofort stürzte ich auf ihn zu und bot ihm, weder ihm noch mir Zeit zum Überlegen lassend, meine Uhr an.

Der Junge riß die Augen auf, hielt sich die eine Hand vor den Mund, als fürchtete er, sich zu verbrennen, und streckte die andere aus.

„Nimm nur, nimm", murmelte ich. „Sie gehört mir. Ich schenke sie dir. Du kannst sie zu Geld machen und dir dann dafür ... nun, irgend etwas, was du nötig brauchst, kaufen. Lebe wohl!"

Ich drückte ihm die Uhr in die Hand und rannte, so schnell ich konnte, wieder nach Hause. Nachdem ich eine Weile vor der Tür unserer gemeinsamen Schlafkammer gestanden hatte, um Atem zu schöpfen, trat ich ein und auf Dawyd zu, der gerade erst seine Toilette beendet hatte und sich das Haar kämmte.

„Weißt du, was ich getan habe, Dawyd?" begann ich so ruhig wie möglich. „Ich habe Nastassejs Uhr weiterverschenkt."

Dawyd blickte mich nur kurz an und strich sich mit der Bürste über die Schläfen.

„Ja", fügte ich in demselben sachlichen Ton hinzu, „ich habe sie fortgegeben. Da war so ein Junge, ein ganz armer, ein Bettler, dem hab ich sie geschenkt."

Dawyd legte die Bürste auf den Waschtisch.

„Für das Geld, das er dafür kriegt", fuhr ich fort, „kann er sich irgend etwas Nützliches kaufen. Er wird doch auf alle Fälle etwas dafür bekommen."

Ich verstummte.

„Na ja! Eine gute Sache!" sagte Dawyd schließlich und begab sich ins Schulzimmer. Ich schloß mich ihm an. „Und wenn sie dich nun fragen, wo du sie gelassen hast?" wollte er wissen.

„Ich werde sagen, daß ich sie verloren habe", antwortete ich leichthin.

Mehr wurde an diesem Tag zwischen uns nicht über die Uhr gesprochen; dennoch wollte mir scheinen, daß Dawyd meine Handlungsweise nicht nur billigte, sondern daß er bis zu einem gewissen Grade sogar über mich staunte. Wahrhaftig!

## 5

Zwei Tage vergingen. Es fügte sich so, daß niemand bei uns zu Hause die Uhr vermißte. Mein Vater hatte irgendeine große Unannehmlichkeit mit einem seiner Klienten, so daß ihm nicht der Sinn nach mir und meiner Uhr stand. Dafür mußte ich unaufhörlich an sie denken. Selbst Dawyds Anerkennung, seine mutmaßliche Anerkennung tröstete mich nicht allzusehr. Hatte er sie doch nicht ausdrücklich bekundet, sondern nur einmal gesagt, und auch das bloß beiläufig, daß er mir solch einen Schneid nicht zugetraut hätte. Mein Opfer gereichte mir entschieden zum Nachteil; es wurde durch die Genugtuung, die es meiner Eigenliebe bereitete, nicht aufgewogen.

Und da kam auch noch, wie zum Hohn, ein anderer Gymnasiast, den wir kannten, der Sohn des Stadtarztes, und prahlte mit einer neuen Uhr, nicht etwa aus Silber, sondern aus Tombak, die ihm seine Großmutter geschenkt hatte.

Schließlich hielt ich es nicht mehr aus und stahl mich still und heimlich davon, um jenen Bettlerjungen zu suchen, dem ich meine Uhr gegeben hatte.

Bald hatte ich ihn gefunden; er spielte mit anderen Jungen vor dem Kirchenportal Babki. Ich rief ihn beiseite und erklärte ihm, keuchend und mich verheddernd, meine Familie sei böse auf mich, weil ich die Uhr verschenkt habe, und ich würde ihn gerne mit Geld abfinden, wenn er bereit sei, sie mir zurückzugeben. Für alle Fälle hatte ich mir einen alten elisabethanischen Rubel, mein ganzes Barvermögen, eingesteckt.

„Ich hab sie aber nicht mehr, Ihre Uhr", antwortete der Junge mit quengeliger Stimme. „Mein Alter hat sie bei mir gesehen und sie mir weggenommen. Sogar verprügeln wollte er mich noch. ‚Du hast sie doch ganz bestimmt irgendwo gestohlen!' meinte er. ‚Welcher Dummkopf sollte dir wohl eine Uhr schenken!'"

„Wer ist denn dein Vater?"

„Mein Vater? Trofimytsch."

„Und was ist er? Was ist sein Beruf?"

„Er ist ausgedienter Soldat, Sergeant. Aber einen Beruf hat er nicht. Alte Schuhe flickt und besohlt er. Das ist sein ganzer Beruf. Und davon lebt er."

„Wo wohnt ihr? Führ mich zu ihm."

„Klar führ ich Sie hin! Sie müssen ihm, meinem Alten, sagen, daß Sie mir die Uhr geschenkt haben. Sonst macht er mir immer weiter Theater. Du Dieb, du Dieb! Und meine Mutter haut in dieselbe Kerbe: ‚Nach wem', sagt sie, ‚bist du bloß geraten, du Dieb?'"

Ich begab mich mit dem Jungen in seine Wohnung. Sie befand sich in einer kleinen, abzuglosen Hütte auf dem Hinterhof einer vor langer Zeit niedergebrannten und nicht wieder aufgebauten Fabrik. Trofimytsch und seine Frau trafen wir beide zu Hause an. Der ausgediente Sergeant war ein hochgewachsener Alter, sehnig und straff, mit gelblich-grauem Backenbart, unrasiertem Kinn und einem ganzen Netz von Falten auf Stirn und Wangen. Seine Frau wirkte älter als er; ihre kleinen roten Augen blinzelten trübselig und waren in dem krankhaft aufgeschwemmten Gesicht kaum zu erkennen. Beide hatten keine Kleider, sondern irgendwelche dunklen Lumpen auf dem Leibe.

Ich erklärte Trofimytsch, worum es sich handelte und weshalb ich gekommen war. Stumm hörte er mich an, ohne auch nur einmal mit der Wimper zu zucken und ohne seinen stumpfsinnigen und zugleich gespannten Blick – es war ein wahrhaft soldatischer Blick – von mir zu wenden.

„Unfug!" sagte er schließlich mit heiserem Baß aus zahnlosem Mund. „Handeln adlige Herrschaften denn so? Aber wenn Petka die Uhr wirklich nicht gestohlen hat, so hau ich ihm dafür eine runter. Mit jungen Herrschaften hat er keinen Unfug zu treiben. Hätte er sie aber gestohlen, so würd ich ihm noch ganz anders kommen. Drrauf und drrauf und nochmals drrauf! Mit flachen Säbelhieben, wie bei der berittenen Garde! Was gibt's da zu staunen? Was soll das heißen? Was? Mit Piken sollte man sie traktieren! Eine feine Geschichte ist das! Pfui Deiwel!"

Diesen letzten Ausruf gab Trofimytsch mit Fistelstimme von sich. Offenbar war er sich noch im Zweifel.

„Wenn Sie mir die Uhr zurückgeben wollten", erklärte ich ihm – ich wagte ihn nicht zu duzen, obwohl er nur ein einfacher Soldat war, „würde ich Ihnen mit Vergnügen ... diesen Rubel hier dafür zahlen. Mehr ist sie, glaub ich, nicht wert."

„Nnnun ja!" brummte Trofimytsch, noch immer im Zweifel und mich aus alter Gewohnheit mit den Augen verschlingend, als wäre ich ein Vorgesetzter. „Das ist vielleicht 'n Ding, hä? Da soll nun einer durchschauen! – Halt's Maul, Uljana!" schnauzte er seine Frau an, die gerade den Mund aufmachen wollte. „Hier ist die Uhr", fuhr er, die Tischschublade aufziehend, fort. „Wenn es wirklich Ihre ist, so belieben Sie, sie zurückzunehmen. Aber wozu der Rubel? Hä?"

„Nimm den Rubel, Trofimytsch, du Leichtsinniger!" zeterte seine Frau. „Bist wohl verrückt geworden, Alter! Hat keinen Dreier mehr in der Tasche, aber markiert den großen Mann! Dir haben sie den Zopf ganz umsonst abgeschnitten – bist das alte Weib geblieben. Wie kann man nur, wenn man nichts weiß ... Nimm das Geld, wenn du die Uhr schon hergeben willst."

„Uljana, halt's Maul, du Scheusal!" schnauzte Trofimytsch erneut. „Wo hat's das schon gegeben: einfach dreinzureden! Hä? Der Mann ist das Oberhaupt. Sie aber will mir dreinreden? Petka, rühr dich nicht vom Fleck, oder ich schlag dich tot. – Hier haben Sie die Uhr!" Trofimytsch hielt mir die Uhr hin, ließ sie jedoch nicht los.

Er überlegte, zu Boden starrend, dann richtete er seinen angespannt-stumpfsinnigen Blick wieder auf mich und brüllte plötzlich aus vollem Halse: „Wo ist er denn? Wo ist der Rubel?"

„Hier ist er, hier", sagte ich hastig und holte das Geldstück aus der Tasche.

Doch er nahm es nicht, sondern starrte mich unentwegt an. Ich legte den Rubel auf den Tisch. Da fegte er ihn unversehens in die Schublade, warf mir die Uhr zu, machte linksum kehrt, wobei er mit dem Fuß aufstampfte, und fauchte Frau und Sohn an: „Rraus, ihr Pack!"

Uljana brummelte noch etwas. Ich aber rannte bereits auf den Hof und auf die Straße. Die Uhr, die ich tief in die Tasche versenkt hatte, mit der Hand umklammernd, trabte ich nach Hause.

# 6

Nunmehr war ich wieder im Besitz der Uhr, aber Freude hatte ich an ihr keine. Sie zu tragen, traute ich mich nicht; galt es doch vor allem vor Dawyd zu verheimlichen, was ich getan hatte. Was hätte er wohl von mir und meiner Charakterlosigkeit gedacht! Nicht einmal in eine Schublade einschließen konnte ich die unglückselige Uhr, da wir alle Fächer gemeinsam benutzten. So mußte ich sie bald oben auf dem Schrank verstecken, bald unter der Matratze, bald hinter dem Ofen. Und dennoch gelang es mir nicht, Dawyd zu täuschen.

Eines Tages holte ich die Uhr hervor – diesmal unter einem Dielenbrett unseres Zimmers –, um das silberne Gehäuse mit einem alten Wildlederhandschuh blank zu putzen. Dawyd war in die Stadt gegangen, und ich erwartete ihn nicht so bald zurück. Doch da kam er plötzlich zur Tür herein.

Ich war dermaßen bestürzt, daß ich die Uhr beinahe fallen gelassen hätte und, völlig verwirrt und mit geradezu schmerzhaft schamrotem Gesicht, damit auf der Weste hin und her fuhr, ohne die Tasche zu finden.

Dawyd blickte mich an und lächelte nach seiner Gewohnheit still in sich hinein.

„Was machst du da?“ sagte er schließlich. „Du hast wohl gedacht, ich wüßte nicht, daß du die Uhr wiederhast? Ich habe sie gleich an dem Tag, an dem du sie zurückholtest, gesehen.“

„Ich versichere dir ...“, begann ich, mit den Tränen kämpfend.

Doch Dawyd zuckte mit den Schultern.

„Es ist deine Uhr. Du kannst damit machen, was du willst.“

Nach diesen mitleidlosen Worten ging er wieder hinaus.

Ich war ganz niedergeschlagen. Diesmal gab es absolut keinen Zweifel mehr: Dawyd verachtete mich wirklich.

Das durfte nicht so bleiben!

Ich werd's ihm beweisen! dachte ich mit zusammengebissenen Zähnen, begab mich sogleich festen Schrittes in die Diele, suchte Juschka, unseren Diener, und schenkte ihm die Uhr.

Juschka wies sie anfangs zurück, doch ich erklärte ihm, wenn er die Uhr nicht von mir annähme, würde ich sie auf der Stelle zermalmen, zertrampeln, sie in tausend Stücke schlagen, in die Abfallgrube werfen. Er überlegte, kicherte und nahm die Uhr. Ich aber kehrte in unser Zimmer zurück und erzählte Dawyd, der gerade in einem Buch las, was ich getan hatte.

Dawyd schaute gar nicht auf, zuckte wieder nur mit den Schultern und sagte, vor sich hin lächelnd, es sei ja meine Uhr und ich könne damit machen, was ich wolle.

Mir schien indessen, daß er mich schon etwas weniger verachtete.

Ich war fest davon überzeugt, daß ich mich niemals wieder dem Vorwurf der Charakterlosigkeit aussetzen würde, denn die Uhr, dieses abscheuliche Geschenk meines abscheulichen Paten, war mir auf einmal dermaßen zuwider geworden, daß ich überhaupt nicht mehr verstehen konnte, wieso ich ihr nachgetrauert hatte und wie ich imstande gewesen war, sie von irgendeinem Trofimytsch zurückzuerbetteln, der sich obendrein noch mit Recht einbilden durfte, großmütig mit mir verfahren zu sein.

Mehrere Tage vergingen. Ich weiß noch, wie an einem von ihnen sich auch in unserer Stadt die große Neuigkeit verbreitete, Kaiser Paul sei gestorben und sein Sohn Alexander, von dessen Leutseligkeit und Menschenliebe man sich wahre Wunderdinge zu berichten wußte, habe den Thron bestiegen. Diese Nachricht versetzte Dawyd in große Aufregung; dachte er dabei doch gleich an die Möglichkeit eines Wiedersehens, eines baldigen Wiedersehens mit seinem Vater. Auch mein Vater war darüber erfreut.

„Jetzt werden sie alle Verbannten aus Sibirien zurückschicken und auch Bruder Jegor vermutlich nicht vergessen", wiederholte er ein ums andere Mal, rieb sich hüstelnd die Hände und schien gleichzeitig Angst zu haben.

Dawyd und ich hörten sogleich auf zu arbeiten und schwänzten das Gymnasium. Nicht einmal spazieren gingen wir, sondern hockten die ganze Zeit in einer Ecke und überlegten und rechneten uns aus, in wieviel Monaten, wieviel Wochen, wieviel Tagen „Bruder Jegor" heimkehren könnte, wohin man ihm schreiben und wie man ihm entgegentreten müßte und in welcher Weise wir dann leben würden. „Bruder Jegor" war Architekt. Dawyd und ich beschlossen, er müsse nach Moskau übersiedeln, dort große Schulen für die Kinder armer Leute bauen, und wir würden seine Mitarbeiter werden. Die Uhr vergaßen wir darüber natürlich völlig; außerdem drückten Dawyd bald neue Sorgen, von denen noch die Rede sein wird. Doch die Uhr sollte sich rasch wieder in Erinnerung bringen.

## 7

Eines Morgens, wir hatten gerade gefrühstückt, und ich saß allein am Fenster und dachte an die Heimkehr meines Onkels – draußen herrschte, dampfend und glitzernd, Apriltauwetter –, stürmte Pulcherija Petrowna plötzlich ins Zimmer. Sie war zu jeder Zeit wieselflink und zappelig, sprach mit schriller Stimme und fuchtelte ständig mit den Armen herum, diesmal aber stürzte sie sich geradezu wie eine Furie auf mich.

„Marsch! Auf der Stelle gehst du zu deinem Vater, du feiner Herr!" keifte sie. „Was hast du da wieder angestellt, du schamloser Bengel, du! Wartet nur, ihr beiden, euch wird noch Hören und Sehen vergehen! Nastassej Nastassejitsch hat alle eure Schandtaten ans Licht gebracht. Marsch! Dein Vater hat mit dir zu reden. Du gehst augenblicklich!"

Mir keiner Schuld bewußt, folgte ich meiner Tante. Als wir den Salon betraten, sah ich meinen Vater mit langen Schritten auf und ab wandern und sich die Haare raufen; Juschka stand weinend an der Tür, und in einer Ecke saß mein Pate Nastassej Nastassejitsch auf einem Stuhl, grimmige Genugtuung in den glühenden, scheel blickenden Augen und in der Art, wie er die Nasenlöcher blähte.

Kaum war ich eingetreten, fiel mein Vater auch schon über mich her.

„Hast *du* Juschka die Uhr geschenkt? Raus mit der Sprache!"

Ich sah Juschka an.

„Los, raus mit der Sprache!" wiederholte mein Vater und stampfte mit den Füßen auf.

„Ja", antwortete ich und erhielt gleich darauf eine deftige Ohrfeige, zur großen Freude meiner Tante. Ich hörte, wie sie die Luft einsog, als schlürfte sie genießerisch einen Schluck heißen Tee.

Nun eilte mein Vater zu Juschka hinüber.

„Und du, Halunke, hättest die Uhr gar nicht nehmen dürfen", sagte er und zerrte ihn an den Haaren. „Du aber hast sie obendrein noch verkauft, du Taugenichts!"

Wie ich hinterher erfuhr, hatte Juschka sie tatsächlich in der Einfalt seines Herzens zum nächsten Uhrmacher geschafft, und der hatte sie in seinem Schaufenster ausgehängt. Nastassej Nastassejitsch hatte sie im Vorübergehen entdeckt, sie zurückgekauft und wieder zu uns gebracht.

Die Abrechnung mit mir und Juschka dauerte übrigens nicht lange. Mein Vater geriet außer Atem und bekam einen Herzanfall; außerdem lag es auch nicht in seiner Art, sich allzusehr zu echauffieren.

„Lieber Bruder, Porfiri Petrowitsch“, sagte meine Tante, als sie, natürlich mit Bedauern, merkte, daß der Zorn meines Vaters verraucht war, „regen Sie sich bitte nicht länger auf; es lohnt nicht, daß Sie sich die Hände schmutzig machen. Ich schlage folgendes vor: Mit dem Einverständnis unseres verehrten Nastassej Nastassejitsch werde ich, weil Ihr Sohn so überaus undankbar ist, diese Uhr an mich nehmen; und da er durch sein Verhalten bewiesen hat, daß er unwürdig ist, sie zu tragen, und auch ihren Wert nicht zu schätzen weiß, werde ich sie in Ihrem Namen einem Menschen schenken, der für Ihre Güte sehr empfänglich sein wird.“

„Wem denn?“ erkundigte sich mein Vater.

„Chrisanf Lukitsch“, antwortete meine Tante mit leichtem Zögern.

„Dem Chrisaschka?“ fragte mein Vater verwundert, fügte dann jedoch mit einer wegwerfenden Handbewegung hinzu: „Mir ist alles gleich. Und wenn ihr sie in den Ofen werft.“

Er knöpfte sich das Wams zu, das ihm aufgegangen war, und verließ, sich vor Husten krümmend, das Zimmer.

„Und Sie, mein Lieber, sind Sie einverstanden?“ wandte sich meine Tante an Nastassej Nastassejitsch.

„Sie haben mein volles Einverständnis“, antwortete er. Während der ganzen „Abrechnung“ hatte er sich auf seinem Stuhl nicht gerührt, sondern, leise schnaufend und die Fingerspitzen sacht aneinander reibend, seine Fuchsaugen nur abwechselnd auf mich, auf meinen

Vater und auf Juschka gerichtet. Ein wahres Vergnügen bereiteten wir ihm mit dieser Szene.

Der Vorschlag meiner Tante empörte mich zutiefst. Nicht, daß es mir um die Uhr leid tat; aber der Mensch, dem sie sie schenken wollte, war mir über alle Maßen verhaßt. Dieser Chrisanf Lukitsch, Trankwillitatin mit Familiennamen, ein kräftiger und robuster, baumlanger Seminarist, ging in unserem Hause aus und ein – der Teufel mochte wissen, warum. „Er hilft den *Kindern* beim Lernen", behauptete die Tante. Aber das konnte er schon deshalb nicht, weil er selber nichts gelernt hatte und dumm war wie ein Pferd. Überhaupt hatte er vieles mit einem Pferd gemeinsam: Er stampfte mit den Füßen auf, als wären es Hufe, er lachte nicht, sondern wieherte, wobei er den Rachen so weit aufsperrte, daß man tief hineinsehen konnte, und er hatte ein langes Gesicht, eine Hakennase und große, flache Backenknochen. Er trug einen flauschigen Wollkaftan und roch nach rohem Fleisch. Die Tante vergötterte ihn und nannte ihn einen stattlichen Mann, einen Kavalier, ja sogar einen Grenadier. Er hatte die Angewohnheit, Kindern mit den steinharten Nägeln seiner langen Finger gegen die Stirn zu schnipsen (das hatte er auch bei mir getan, als ich noch jünger war), laut zu wiehern und erstaunt zu sagen: „Wie dein Kopf dröhnt! Er muß hohl sein." Und dieser Hornochse sollte nun meine Uhr bekommen! Auf keinen Fall! beschloß ich insgeheim, nachdem ich zum Salon hinausgerannt und auf mein Bett geklettert war, während meine Wange noch von der erhaltenen Ohrfeige brannte und glühte, und auch mein Herz brannte vor Bitterkeit über die mir angetane Schmach und vor Rachedurst. Auf keinen Fall! Ich würde es nicht zulassen, daß der verfluchte Seminarist mir diesen Schimpf antat. Daß er sich die Uhr einsteckte, die Kette auf den Bauch herabhängen ließ und vor Vergnügen wieherte. Auf gar keinen Fall!

Alles schön und gut. Aber wie sollte ich das anstellen? Wie konnte ich das verhindern?

Ich beschloß, der Tante die Uhr zu stehlen.

## 8

Zum Glück hielt sich Trankwillitatin gerade nicht in der Stadt auf; vor dem nächsten Tag war mit seinem Besuch bei uns also nicht zu rechnen. Es galt, diese Nacht zu nutzen. Meine Tante pflegte ihre Tür nicht abzuschließen; außerdem funktionierte kein einziges Schloß mehr in unserem Haus. Doch wohin würde sie die Uhr legen, wo sie verstecken? Bis zum Abend trug sie sie bei sich in der Tasche, holte sie sogar mehrmals hervor und betrachtete sie. Doch in der Nacht, wo würde die Uhr in der Nacht liegen? Nun, es ist meine Aufgabe, sie zu finden, dachte ich bei mir und schüttelte die Fäuste.

Ich glühte vor Wagemut, vor Furcht und vor Freude über das nah bevorstehende, ersehnte Verbrechen. Ich hob und senkte ständig den Kopf, ich zog die Augenbrauen zusammen, ich flüsterte: „Wartet nur!" Ich drohte jemandem, ich war grimmig, ich war gefährlich – und ich ging Dawyd aus dem Wege. Niemand, nicht einmal er, durfte auch nur die geringste Ahnung von dem haben, was ich plante.

Ich würde allein handeln – und auch allein die Verantwortung dafür tragen.

Langsam schleppte sich der Tag dahin, dann der Abend. Endlich brach die Nacht an. Ich unternahm nichts und bemühte mich sogar, mich nicht zu rühren; wie ein Nagel hatte sich mir ein einziger Gedanke ins Gehirn gebohrt. Während des Mittagessens hatte mein Vater, dessen Zorn, wie bereits gesagt, immer schnell wieder verrauchte und der sich auch seiner Heftigkeit ein wenig schämen mochte – schließlich verabreicht man sechzehnjährigen Jungen keine Ohrfeigen mehr –, versucht, sich mit mir zu versöhnen; aber ich hatte seine Freundlichkeit ignoriert, nicht weil ich etwa nachtragend war, wie er damals meinte, sondern einfach, weil ich weich zu werden fürchtete; galt es doch, meinen Rachedurst und die Festigkeit meines unwiderruflichen Entschlusses voll und ganz zu erhalten. Ich ging sehr früh zu Bett. Natürlich schlief ich nicht, ja ich schloß nicht einmal die Augen, im Gegenteil, ich riß sie weit auf, obwohl ich mir die Decke über den Kopf gezogen hatte. Ich überlegte mir nicht im voraus, wie ich vorgehen wollte; ich hatte keinen festen Plan, sondern wartete nur auf den Augenblick, da es im Haus endlich still sein würde. Lediglich eine Maßnahme hatte ich getroffen: Ich hatte die Strümpfe anbehalten. Das Zimmer meiner Tante lag im ersten Stock. Ich mußte das Eßzimmer und die Diele durchqueren, die Treppe hinaufsteigen, einen kurzen Korridor passieren, und da war es auch schon – die Tür rechts. Einen Kerzenstummel oder eine Laterne brauchte ich nicht mitzunehmen – in der einen Ecke von Tantes Zimmer, vor dem Ikonenschrein, brannte, wie ich wußte, ein Ewiges Lämpchen. Sehen würde ich also können. Immer noch lag ich mit weit aufgerissenen Augen und offenem, ausgedörrtem Mund da. Das Blut pochte mir in den Schläfen, in den Ohren, im Hals, im Rücken, im ganzen Körper. Ich wartete; aber es war, als wollte mich irgendein Teufel zum besten haben – die Zeit verging, doch im Haus wollte und wollte keine Ruhe einkehren.

## 9

Noch nie, so schien mir, war Dawyd derart spät eingeschlummert. Dawyd, der wortkarge Dawyd hatte sogar ein Gespräch mit mir anzuknüpfen gesucht! Noch nie hatte das Klopfen, Laufen und Sprechen im Haus so lange angehalten. Was sie sich bloß alles zu erzählen haben! dachte ich bei mir. Als ob sie nicht seit dem Morgen genug geschwatzt hätten! Auch die Geräusche von draußen wollten lange nicht verstummen. Bald kläffte durchdringend und hartnäckig ein Hund, bald lärmte irgendwo ein betrunkener Bauer und gab lange nicht Ruhe, bald knarrte irgendein Tor; dann wieder kam auf altersschwachen Rädern ein Wägelchen gefahren und brauchte eine Ewigkeit, bis es vorüber war. *Diese* Geräusche regten mich übrigens nicht auf; im Gegenteil, ich freute mich unwillkürlich darüber – lenkten sie doch gewissermaßen die Aufmerksamkeit ab.

Endlich aber scheint alles still zu sein. Nur der Perpendikel unserer alten Uhr im Eßzimmer tickt heiser und gravitätisch, und das gleichmäßige und schleppende, scheinbar mühsame Atmen der Schlafenden ist zu hören. Schon will ich mich erheben. Doch da zischt wieder etwas ... dann plötzlich ein Ächzen ... etwas Weiches fällt zu Boden – und ein Wispern ertönt, gleitet die Wände entlang ... Oder höre ich das in Wirklichkeit gar nicht? Narrt mich nur meine Phantasie?

Endlich ist alles verstummt. Mitternacht, der dunkelste und undurchdringlichste Teil der Nacht ist angebrochen. Es wird Zeit! Schon jetzt ganz kalt, schlage ich die Decke zurück, setze die Füße auf den Boden, erhebe mich. Ein Schritt, ein zweiter ... Ich schleiche mich vorwärts. Schwach und unsicher treten die Fußsohlen auf, gleichsam fremd und schwer. Halt! Was ist das für ein Geräusch? Da sägt doch jemand irgendwo oder kratzt – oder atmet tief? Ich lausche. In meinen Wangen kribbelt es, und kalte, wässrige Tränen steigen mir in die Augen. Nichts! Ich schleiche weiter. Es ist stockdunkel, aber ich kenne den Weg. Plötzlich stoße ich gegen einen Stuhl. Welch ein Krach, und wie weh das tut! Genau gegen das Schienbein! Ich bleibe wie angewurzelt stehen. Wenn sie nun aufwachen? Ach was! Das muß ich riskieren. Auf einmal überkommt mich wieder Verwegenheit und sogar Zorn. Vorwärts, vorwärts! Schon habe ich das Eßzimmer durchquert; schon ist auch die Tür ertastet und im Nu mit Schwung geöffnet. Die verdammten Angeln haben doch gequietscht. Der Teufel soll sie holen! Jetzt gehe ich bereits die Treppe hinauf. Eins, zwei! Eins, zwei! Eine Stufe hat unter meinem Tritt geknarrt; wütend funkle ich sie an, als könnte ich sie sehen. Und nun habe ich auch schon die zweite Tür aufgestoßen. Diese hat nicht das leiseste Geräusch von sich gegeben. So leicht ist sie aufgegangen, als wollte sie sagen: Bitte näher zu treten! Und jetzt bin ich bereits im Korridor.

Oben, dicht unter der Decke, ist ein kleines Fenster. Nur matt dringt das nächtliche Dämmerlicht durch die dunklen Scheiben. Und bei diesem kümmerlichen Schein sehe ich auf einer Filzmatte am Fußboden, beide Hände unter dem zerzausten Kopf, unser Laufmädchen liegen. Sie schläft fest und atmet rasch; dicht neben ihrem Kopf aber befindet sich die entscheidende Tür. Ich steige über die Filzmatte, über das Mädchen hinweg. Wer mir jene Tür geöffnet hat – ich weiß es nicht. Aber jetzt bin ich schon in Tantes Zimmer. Da ist auch das Ewige Lämpchen in der einen Ecke und das Bett in der anderen, und auf dem Bett, das Gesicht mir zugewandt, liegt die Tante in Haube und Nachtjacke. Sie schläft und rührt sich nicht; selbst ihr Atem ist nicht zu hören. Vom Luftzug bewegt, flackert die Flamme des Lämpchens, und durchs ganze Zimmer sowie über das regungslose, wachsgelbe Gesicht der Tante huschen Schatten.

Da ist ja auch die Uhr! Über dem Bett, an der Wand hängt sie auf einem bestickten kleinen Kissen. Welch ein Glück! Man bedenke nur! Jetzt nicht gezaudert! Doch was sind das für leise, rasche Schritte hinter mir? Ach nein! Es ist nur das Klopfen meines Herzens. Ich setze den einen Fuß vor ... O Gott! Etwas Rundes, ziemlich Großes stößt mich unterhalb des Knies – einmal und noch einmal. Beinahe hätte ich aufgeschrien und wäre vor Schreck umgesunken. Vor mir steht mit gekrümmtem Buckel und erhobenem Schwanz ein gestreifter Kater – unser Hauskater. Jetzt springt er aufs Bett, schwer, aber weich, dreht sich um und sitzt dann da, ohne einen Ton von sich zu geben, wie irgendein Richter; sitzt da und starrt mich mit seinen goldgelben Augen an. „Miez, miez!" flüstere ich kaum hörbar. Ich beuge mich über die Tante hinweg; schon halte ich die Uhr in der Hand ... Da richtet sich die Tante plötzlich halb auf, öffnet weit die Augen ... Herr im Himmel! Was soll das werden! Aber ihre Lider zucken nur und fallen wieder zu, und ihr Kopf sinkt unter leisem Gemurmel auf das Kissen zurück.

Wenige Augenblicke später bin ich bereits wieder in meinem Zimmer, liege im Bett, und meine Hand umklammert die Uhr.

Leichtfüßig wie ein Reh bin ich zurückgeeilt. Ich bin ein Mordskerl, ich bin ein Dieb, ich bin ein Held, ich bin außer Atem vor Freude, mir ist heiß, ich bin glücklich, ich will Dawyd sofort wecken und ihm alles erzählen – doch es ist kaum zu glauben: Ich schlummere ein und schlafe wie ein Toter. Endlich öffne ich wieder die Augen. Im Zimmer ist noch niemand wach. Wie von der Tarantel gestochen, springe ich auf, wecke Dawyd und berichte ihm alles. Er hört mir zu und grinst.

„Weißt du was?" sagt er endlich. „Vergraben wir doch diese dämliche Uhr, damit sie ein für allemal verschwunden ist!"

Ich finde seine Idee unvergleichlich. In wenigen Augenblicken sind wir beide angezogen, eilen in den Obstgarten hinter unserem Haus, und in einem tiefen Loch, das wir unter einem alten Apfelbaum mit Dawyds großem Messer hastig in die lockere Frühlingserde gegraben haben, versenken wir für immer das verhaßte Geschenk meines Paten, so daß es dem widerwärtigen Trankwillitatin nicht mehr in die Hände fallen kann. Wir trampeln das Loch zu, streuen Schotter darüber und kehren, von niemandem bemerkt, stolz und glücklich ins Haus zurück, schlüpfen wieder in unsere Betten und schlafen noch ein, zwei Stunden – und wie unbeschwert und wonnig ist dieser Schlaf!

## 10

Sie können sich vorstellen, was für ein Gezeter es am nächsten Morgen gab, als die Tante erwachte und die Uhr vermißte. Heute noch klingt mir ihr gellendes Geschrei in den Ohren.

„Hilfe! Man hat mich beraubt! Man hat mich bestohlen!" kreischte sie und versetzte das ganze Haus in Aufregung. Wie eine Besessene gebärdete sie sich. Dawyd und ich aber, wir lachten uns ins Fäustchen und freuten uns diebisch.

„Alle müssen verprügelt werden, alle!" schrie die Tante. „Unter meinem Kopf weg, unter dem Kissen weg haben sie die Uhr gestohlen!" Wir waren auf alles gefaßt, wir gewärtigten das Schlimmste – doch wider Erwarten entlud sich kein Donnerwetter über uns. Zwar geriet mein Vater im ersten Moment schrecklich in Harnisch, er erwähnte sogar die Polizei; aber ihm hatte wohl die Abrechnung vom Vortage gereicht, denn ganz plötzlich fiel er, zur unbeschreiblichen Verblüffung der Tante, nicht etwa über uns, sondern über sie her.

„Sie gehen mir auf die Nerven mit Ihrer Uhr, Pulcherija Petrowna", schrie er. „Ich will nichts mehr davon hören. Sie sei nicht durch Zauberei verschwunden, sagen Sie. Aber was interessiert mich das? Von mir aus auch durch Zauberei! Man hat sie bei Ihnen gestohlen? Nun, das geschieht Ihnen ganz recht! Was Nastassej Nastassejitsch dazu sagen wird? Der Teufel soll ihn holen, Ihren Nastassejitsch, mit Haut und Haar! Außer Gemeinheiten und Unannehmlichkeiten habe ich von ihm nichts zu erwarten. Ich wünsche nicht mehr damit belästigt zu werden. Verstanden?"

Mein Vater knallte die Tür hinter sich zu und zog sich in sein Arbeitszimmer zurück. Zuerst begriffen Dawyd und ich die Anspielung nicht, die in seinen letzten Worten enthalten war; doch dann erfuhren wir, daß mein Vater gerade zu der Zeit sehr schlecht auf meinen Paten zu sprechen war, weil der ihm ein vorteilhaftes Geschäft vor der Nase weggeschnappt hatte. Und so hatte denn auch meine Tante das Nachsehen. Vor Ärger wäre sie beinahe geplatzt, aber da war nichts zu machen. Sie mußte sich damit begnügen, mir jedesmal, wenn sie an mir vorüberkam, eine Grimasse zu schneiden und mir zuzuzischen: „Du Dieb, du! Zuchthäusler! Spitzbube!" Die Vorwürfe meiner Tante bereiteten mir ein aufrichtiges Vergnügen. Recht angenehm war es auch immer, wenn ich durch den Vorgarten ging, den Blick gespielt gleichgültig über die Stelle unter dem Apfelbaum gleiten zu lassen, wo die Uhr ruhte, und wenn Dawyd in der Nähe war, eine bedeutungsvolle Gebärde mit ihm auszutauschen.

Die Tante ließ sich auch einfallen, Trankwillitatin gegen mich aufzuhetzen; doch ich suchte bei Dawyd Hilfe. Der erklärte dem kräftigen Seminaristen unverblümt, er werde ihm mit dem Messer den Bauch aufschlitzen, falls er mich nicht in Ruhe lasse. Trankwillitatin bekam es mit der Angst zu tun. Wenn er in den Augen meiner Tante auch ein Grenadier war und ein Kavalier, so zeichnete er sich doch nicht gerade durch Tapferkeit aus.

So vergingen fünf Wochen ... Sie haben doch nicht etwa geglaubt, die Geschichte von der Uhr sei hiermit zu Ende? Nein, sie geht weiter. Aber um in meiner Erzählung fortfahren zu können, muß ich eine neue Person einführen; und um diese neue Person einführen zu können, muß ich ein wenig zurückgreifen.

## 11

Mein Vater war lange Zeit eng, ja sogar sehr eng mit einem pensionierten Beamten namens Latkin befreundet gewesen, einem leicht lahmenden und verkrüppelten Männlein von eigenartigem, schüchternem Auftreten, einem jener Geschöpfe, über die sich die Meinung herausgebildet hat, Gott selber habe sie geschlagen. Ebenso wie mein Vater und Nastassej befaßte auch er sich mit Rechtsangelegenheiten. Er war gleichfalls privater „Advokat" und Anwalt. Da er aber weder über ein repräsentatives Äußeres noch über Rednertalent verfügte und zuwenig Selbstvertrauen besaß, hatte er sich nicht entschließen können, selbständig zu praktizieren, und sich mit meinem Vater zusammengetan. Seine Handschrift war wie gestochen, in den Gesetzen kannte er sich hervorragend aus, und er verstand sich auch bis ins feinste auf alle Formulierungen des Bittschriften- und Kanzleistils. Gemeinsam mit meinem Vater hatte er die verschiedensten Fälle bearbeitet und mit ihm Gewinn und Verlust geteilt. Nichts, so hatte es geschienen, konnte ihre Freundschaft ins Wanken bringen. Dennoch zerbrach sie von einem Tag auf den anderen, und zwar für immer. Für immer überwarf sich mein Vater mit seinem Partner. Hätte dieser meinem Vater nur ein vorteilhaftes Geschäft vor der Nase weggeschnappt, so wie Nastassej, der danach an Latkins Stelle getreten war, mein Vater wäre nicht mehr über ihn empört gewesen als über meinen Paten, wahrscheinlich eher weniger. Doch Latkin hatte unter dem Einfluß eines unerklärlichen und unbegreiflichen Gefühls – aus Neid oder aus Habgier –, vielleicht aber auch in einer momentanen Anwandlung von Ehrlichkeit meinen Vater in Unannehmlichkeiten gebracht, ihn vor einem gemeinsamen Klienten, einem reichen jungen Kaufmann, bloßgestellt, indem er diesem leichtsinnigen jungen Mann die Augen über einen gewissen ... Coup öffnete, der meinem Vater mit Sicherheit beträchtlichen Gewinn gebracht hätte. Nicht der finanzielle Verlust, wie groß er auch sein mochte, nein, der Verrat war es, der meinen Vater tief gekränkt und empört hatte. Falschheit konnte er nicht verzeihen.

„Sieh mal an, da hat sich ein Heiliger gefunden!" wiederholte er mehrmals zornbebend, und die Zähne klapperten ihm wie im Fieber. Ich befand mich gerade im Zimmer und war Zeuge dieser häßlichen Szene. „Gut! Vom heutigen Tage an ist Schluß, ist es aus zwischen uns. Da ist die Tür. Ich komme nicht mehr zu dir und du nicht mehr zu mir. Ihr seid für uns zu anständig – wie könnten wir da noch mit euch verkehren! Aber möge es dir hinfort schlecht ergehen!"

Vergebens flehte Latkin meinen Vater an, beugte er tief den Rücken vor ihm; vergebens suchte er zu erklären, was ihn so peinigte.

„Aber ich habe doch überhaupt keinen Nutzen davon gehabt, Porfiri Petrowitsch!" stammelte er. „Ich habe mich ja ins eigene Fleisch geschnitten!"

Mein Vater blieb unerbittlich. Nie mehr setzte Latkin seinen Fuß über unsere Schwelle. Das Schicksal selbst schien willens zu sein, den am Schluß ausgesprochenen, grausamen Wunsch meines Vaters zu erfüllen. Bald nach dem Zerwürfnis (sie trennten sich etwa zwei Jahre, bevor meine Erzählung einsetzt) starb Latkins Frau, die allerdings schon lange krank gewesen war. Seine zweite Tochter, ein Kind von drei Jahren, wurde eines Tages, als sich ein schwärmendes Bienenvolk auf ihrem Kopf niederließ, vor Angst taub und verlor die Sprache. Latkin selbst erlitt einen Schlaganfall und geriet schließlich in bitterste Armut. Wie er sich durchs Leben schlug, wovon er existierte, das blieb ein Rätsel. Er hauste in einer halbverfallenen elenden Hütte unweit von unserem Haus. Raïssa, seine ältere Tochter, lebte auch bei ihm und besorgte den Haushalt, so gut es ging. Und ebendiese Raïssa ist die neue Person, die ich in meine Erzählung einführen muß.

## 12

Solange unsere Väter miteinander befreundet waren, bekamen wir sie recht häufig zu sehen; mitunter saß sie ganze Tage bei uns und nähte oder spann mit ihren flinken und geschickten schmalen Händen. Sie war ein schlankes und etwas schmächtiges Mädchen mit klugen braunen Augen in dem blassen, länglichen Gesicht. Sie sprach wenig, aber vernünftig und mit leiser, klangvoller Stimme, fast ohne den Mund zu öffnen und die Zähne zu zeigen. Wenn sie jedoch lachte – was selten geschah und nie lange dauerte –, waren sie plötzlich alle zu sehen, groß und weiß wie Mandelkerne. Auch an Raïssas leichten, federnden Gang mit dem kleinen Hopser bei jedem Schritt erinnere ich mich noch; ich hatte immer den Eindruck, sie stiege eine Treppe hinunter, selbst wenn sie auf ebenem Boden einherschritt. Sie hielt sich gerade und preßte ständig die Arme an den Brustkorb. Was sie auch tat, was sie auch anpackte – ob sie eine Nadel einfädelte oder einen Rock bügelte –, alles war bei ihr schön und – Sie werden es nicht glauben – irgendwie rührend anzusehen. Ihr Rufname war Raïssa, wir nannten sie jedoch Tschernogubka, Schwarzlippchen; sie hatte nämlich auf der Oberlippe ein kleines dunkelblaues Muttermal, daß man meinen konnte, sie habe Schellbeeren gegessen. Aber das entstellte sie keineswegs – im Gegenteil. Sie war genau ein Jahr älter als Dawyd. Ich hegte für sie so etwas wie Verehrung, sie indessen gab sich kaum mit mir ab. Dafür hatte sich zwischen Dawyd und ihr eine Freundschaft herausgebildet, eine keineswegs kindliche, eine eigenartige, aber gute Freundschaft. Sie paßten irgendwie zueinander. Zuweilen wechselten sie stundenlang kein Wort, doch jeder von ihnen spürte, daß sie sich beide wohl fühlten, und sie fühlten sich wohl, eben weil sie zusammen waren. Nie wieder bin ich solch einem Mädchen begegnet – wahrhaftig! Sie hatte so etwas Aufmerksames und Resolutes, so etwas Aufrichtiges, Wehmutsvolles und Sympathisches an sich! Nie habe ich etwas ausgesprochen Kluges von ihr gehört, aber auch nie Plattheiten, auch nie habe ich klügere Augen gesehen als die ihren. Nachdem es zum Bruch zwischen ihrer Familie und der meinen gekommen war, traf ich sie nur noch selten. Mein Vater hatte mir auf das strengste verboten, die Latkins zu besuchen, und auch sie ließ sich bei uns zu Hause nicht mehr blicken. Doch ich begegnete ihr auf der Straße und in der Kirche, und jedesmal weckte Schwarzlippchen in mir die gleichen Empfindungen: Achtung und sogar ein gewisses Staunen – weniger Mitleid. Sie wußte ihr Unglück wahrhaftig mit Würde zu tragen. „Ein Mädel, so hart wie Stein", sagte einmal sogar der ungehobelte Trankwillitatin von ihr. Im Grunde genommen aber war sie zu bedauern: Ihr Gesicht hatte einen sorgenvollen, müden Ausdruck angenommen, und die Augen lagen tief in den Höhlen – ruhte doch eine schier unerträgliche Last auf ihren jungen Schultern. Dawyd sah sie weitaus häufiger als ich; er besuchte sie auch zu Hause. Mein Vater ließ ihn wohl oder übel gewähren; war ihm doch klar, daß Dawyd sowieso nicht auf ihn hören würde. Auch Raïssa erschien von Zeit zu Zeit an unserem geflochtenen Gartenzaun, der an eine

schmale Gasse grenzte, und traf sich dort mit Dawyd; sie plauderte nicht etwa mit ihm, sondern berichtete ihm lediglich von irgendeiner neuen Schwierigkeit oder einem neuen Unglück und fragte ihn um Rat. Die Lähmung, die Latkin befallen hatte, war recht merkwürdiger Art. Seine Arme und Beine waren zwar erschlafft, doch er konnte sie noch gebrauchen; selbst sein Gehirn arbeitete noch richtig – aber seine Zunge gehorchte ihm nicht mehr, und statt mancher Wörter verwandte er ganz andere, so daß man erraten mußte, was er eigentlich sagen wollte.

„Tschu-tschu-tschu“, stammelte er unter Anstrengung – er begann jeden Satz mit „Tschu-tschu-tschu“, „die Schere, gib die Schere ...“ Mit Schere aber meinte er Brot. Meinen Vater haßte er mit aller ihm noch verbliebenen Kraft; seinem Fluch schrieb er das ganze Elend zu, und er nannte ihn bald „Fleischer“, bald „Juwelier“. „Tschu-tschu, daß du mir ja nicht zum Fleischer gehst, Wassiljewna!“ Diesen Namen hatte er seiner Tochter gegeben, obgleich er selbst Martinjan hieß. Er wurde von Tag zu Tag anspruchsvoller; seine Bedürfnisse wuchsen. Wie aber sollte man diese Bedürfnisse befriedigen? Woher das Geld nehmen? Kummer macht rasch erwachsen; aber unheimlich war es dennoch, manche Worte aus dem Munde eines siebzehnjährigen Mädchens zu hören.

## 13

Ich weiß noch, wie ich am Sterbetag ihrer Mutter einem Gespräch beiwohnte, das sie am Zaun mit Dawyd führte.

„Heute in aller Frühe ist meine Mama gestorben“, berichtete sie, nachdem sie ihre dunklen, ausdrucksvollen Augen zunächst hatte rundum schweifen lassen und dann zu Boden blickte. „Die Köchin hat es übernommen, einen möglichst billigen Sarg zu kaufen. Aber sie ist unzuverlässig. Womöglich vertrinkt sie das Geld noch. Du solltest mal kommen und nach dem Rechten sehen, Dawyduschko. Vor dir wird sie sich in acht nehmen."

„Ich werde kommen und nach dem Rechten sehen", antwortete Dawyd. „Und was macht dein Vater?"

„Er weint. Er sagt: ‚Begrabt mich doch auch gleich mit.' Jetzt schläft er." Plötzlich seufzte Raïssa tief auf. „Ach, Dawyduschko, Dawyduschko!" Sie fuhr sich mit halbgeballter Hand über Stirn und Augenbrauen, und diese Bewegung war so voller Bitterkeit und so aufrichtig und schön wie alle ihre Bewegungen.

„Du mußt dich aber auch schonen", bemerkte Dawyd. „Hast vermutlich überhaupt nicht geschlafen. Und was nützt das Weinen? Gegen die Not hilft es doch nicht."

„Ich habe gar keine Zeit zu weinen", erwiderte Raïssa.

„Ja, das können sich nur reiche Leute leisten, das Weinen", meinte Dawyd.

Raïssa schritt davon, kehrte aber noch einmal um.

„Man will uns das gelbe Umschlagtuch abkaufen, weißt du, das von Mamas Aussteuer. Zwölf Rubel bieten sie. Ich denke, das ist zuwenig."

„Und ob das zuwenig ist!"

„Wir geben es nicht gern fort", sagte Raïssa nach einer kurzen Pause, „aber wir brauchen ja was für die Beerdigung."

„Und ob ihr was braucht! Aber man darf das Geld nicht zum Fenster hinauswerfen. Diese Popen sind ein wahres Kreuz. Na ja, warte, ich komme gleich. – Du gehst schon? Ich bin bald bei euch. Leb wohl, mein Liebes!"

„Leb wohl, du Lieber, Guter!"

„Denk dran: nicht weinen!"

„Von wegen weinen! Entweder Essen kochen oder weinen – eines von beiden geht nur.“

„Wieso Essen kochen?“ fragte ich Dawyd, sobald Raïssa sich entfernt hatte. „Bereitet sie denn selber das Essen zu?“

„Du hast doch gehört: Die Köchin ist einen Sarg kaufen gegangen.“

Sie kocht Essen! dachte ich bei mir. Und dabei sind ihre Hände immer so sauber, und sie geht stets adrett angezogen. Ich würde gern mal zusehen, wie sie da in der Küche hantiert. Ein ungewöhnliches Mädchen!

Ich entsinne mich noch eines anderen Gesprächs am Zaun. Diesmal hatte Raïssa ihr taubstummes Schwesterchen mitgebracht. Es war ein allerliebstes Kind mit großen erstaunten Augen und einer Fülle matten schwarzen Haars (auch Raïssa hatte schwarzes und glanzloses Haar). Latkin hatte bereits einen Schlaganfall gehabt.

„Ich weiß nicht mehr, was ich machen soll“, begann Raïssa. „Der Doktor hat ein Rezept ausgestellt; jemand muß in die Apotheke gehen. Aber jetzt hat unser Bauer“ (Latkin war nur noch ein einziger leibeigener Bauer verblieben) „aus dem Dorf Brennholz gebracht und eine Gans. Doch der Hausmeister will es uns wegnehmen. ‚Ihr habt Schulden bei mir‘, sagt er.“

„Die Gans will er euch wegnehmen?“ fragte Dawyd.

„Nein, nicht die Gans. Er sagt, sie sei zu alt und tauge nichts mehr. ‚Darum‘, so sagt er, ‚hat sie euch der Bauer auch gebracht.‘ Das Holz will er uns wegnehmen.“

„Dazu hat er doch gar kein Recht!“ rief Dawyd.

„Das Recht dazu hat er nicht; trotzdem nimmt er es uns weg ... Ich bin mal auf den Dachboden gestiegen; da steht eine uralte Truhe von uns. In der hab ich gewühlt. Und sieh nur, was ich darin gefunden habe!“

Sie holte ein ziemlich großes Fernrohr unter dem Umschlagtuch hervor; der Tubus war aus Messing und mit vergilbtem Saffianleder bezogen. Als Liebhaber und Kenner von Instrumenten aller Art griff Dawyd sofort danach.

„Ein englisches Stück", sagte er und hielt es bald an das eine, bald an das andere Auge. „Ein Marinefernrohr."

„Und die Linsen sind noch heil", fuhr Raïssa fort. „Ich hab es meinem Vater gezeigt. Er sagt: ‚Bring es zum Juwelier und versetz es.' Was meinst du? Wird man uns Geld dafür geben? Wozu brauchen wir ein Fernrohr! Es sei denn, um im Spiegel zu sehen, wie schön wir sind. Aber leider haben wir keinen Spiegel."

Nach diesen Worten brach Raïssa plötzlich in lautes Lachen aus. Ihre kleine Schwester konnte sie natürlich nicht hören, aber sie mochte wohl die Erschütterung ihres Körpers gespürt haben – Raïssa hielt sie an der Hand –, denn sie blickte mit ihren großen Augen zu ihr auf, verzog angstvoll das Gesichtchen und fing an zu weinen.

„So ist sie immer", bemerkte Raïssa. „Sie mag es nicht, wenn man lacht. – Ich tu's nicht wieder, Ljubotschka, ich tu's nicht wieder", fügte sie, sich flugs neben dem Kind niederhockend, hinzu und fuhr ihm mit den Fingern durchs Haar.

Das Lachen war von Raïssas Gesicht verschwunden, und ihr Mund, dessen Winkel sie dabei besonders anmutig emporzuziehen pflegte, wirkte nun wieder starr. Das Kind hörte auf zu weinen. Raïssa erhob sich, richtete sich wieder auf.

„Dawyduschko, bemüh du dich doch wegen dem Fernrohr. Es wäre zu schade um das Holz und auch um die Gans, wie alt sie auch sein mag!"

„Zehn Rubel geben sie bestimmt dafür", meinte Dawyd, das Fernrohr von allen Seiten betrachtend. „*Ich* kauf es dir ab; das ist das beste. Hier hast du für die Apotheke erst mal einen Fünfzehner. Reicht das?"

„Das borg ich mir von dir“, sagte Raïssa leise und nahm die fünfzehn Kopeken.

„Das fehlte noch! Mit Zinsen womöglich, wie? Hier hab ich auch gleich ein Pfand. Ein prächtiges Stück! Ein erstklassiges Volk, die Engländer.“

„Es heißt aber, wir werden Krieg mit ihnen haben?“

„Nein“, erwiderte Dawyd. „Zur Zeit gerben wir den Franzosen das Fell.“

„Nun, das weißt du besser. Also bemüh dich. Leben Sie wohl, meine Herren!“

Oder auch folgendes Gespräch hörte ich mit an, wieder am selben Zaun. Raïssa sah besorgter aus als sonst.

„Fünf Kopeken kostet ein Kohlkopf, noch dazu ein klitzekleiner“, sagte sie, das Kinn in die Hand gestützt. „Wie teuer das ist! Und für meine Näharbeit hab ich noch immer kein Geld.“

„Wer schuldet es dir?“ erkundigte sich Dawyd.

„Wie immer die Kaufmannsfrau, die hinter dem Wall wohnt.“

„Die, die immer in der grünen Tuchjacke geht, so eine Dicke?“

„Ja, die.“

„Sieh mal an, die Dicke! Kriegt vor Fett kaum Luft, und in der Kirche steigt regelrecht Dampf von ihr auf, aber ihre Schulden bezahlt sie nicht!“

„Bezahlen wird sie sie schon; aber wann? Außerdem, Dawyduschko, hab ich schon wieder neue Sorgen. Vater will mir neuerdings ständig seine Träume erzählen. Du weißt doch, daß er Schwierigkeiten mit dem Sprechen hat: Er will ein bestimmtes Wort sagen, aber heraus kommt ein ganz anderes. Wenn es sich ums Essen oder um sonst etwas Alltägliches handelt, sind wir schon daran gewöhnt und verstehen ihn; doch ein Traum ist ja bei Gesunden oft schon unverständlich, bei ihm aber ist es geradezu eine Katastrophe. ‚Ich freue mich so sehr‘, sagt er. ‚Heute bin ich immerzu über weiße Vögel hinweggestiegen; und der Herrgott hat mir ein Bukett geschenkt, und in dem Bukett war Andrjuscha mit einem kleinen Messer.‘ Andrjuscha nennt er unsere Ljubotschka. ‚Jetzt‘, so sagt er, ‚werden wir beide gesund. Man muß nur mit dem Messer hier langstreichen. So!‘ Und er zeigt auf seine Kehle. Ich versteh ihn nicht und sage: ‚Schon gut, Lieber, schon gut!‘ Er aber wird ärgerlich und will mir erklären, worum es geht. Sogar in Tränen ist er ausgebrochen.“

„Du hättest ihm irgendwas erzählen sollen“, mischte ich mich ein. „Ihm irgendwas vorschwindeln.“

„Lügen kann ich nicht“, erwiderte Raïssa und breitete sogar bedauernd die Arme aus.

Und es stimmte: Sie konnte nicht lügen.

„Lügen darf man nicht“, versetzte Dawyd, „aber auch fertigmachen soll man sich nicht. Denn dafür weiß einem niemand Dank.“

Raïssa blickte ihn aufmerksam an.

„Was ich dich noch fragen wollte, Dawyduschko: Wie schreibt man dastu?“

„Was soll das sein: dastu?“

„Nun zum Beispiel: Ich will, *dastu* weiterlebst.“

„Das schreibt man: d, a, s, neues Wort – d, u.“

„Nein“, schaltete ich mich ein, „nicht mit s, sondern mit ß!“

„Na schön! Dann eben mit ß. Hauptsache, du lebst selber weiter!“

„Ich möchte ja so gerne richtig schreiben“, bemerkte Raïssa und errötete leicht. Wenn sie errötete, sah sie ungewöhnlich hübsch aus. „Vielleicht kommt's einem mal zugute. Wie hat mein Papa seinerzeit schön geschrieben: Ganz hervorragend! Mir hat er es auch beigebracht. Jetzt aber kennt er sich selbst mit den Buchstaben kaum noch aus.“

„Wenn du nur weiterlebst!“ wiederholte Dawyd mit

gesenkter Stimme und ohne den Blick von ihr zu wenden. Raïssa sah ihn kurz an und errötete noch mehr. „Leb du nur weiter. Schreiben aber ... Du schreibst eben, so gut du kannst. – Verdammt, die Hexe kommt!" Mit Hexe meinte Dawyd die Tante. „Was hat die hier nur zu suchen? – Verschwinde, Liebes!"

Raïssa schaute Dawyd noch einmal an und lief davon.

Nur selten und ungern sprach Dawyd mit mir über Raïssa und ihre Familie, besonders seit er auf die Rückkehr seines Vaters wartete. An nichts anderes dachte er mehr als an ihn und daran, wie wir dann leben würden. Er hatte ihn noch lebhaft in Erinnerung, und es bereitete ihm ein besonderes Vergnügen, ihn mir zu schildern.

„Er ist groß und stark und hebt mit einer Hand zehn Pud. Wenn er ‚He, Bursche!' ruft, so hört man es im ganzen Haus. Und sympathisch ist er und gut – ein ganzer Kerl! Er hat vor niemand Angst. Herrlich war unser Leben, bis man uns ins Unglück stürzte. Er soll jetzt ganz weiß geworden sein; aber früher war er genauso rothaarig wie ich. Ein wahrer Athlet!"

Dawyd wollte auf keinen Fall, daß wir in Rjasan blieben.

„Ihr werdet fortziehen", bemerkte ich, „und ich muß hierbleiben!"

„Unsinn! Wir nehmen dich mit."

„Und was wird aus meinem Vater?"

„Von deinem Vater mußt du dich trennen. Tust du's nicht, so gehst du zugrunde."

„Wieso?"

Dawyd blieb mir die Antwort schuldig und zog nur seine weißblonden Brauen zusammen.

„Wenn mein Vater und ich fortziehen", begann er von neuem, „wird er sich eine gute Stellung suchen, ich werde heiraten ..."

„Na, das wird noch eine Weile dauern", meinte ich.

„Nein, wieso denn? Ich werde bald heiraten."

„Du?"

„Ja, ich. Warum denn nicht?"

„Du hast doch nicht etwa schon eine Bestimmte im Auge?"

„Freilich hab ich das."

„Wer ist es denn?"

Dawyd schmunzelte.

„Was bist du doch schwer von Begriff! Raïssa natürlich."

„Raïssa?" wiederholte ich verblüfft. „Du machst wohl Witze?"

„Das liegt mir nicht, mein Lieber, und das kann ich auch nicht leiden."

„Aber sie ist doch ein Jahr älter als du!"

„Was macht das schon! Doch lassen wir dieses Thema!"

„Gestatte mir noch eine Frage", bat ich. „Weiß sie, daß du sie heiraten willst?"

„Wahrscheinlich."

„Aber eröffnet hast du es ihr noch nicht?"

„Was gibt's da zu eröffnen! Wenn's an der Zeit ist, sag ich es ihr. Und damit basta!"

Dawyd stand auf und verließ das Zimmer. Allein geblieben, hing ich meinen Gedanken nach und gelangte schließlich zu dem Ergebnis, daß Dawyd vernünftig und praktisch handle. Und es erschien mir sogar schmeichelhaft, der Freund eines so praktischen Menschen zu sein.

Raïssa aber in ihrem ewigen schwarzen Wollkleidchen dünkte mir auf einmal voller Liebreiz und der treuesten Liebe wert.

# 14

Dawyds Vater kam und kam nicht und schickte nicht einmal mehr Briefe. Längst war es Sommer geworden, und der Juni ging zu Ende. Wir wurden des langen Wartens müde.

Unterdessen erzählte man sich überall, Latkin gehe es plötzlich viel schlechter und seine Familie werde bald Hungers sterben oder aber das Haus werde einstürzen und alle unter seinem Dach begraben. Dawyd veränderte sich auffallend, sogar sein Gesichtsausdruck. Er wurde so böse und mürrisch, daß sich niemand mehr in seine Nähe traute. Auch ging er jetzt häufiger weg als sonst. Raïssa begegnete ich überhaupt nicht mehr. Nur hin und wieder sah ich sie von ferne, wenn sie mit ihrem leichten, schönen Gang rasch die Straße überquerte, kerzengerade, die Arme an den Körper gepreßt, sah ich sie mit ihren klugen dunklen Augen unter den langgeschwungenen Brauen und dem sorgenvollen Ausdruck in dem blassen, lieben Gesicht – aber das war auch alles. Die Tante hielt mich mit Hilfe ihres Trankwillitatin nach wie vor unter der Fuchtel, und nach wie vor flüsterte sie mir vorwurfsvoll ins Ohr: „Sie sind ein Dieb, mein verehrter Herr, ein Dieb!" Doch ich beachtete sie überhaupt nicht. Mein Vater indessen rackerte sich ab, hockte über seiner Arbeit, reiste umher, schrieb und hatte keinen Sinn für andere Dinge.

Als ich eines Tages wieder am wohlbekannten Apfelbaum vorüberging und schon mehr aus Gewohnheit einen flüchtigen Blick auf die vertraute Stelle warf, kam es mir plötzlich vor, als sei mit der Erdschicht, die unseren Schatz bedeckte, eine gewisse Veränderung vor sich gegangen. Als sei dort ein kleiner Buckel, wo sonst eine Vertiefung gewesen war. Und auch der Schotter lag nicht mehr da. Was hat das zu bedeuten? dachte ich.

Sollte etwa jemand hinter unser Geheimnis gekommen sein und die Uhr ausgegraben haben?

Davon mußte ich mich mit eigenen Augen überzeugen. Die Uhr, die im Erdenschoß dahinrostete, war mir natürlich völlig gleichgültig; aber daß jemand anders sie sich aneignete, das konnte ich nicht zulassen. Deshalb stand ich am nächsten Morgen wiederum vor Tagesanbruch auf, begab mich, mit dem Messer bewaffnet, in den Garten, fing an der betreffenden Stelle unter dem Apfelbaum an zu graben und mußte mich, nachdem ich ein ziemlich tiefes Loch gegraben hatte, davon überzeugen, daß die Uhr verschwunden war, daß jemand sie herausgeholt, an sich gebracht, gestohlen hatte.

Doch wer konnte sie ... an sich gebracht haben außer Dawyd?

Wer sonst hatte gewußt, wo sie sich befand?

Ich schüttete das Loch wieder zu und kehrte ins Haus zurück. Ich fühlte mich tief gekränkt.

Angenommen, dachte ich, Dawyd brauchte die Uhr, um seine künftige Frau oder ihren Vater vor dem Hungertod zu retten – man mag sagen, was man will, einen gewissen Wert hat die Uhr doch –, warum ist er da nicht zu mir gekommen und hat gesagt: Mein Freund! (So hätte ich an Dawyds Stelle unbedingt gesagt.) Mein Freund! Ich brauche Geld. Du hast keines, das weiß ich. Aber erlaube mir, die Uhr zu Geld zu machen, die wir zusammen unter dem alten Apfelbaum vergraben haben. Dort nützt sie niemand etwas, und ich wäre dir so dankbar, mein Freund! – Mit welcher Freude hätte ich mich einverstanden erklärt! Aber heimlich, treulos zu handeln, dem Freund nicht zu vertrauen – nein, das entschuldigte keine Leidenschaft, keine Notlage!

Ich wiederhole: Ich war tief gekränkt. Von nun an gab ich mich kühl, schmollte ich.

Doch Dawyd gehörte nicht zu denen, die so etwas bemerken und tragisch nehmen.

Ich machte Anspielungen.

Doch Dawyd schien meine Anspielungen überhaupt nicht zu verstehen.

Ich äußerte in seinem Beisein, wie tief in meinen Augen jemand stehe, der, obwohl er einen Freund habe und sich der Bedeutung der Freundschaft, dieses heiligen Gefühls, vollauf bewußt sei, dennoch nicht edel genug denke, um nicht zur List seine Zuflucht zu nehmen. Als ob man auf die Dauer etwas verheimlichen könnte!

Bei diesen letzten Worten lachte ich verächtlich auf.

Doch Dawyd machte sich nicht das geringste daraus.

Schließlich fragte ich ihn geradeheraus, ob er wohl meine, daß unsere Uhr noch eine Zeitlang gegangen sei, nachdem wir sie beerdigt hätten, oder ob sie gleich stehengeblieben sei.

„Das mag der Teufel wissen!“ entgegnete er. „Da hast du ja was Rechtes zum Grübeln gefunden!“

Ich wußte nicht, was ich davon halten sollte. Dawyd lag offensichtlich etwas auf der Seele – aber keinesfalls der Diebstahl der Uhr. Ein unverhoffter Zufall bewies mir seine Unschuld.

## 15

Eines Tages kehrte ich durch eine Seitengasse nach Hause zurück, die ich für gewöhnlich mied, weil sie an dem Nebengebäude vorüberführte, in dem mein Feind Trankwillitatin wohnte. Doch diesmal ließ mich das Schicksal selber diesen Weg einschlagen. Als ich nämlich dicht am geschlossenen Fenster einer Gastwirtschaft vorüberkam, vernahm ich plötzlich die Stimme unseres Dieners Wassili, eines kecken jungen Burschen, eines großen „Faulpelzes und Tagediebes“, wie mein Vater sich auszudrücken pflegte, der nichtsdestoweniger die Frauenherzen im Flug eroberte, und zwar durch seinen Witz und seine Kunstfertigkeit im Tanzen und beim Spielen auf dem Torban.

„Stell dir mal vor, was die sich haben einfallen lassen!“ sagte Wassili gerade, den ich nicht sehen, aber ganz deutlich hören konnte. Wahrscheinlich saß er unmittelbar am Fenster mit einem Freund beim Tee und redete, wie manche das häufig in einem geschlossenen Raum tun, mit lauter Stimme, ohne zu ahnen, daß jeder, der auf der Straße vorüberging, alle seine Worte verstehen konnte. „Weißt du was? Sie haben sie in der Erde vergraben!“

„Das ist nicht wahr!“ brummte eine andere Stimme.

„Aber wenn ich's dir doch sage! Unsere jungen Herrn sind so komisch. Besonders dieser Dawyd, der ist ein regelrechter Jesop. In aller Herrgottsfrühe war ich aufgestanden, und wie ich so ans Fenster trete, guck ich. Was hat denn das zu bedeuten? Da stiefeln doch unsere beiden sauberen Vögel durch den Garten und tragen diese Uhr bei sich. Nachdem sie unter einem Apfelbaum ein Loch gegraben haben, legen sie sie da rein – wie einen Säugling. Danach haben sie das Loch wieder zugeschüttet, wahrhaftig, diese verdrehten Kerle!“

„Nein, so was! Hol sie der Kuckuck!“- sagte Wassilis Gesprächspartner. „Aus reinem Übermut also. Nun, und weiter? Hast du die Uhr wieder ausgegraben?“

„Selbstverständlich hab ich das. Ich hab sie auch jetzt noch. Nur zeigen darf ich sie einstweilen nicht. Hat es doch ihretwegen schon ganz schönen Krakeel gegeben. Der Dawyd nämlich hat sie unserer Alten in eben der Nacht unter dem Kopf weg geklaut.“

„Oho!“

„Ich sage dir: Der scheut vor nichts zurück. Darum darf ich sie auch nicht zeigen. Aber laß erst mal Offiziere herkommen, dann verkauf ich sie oder setz sie beim Kartenspiel."

Ich hörte nicht weiter zu, sondern eilte spornstreichs nach Hause und unmittelbar zu Dawyd.

„Mein Freund!" begann ich. „Mein Freund! Verzeih mir. Ich habe dir etwas abzubitten. Ich habe dich verdächtigt. Ich habe dich beschuldigt. Du siehst, wie aufgeregt ich bin. Verzeih mir."

„Was ist los mit dir?" fragte Dawyd. „Erkläre dich deutlicher."

„Ich hatte dich im Verdacht, unsere Uhr unter dem Apfelbaum wieder ausgegraben zu haben."

„Schon wieder diese Uhr! Ist sie denn nicht mehr da?"

„Nein. Und ich dachte, du hättest sie genommen, um deinen Bekannten zu helfen. Dabei war es Wassili."

Ich berichtete Dawyd alles, was ich gehört hatte.

Doch wer beschreibt mein Erstaunen! Natürlich hatte ich damit gerechnet, daß Dawyd entrüstet sein würde; aber das, was mit ihm vor sich ging, hatte ich nun doch nicht erwartet. Kaum hatte ich zu Ende erzählt, da geriet er in eine unbeschreibliche Wut. Dawyd, der dieser ganzen, nach seinen Worten „abgeschmackten" Affäre mit der Uhr nie etwas anderes als Verachtung entgegengebracht, derselbe Dawyd, der mehr als einmal versichert hatte, sie sei einen Dreck wert, der sprang plötzlich von seinem Platz auf, wurde puterrot, knirschte mit den Zähnen und ballte die Fäuste.

„Das dürfen wir nicht auf sich beruhen lassen", sagte er schließlich. „Wie kann er es wagen, sich an fremdem Eigentum zu vergreifen! Dem werd ich's zeigen, warte nur! Mit Dieben hab ich keine Nachsicht."

Ich muß gestehen, bis heute weiß ich nicht, wie Dawyd das derart erbosen konnte. War er ohnehin schon gereizt und hatte Wassilis Handlungsweise noch Öl ins

Feuer gegossen, oder hatte ihn mein Verdacht so schwer gekränkt – ich vermag es nicht zu sagen; jedenfalls hatte ich ihn noch nie in solcher Erregung gesehen. Offenen Mundes stand ich vor ihm und wunderte mich nur, weshalb er so heftig keuchte.

„Was gedenkst du denn zu tun?“ erkundigte ich mich endlich.

„Das wirst du schon sehen – nach dem Mittagessen, wenn der Vater sich hinlegt. Diesen Spaßvogel werd ich mir mal vorknöpfen! Mit dem werd ich mich mal eine Weile unterhalten!“

Na, dachte ich bei mir, in der Haut dieses „Spaßvogels“ möchte ich nicht stecken. Herr du meine Güte, was mag daraus noch werden!

## 16

Folgendes wurde daraus.

Sobald nach dem Mittagessen jene schläfrige, atembeklemmende Stille eingekehrt war, die sich bis heute um die Mittagszeit, nach genossenem Mahl, gleich einem warmen Daunenkissen auf das russische Haus und den russischen Menschen herabzusenken pflegt, begab sich Dawyd (ich folgte ihm mit beklommenem Herzen) zur Gesindestube und rief Wassili heraus. Der wollte zuerst nicht kommen, doch am Ende gehorchte er und ging mit uns in den Garten.

Dawyd stellte sich unmittelbar vor ihn hin. Wassili überragte ihn um einen ganzen Kopf.

„Wassili Terentjew!“ begann mein Freund mit fester Stimme. „Vor rund sechs Wochen hast du unter diesem Apfelbaum eine von uns hier versteckte Uhr ausgegraben. Du hattest nicht das Recht dazu, denn sie gehörte dir nicht. Rück sie sofort raus.“

Wassili war im ersten Moment verblüfft, faßte sich jedoch sogleich.

„Was für eine Uhr? Was reden Sie da? Möge Gott Ihnen verzeihen! Ich hab keine Uhr."

„Ich weiß, was ich sage. Lüg nicht. Du hast die Uhr. Rück sie raus."

„Ich hab Ihre Uhr nicht."

„Und wieso hast du dann in der Gastwirtschaft ...", begann ich, doch Dawyd schnitt mir das Wort ab.

„Wassili Terentjew!" sagte er dumpf und drohend. „Wir wissen ganz genau, daß du die Uhr hast. Ich rate dir im guten: Rück sie raus. Tust du's aber nicht ..."

Wassili grinste frech.

„Was wollen Sie dann mit mir machen? Na?"

„Was? Dann werden wir beide so lange mit dir kämpfen, bis du uns besiegt hast oder wir dich."

Wassili lachte.

„Kämpfen? Das ist doch nichts für Herrschaften! Mit einem Leibeigenen kämpfen?"

Da krallte sich Dawyd plötzlich in Wassilis Weste fest.

„Damit wir uns recht verstehen: Nicht mit Fäusten werden wir aufeinander losgehen", sagte er zähneknirschend. „Ich werde dir vielmehr ein Messer in die Hand drücken und selber eines nehmen. Na, und dann werden wir ja sehen, wer wen besiegt! – Alexej!" befahl er. „Lauf und hol mein großes Messer, du weißt doch, das mit dem knöchernen Griff; es liegt auf dem Tisch. Das andere hab ich in der Tasche."

Wassili fiel beinahe in Ohnmacht. Doch Dawyd hielt ihn immer noch an der Weste gepackt.

„Aber ich bitte Sie, Dawyd Jegorytsch, ich bitte Sie ...", stammelte Wassili, und sogar Tränen traten ihm in die Augen. „Was soll das? Sie werden doch nicht? Lassen Sie mich!"

„Ich laß dich nicht. Für dich gibt's keinen Pardon. Und

windest du dich heut aus der Schlinge, so fangen wir morgen von vorne an. – Aljoschka! Wo bleibt das Messer?“

„Dawyd Jegorytsch!“ heulte Wassili. „Begehen Sie keinen Mord! Was soll denn das! Und die Uhr ... Ich hab sie wirklich ... Es war bloß ein Scherz von mir. Ich geb sie Ihnen auf der Stelle zurück. Wie ist es nur möglich? Bald wollen Sie Chrisanf Lukitsch den Bauch aufschlitzen und dann wieder mir. Lassen Sie mich, Dawyd Jegorytsch! Sie kriegen die Uhr ja zurück! Nur sagen Sie dem Herrn Papa nichts davon.“

Da ließ Dawyd Wassilis Weste los. Ich blickte ihm ins Gesicht. Wahrhaftig: Auch einem anderen als Wassili konnte da angst und bange werden – so trostlos, so kalt und so böse sah es aus.

Wassili eilte ins Haus und kehrte gleich darauf mit der Uhr in der Hand zurück. Wortlos händigte er sie Dawyd aus, und erst als er die Schwelle des Hauses wieder erreicht hatte, rief er laut: „Teufel noch mal, das ist vielleicht ’n Ding!“

Er war noch immer ganz verstört. Dawyd nickte und begab sich auf unser Zimmer. Und wieder trottete ich hinter ihm her. Suworow! Der reinste Suworow! dachte ich bei mir. Damals, im Jahre 1801, war Suworow unser größter Volksheld.

## 17

Dawyd schloß die Tür ab, legte die Uhr auf den Tisch, verschränkte die Arme, und – o Wunder! – er lachte. Ich sah ihn an und mußte auch lachen.

„Eine merkwürdige Sache ist das doch!“ begann er. „Wir werden und werden diese Uhr einfach nicht los. Sie ist wahrhaftig verhext. Und warum war ich auf einmal so wütend?“

„Ja, warum?" fragte auch ich. „Hättest du sie Wassili gelassen ..."

„Aber nicht doch", fiel mir Dawyd ins Wort. „Kommt gar nicht in Frage. Aber was machen wir jetzt damit?"

„Ja, was?"

Wir starrten beide auf die Uhr und überlegten. Verziert mit einer hellblauen Glasperlenkette (in der Eile hatte der unglückselige Wassili vergessen, diese Kette, die ihm gehörte, wieder abzuknüpfen), verrichtete sie in aller Ruhe ihre Arbeit: Sie tickte – allerdings etwas unregelmäßig – und bewegte ihren Minutenzeiger aus Messing langsam vorwärts.

„Wie wäre es, wenn wir sie wieder vergraben würden? Oder wenn wir sie in den Ofen steckten?" schlug ich schließlich vor. „Oder wollen wir sie nicht Latkin bringen?"

„Nein", entgegnete Dawyd. „Das ist alles nicht das Richtige. Aber folgendes: In der Gouverneurskanzlei ist eine Kommission gebildet worden, die Spenden für die Brandgeschädigten von Kassimow entgegennimmt. Die Stadt Kassimow soll restlos niedergebrannt sein, einschließlich aller Kirchen. Wie es heißt, kann man dort alles hinbringen: nicht nur Korn oder Geld, sondern auch alle möglichen Gegenstände und Naturalien. Geben wir die Uhr doch dahin! Ja?"

„O ja! Geben wir sie dahin!" stimmte ich zu. „Eine ausgezeichnete Idee! Ich hatte nur gedacht, weil doch deine Freunde in Not sind ..."

„Nein, nein. Der Kommission! Die Latkins kommen auch ohne sie aus. Der Kommission!"

„Na schön, dann eben der Kommission. Nur meine ich, wir werden dem Gouverneur auch irgendwas dazu schreiben müssen."

Dawyd sah mich an.

„Meinst du?"

„Ja. Natürlich brauchen wir nicht viel zu schreiben. Nur so einige Worte.“

„Zum Beispiel?“

„Zum Beispiel ... könnten wir so anfangen: Indem wir ... Oder auch so: Veranlaßt durch ...“

„‚Veranlaßt durch ...‘ ist gut.“

„Dann wird man sagen müssen: Dieses unser kleines Scherflein ...“

„‚Scherflein‘ ist auch gut. Los, nimm die Feder, setz dich hin und schreib. Mach schon!“

„Erst ins unreine“, versetzte ich.

„Nun, dann eben ins unreine. Nur schreib, schreib. Ich putze sie inzwischen mit Kreide.“

Ich nahm ein Blatt Papier und schnitt mir eine Feder zurecht. Aber kaum hatte ich auf der oberen Hälfte des Blattes sorgfältig hingemalt: „Seiner Exzellenz dem Herrn durchlauchtigsten Fürsten“ (unser Gouverneur war seinerzeit ein Fürst Ch.), als ich auch schon innehielt, überrascht durch einen ungewöhnlichen Lärm, der sich plötzlich bei uns im Haus erhob. Dawyd, der den Lärm auch hörte, unterbrach, die Uhr in der erhobenen linken und den Lappen mit Kreide in der rechten Hand, seine Beschäftigung ebenfalls. Wir sahen einander an. Was ist das für ein schriller Schrei? Das ist die Tante, die gekreischt hat. Und das? Das ist die Stimme des Vaters, heiser vor Zorn. „Die Uhr! Die Uhr!“ brüllte jemand, offenbar Trankwillitatin. Füße stampfen, Dielenbretter knarren, eine ganze Horde kommt gerannt, stürmt geradewegs auf unser Zimmer zu. Ich vergehe vor Angst, und auch Dawyd ist kreideweiß, aber er blickt wie ein Adler. „Wassili, der Schuft, hat uns verraten“, zischt er. Die Tür fliegt auf, und der Vater im Schlafrock und ohne Halsbinde, die Tante im Pudermantel, Trankwillitatin, Wassili, Juschka, der andere Diener, Agapit, der Koch – sie alle kommen ins Zimmer gestürzt.

„Halunken ihr!“ schreit der Vater, ganz außer Atem. „Endlich haben wir euch erwischt!“ Und als er die Uhr in Dawyds Hand entdeckt, brüllt er: „Her damit! Gib die Uhr her.“

Doch ohne ein Wort zu sagen, springt Dawyd ans offene Fenster, und mit einem Satz ist er draußen auf dem Hof und rennt auf die Straße.

Gewohnt, in allem meinem Vorbild nachzueifern, springe auch ich zum Fenster hinaus und laufe hinter Dawyd her.

„Greift sie! Haltet sie!“ ertönen hinter uns wilde, aufgeregte Stimmen.

Aber wir jagen bereits die Straße hinunter, ohne Mütze auf dem Kopf, Dawyd voran, ich nur wenige Schritte zurück, und hinter uns das Getrappel und Geschrei der Verfolger.

## 18

Viele Jahre sind seit der Zeit, da sich das alles abgespielt hat, vergangen. Ich habe wiederholt darüber nachgedacht und kann bis auf den heutigen Tag nicht begreifen, warum meinen Vater damals solch eine Wut packte, wo er doch erst kurz zuvor verboten hatte, in seinem Beisein die Uhr, die ihm allmählich auf die Nerven ging, auch nur mit einer Silbe zu erwähnen; und zwar begreife ich das ebensowenig, wie ich seinerzeit verstehen konnte, weshalb Dawyd in solchen Zorn geriet, als er von Wassilis Diebstahl erfuhr. Unwillkürlich verfällt man da auf den Gedanken, eine geheimnisvolle Kraft müsse in der Uhr verborgen sein. Nicht Wassili hatte uns verraten, wie Dawyd vermutete – das traute er sich nicht; zu sehr war ihm der Schreck in die Glieder gefahren –, sondern eines unserer Dienstmädchen hatte die Uhr in Wassilis Hand gesehen und dies unverzüglich der Tante gemeldet. Auf diese Weise war der Stein ins Rollen gekommen.

Und so jagten wir nun die Straße entlang, mitten auf der Fahrbahn. Die Passanten, denen wir begegneten, blieben entweder stehen oder machten uns verwundert Platz. Ich erinnere mich noch, wie ein pensionierter Sekondemajor, ein bekannter Liebhaber der Hetzjagd, sich unversehens zum Fenster seiner Wohnung herauslehnte und, puterrot im Gesicht und mit dem Oberkörper weit heraushängend, wild Halali brüllte. „Halt! Haltet sie!" tönte es immer weiter hinter uns her. Dawyd wirbelte beim Laufen die Uhr über dem Kopf herum und machte hin und wieder einen Luftsprung. Auch ich sprang dann hoch, und zwar an derselben Stelle wie er.

„Wohin?" rufe ich Dawyd zu, als ich sehe, daß er in eine Seitengasse einbiegt – und folge ihm.

„Zur Oka", schreit er. „Ins Wasser mit ihr, in den Fluß, zum Teufel!"

„Halt! Halt!" brüllen sie hinter uns her.

Doch wir sausen bereits die Gasse hinunter. Und schon weht es uns kühl entgegen – der Fluß liegt vor uns, mit der schmutzigen steilen Böschung, der Holzbrücke samt einer auseinandergezogenen Wagenreihe darauf und dem Garnisonsoldaten mit der Pike am Schlagbaum. Damals hatten die Soldaten noch Piken. Schon rennt Dawyd auf der Brücke an dem Soldaten vorüber; der schlägt mit der Pike nach seinen Beinen, trifft jedoch nur ein gerade vorüberkommendes Kalb. Im Nu ist Dawyd aufs Geländer geklettert; er stößt einen Freudenschrei aus, etwas Weißes und etwas Hellblaues leuchten auf, schwirren durch die Luft – das ist die silberne Uhr samt Wassilis Glasperlenkette, die da in die Wellen fliegt. Doch dann geschieht etwas Unglaubliches. Dawyds Beine schnellen empor, und er selbst saust kopfüber, mit vorgestreckten Armen und wehenden Rockschößen, in steilem Bogen durch die Luft – so springen an heißen Tagen aufgeschreckte Frösche vom hohen Uferrand ins Wasser des Teiches –, verschwindet augenblicklich hinter dem Brückengeländer, dann macht es unten plumps, und ein dumpfes Klatschen ertönt ...

Was mit mir vorging – ich bin einfach nicht imstande, es zu schildern. Ich war nur wenige Schritte von Dawyd entfernt, als er vom Geländer hinuntersprang – aber ich erinnere mich nicht, ob ich geschrien habe; ja, ich glaube, ich war nicht einmal erschrocken, vielmehr ganz starr und abgestumpft. Meine Arme und Beine waren wie gelähmt. Um mich herum rannten und drängten sich Menschen, von denen mir einige bekannt vorkamen. Plötzlich tauchte ganz kurz Trofimytsch auf, der Soldat mit der Pike sprang zur Seite, die Pferde des Wagenzuges trabten hastig vorüber, die gezäumten Mäuler hochgereckt. Dann wurde alles grün vor meinen Augen, und jemand versetzte mir einen heftigen Stoß gegen den Hinterkopf ... Ich war in Ohnmacht gefallen.

Ich weiß noch, wie ich nach einer Weile wieder aufstand und, als ich merkte, daß mich niemand beachtete, ans Geländer trat, jedoch nicht auf jener Seite, auf der Dawyd hinuntergesprungen war – dort dünkte es mir zu schrecklich –, sondern auf der anderen, und auf den Fluß, den angeschwollenen, reißenden, blauen, hinabblickte. Ich weiß noch, wie ich unweit der Brücke ein am Ufer vertäutes Boot mit mehreren Menschen darin gewahrte, von denen einer, ganz naß und in der Sonne glänzend, sich über den Rand des Bootes gebeugt hatte und etwas aus dem Wasser zog, einen nicht sehr großen, länglichen dunklen Gegenstand, den ich anfangs für einen Koffer oder einen Korb hielt; doch bei genauerem Hinsehen erkannte ich in diesem Gegenstand – Dawyd. Da durchfuhr es mich wie ein Schlag; ich schrie, so laut ich konnte, und eilte, mir einen Weg durch die Menge bahnend, zum Boot. Dort angekommen, verließ mich indessen der Mut, und ich schaute umher. Unter den Leuten, die das Boot umstanden, entdeckte ich Trankwillitatin, Agapit, den Koch, mit einem Stiefel in der Hand, Juschka und Wassili. Der nasse, glänzende Mann hatte Dawyd unter den Armen gepackt und zog ihn aus dem Boot – dabei hingen Dawyds Hände in Höhe des Gesichts, so daß es aussah, als wollte er sich vor fremden Blicken schützen. Der Mann legte ihn mit dem Rücken auf das schlammige Ufer. Dawyd rührte sich nicht; er lag da, als habe er sich ausgestreckt, die Hacken zusammen und den Bauch emporgewölbt. Sein Gesicht war grünlich, die Augen waren verdreht, und von seinem Kopf troff das Wasser. Der Nasse, der ihn herausgefischt hatte, seiner Kleidung nach ein Fabrikarbeiter, begann, vor Kälte zitternd und sich unausgesetzt das Haar aus der Stirn streichend, zu erzählen, wie er es angestellt hatte. Er berichtete recht anständig und gründlich.

„Ich guck also, meine Herrschaften, was ist da los? Und wie der Junge hier von der Brücke runterklatscht ... Na, ich sofort stromabwärts runtergerannt, weil ich weiß: Er ist mitten in die Strömung geraten, die treibt ihn unter der Brücke durch, na, und dann ... ist es aus mit ihm. Ich gucke: Da schwimmt so eine flauschige Mütze – ach nein, es ist sein Kopf! Na, ich schwups ins Wasser und greif ihn mir. Na, und alles andere war keine Kunst mehr.“

In der Menge waren zwei, drei beifällige Bemerkungen zu hören. „Du mußt dich jetzt aufwärmen. Komm, gehen wir ein Schnäpschen trinken“, sagte jemand.

Da drängte sich plötzlich jemand hastig durch die Menge nach vorne. Es war Wassili.

„Was steht ihr denn hier rum, Rechtgläubige!“ schrie er klagend. „Wir müssen ihn schwenken. Es ist unser junger Herr!“

„Man muß ihn schwenken, schwenken, jawohl", ertönte es in der Menge, die unaufhörlich wuchs.

„An den Beinen aufhängen! Das ist das beste Mittel."

„Mit dem Bauch auf ein Faß und ihn darauf hin und her gerollt, bis ... Faßt an, Leute!"

„Rühr ihn nicht an!" mischte sich der Soldat mit der Pike ein. „Er muß auf die Hauptwache gebracht werden."

„Schweinehund!" erscholl von irgendwoher Trofimytschs Baß.

„Aber er lebt ja!" schrie ich plötzlich lauthals und beinahe erschrocken.

Ich hatte mein Gesicht dem seinen genähert. *So* also sehen Ertrunkene aus! dachte ich, und mir war beklommen zumute. Da plötzlich gewahrte ich, wie Dawyds Mund zuckte und ein wenig Wasser herausfloß.

Man stieß mich sogleich zur Seite, zog mich fort; alles stürzte zu ihm hin.

„Schwenkt ihn, schwenkt ihn!" schrien etliche Stimmen.

„Nein, nein, halt!" brüllte Wassili. „Nach Hause mit ihm, nach Hause!"

„Nach Hause!" forderte auch Trankwillitatin.

„In Nu haben wir ihn hingeschafft. Dort werden wir weitersehen", fuhr Wassili fort. (Seit jenem Tage genoß Wassili meine volle Sympathie.) „Ihr Lieben, hat keiner von euch eine Bastmatte? Sonst fassen wir ihn am Kopf und an den Beinen an ..."

„Warte! Hier ist eine Matte! Legt ihn drauf. Faßt an. Vorwärts! Ganz vornehm – wie in einer Kutsche reist er."

Wenige Augenblicke später kehrte Dawyd auf einer Bastmatte feierlich unter das Dach unseres Hauses zurück.

# 19

Er wurde entkleidet und ins Bett gebracht. Bereits auf der Straße hatte er Lebenszeichen von sich gegeben, hatte gegrunzt und mit den Armen gefuchtelt. Im Zimmer kam er wieder ganz zum Bewußtsein. Doch sobald die Gefahr für sein Leben vorüber war und kein Anlaß mehr bestand, sich um ihn zu bemühen, trat die Entrüstung wieder in ihre Rechte; alle wichen von ihm zurück wie von einem Aussätzigen.

„Gott strafe ihn! Gott strafe ihn!" keifte die Tante durchs ganze Haus. „Schaffen Sie ihn irgendwo anders hin, Porfiri Petrowitsch, sonst richtet er noch weiteres Unheil an, das dann nicht mehr gutzumachen ist."

„Der ist ja, mit Verlaub zu sagen, die reinste Giftnatter und obendrein besessen", hieb Trankwillitatin in dieselbe Kerbe.

„Eine Bosheit, was für eine Bosheit!" zeterte die Tante, unmittelbar an unsere Zimmertür herantretend, damit Dawyd sie auch ja höre. „Erst stiehlt er die Uhr, und dann ins Wasser damit. Dann soll sie eben niemand haben. Bitte sehr!"

Alle, alle waren sie entrüstet!

„Dawyd!" fragte ich ihn, als wir endlich allein waren. „Warum hast du das getan?"

„Fängst du auch noch damit an?" entgegnete er mit immer noch schwacher Stimme. Seine Lippen waren blau, und er sah ganz verquollen aus. „Was hab ich denn getan?"

„Warum bist du ins Wasser gesprungen?"

„Von wegen gesprungen! Ich konnte mich auf dem Geländer nicht mehr halten – das ist alles. Könnte ich schwimmen, dann wäre ich absichtlich gesprungen. Ich werde es unbedingt lernen. Endlich ist die Uhr jetzt futsch."

Nun aber betrat mein Vater feierlich unser Zimmer.

„Dir, mein Lieber", wandte er sich an mich, „ist eine Tracht Prügel sicher, darauf kannst du Gift nehmen, wenn ich dich auch nicht mehr über die Bank legen kann." Dann trat er an das Bett, in dem Dawyd lag. „In Sibirien", begann er ernst und nachdrücklich, „in Sibirien, mein verehrter Herr, in der Verbannung, in den Bergwerken, da leben und sterben Menschen, die weniger schuldig, weniger verbrecherisch sind als du. Bist du ein Selbstmörder oder einfach ein Dieb, oder hast du schon ganz und gar den Verstand verloren? Das verrate mir mal auf Ehre und Gewissen!"

„Ich bin kein Selbstmörder und auch kein Dieb", erwiderte Dawyd. „Aber das ist freilich wahr: Nach Sibirien kommen gute Menschen, solche, die besser sind als wir beide. Wer sollte das wohl wissen, wenn nicht Sie!"

Mein Vater stöhnte leise auf, trat einen Schritt zurück und schaute Dawyd aufmerksam an; dann spuckte er aus und verließ, sich langsam bekreuzigend, wieder das Zimmer.

„Das hörst du wohl nicht gern?" sagte Dawyd hinter ihm her und streckte die Zunge heraus. Dann versuchte er sich aufzurichten, konnte es jedoch nicht.

„Ich muß irgendwie eine Prellung haben", sagte er ächzend und das Gesicht verziehend. „Ich kann mich erinnern, daß mich das Wasser gegen einen Balken geschleudert hat. Hast du Raïssa gesehen?" fragte er plötzlich.

„Nein, ich habe sie nicht gesehen ... Doch halt, warte mal! Jetzt entsinne ich mich. Hat sie nicht am Ufer gestanden, neben der Brücke? Klar. Dunkles Kleid, ein gelbes Tuch um den Kopf ... das muß sie gewesen sein."

„Nun, und danach – hast du sie da gesehen?"

„Danach? Ich weiß nicht. Da hatte ich anderes im Kopf. Du warst reingesprungen ...“

Dawyd wurde von Unruhe ergriffen.

„Aljoscha, mein Bester, mein Freund, lauf auf der Stelle hin und sag ihr, daß ich wohlauf bin, daß mir nichts fehlt. Gleich morgen komm ich sie besuchen. Lauf schnell hin, mein Lieber, sei so gut!“

Dawyd streckte mir flehentlich beide Hände entgegen. Sein inzwischen wieder getrocknetes rotblondes Haar stand in komischen Zotteln vom Kopf ab, aber sein gerührter Gesichtsausdruck wirkte dadurch noch aufrichtiger.

Ich nahm meine Mütze und verließ das Haus, bemüht, dem Vater nicht unter die Augen zu kommen, um ihn nicht an sein Versprechen zu erinnern.

## 20

Wahrhaftig, so überlegte ich auf dem Wege zu den Latkins, wie kommt es, daß ich Raïssa nicht bemerkt habe? Wo war sie denn abgeblieben? Sie hat doch sehen müssen ...

Und auf einmal fiel es mir wieder ein: Gerade in dem Augenblick, da Dawyd hinunterstürzte, hatte mir ein schrecklicher, herzzerreißender Schrei in die Ohren gegellt. Das war doch nicht etwa sie gewesen? Aber warum hatte ich sie dann nicht mehr gesehen?

Vor dem Häuschen, in dem Latkin wohnte, dehnte sich ödes Gelände, das mit Brennesseln bewachsen und von einem windschiefen Flechtzaun umgeben war. Kaum hatte ich diesen Zaun überstiegen (weder Tor noch Pforte waren vorhanden), da bot sich meinen Augen folgendes Bild: Vor dem Häuschen, auf der untersten Stufe der kleinen Vortreppe, saß Raïssa. Die Ellbogen auf die Knie und das Kinn auf die verschränkten Finger gestützt, starrte sie vor sich hin. Neben ihr stand ihr taubstummes Schwesterchen und schwang seelenruhig eine kleine Peitsche. Vor der Treppe aber, mit dem Rücken zu mir, trippelte und hüpfte, in abgetragenem und zerschlissenem Kamisol, in Unterhosen und mit Filzstiefeln an den Füßen, der alte Latkin auf der Stelle herum, schlenkerte dabei mit den Ellbogen und verrenkte sich schier die Glieder. Als er meine Schritte vernahm, drehte er sich plötzlich um, kauerte sich nieder, sprang mir gleich darauf entgegen und redete mit zitternder Stimme und ständigem „Tschu, tschu, tschu" dazwischen ungewöhnlich schnell auf mich ein. Ich war bestürzt. Schon lange hatte ich ihn nicht mehr gesehen, und ich hätte ihn gewiß nicht wiedererkannt, wäre ich ihm an anderer Stelle begegnet. Dieses runzlige, zahnlose rote Gesicht, die runden, trüben Äuglein, das zerzauste weiße Haar, diese Zuckungen, diese Sprünge, dieses sinnlose Gestammel ... Was hatte das zu bedeuten? Von welch unmenschlicher Verzweiflung wird dieses unglückliche Wesen gequält? Was ist das für ein „Totentanz"?

„Tschu, tschu", stammelte er und krümmte sich unaufhörlich, „da ist sie, die Wassiljewna. Eben, tschu, tschu, ist sie gekommen. Hör nur! Mit einem Trooog auf dem Dach" (er klopfte sich mit der Hand auf den Kopf) „und sitzt da wie eine Schaufel. Und schieläugig ist sie, schieläugig wie Andrjuschka. Die schieläugige Wassiljewna!" (Wahrscheinlich wollte er sagen: die stumme.) „Tschu! Meine schieläugige Wassiljewna! Jetzt sind sie beide aus ein und derselben Rinde ... Ergötzt euch daran, Rechtgläubige! Ich habe ja nur diese beiden Schiffchen! Nicht wahr?"

Latkin war sich offenbar bewußt, daß er sich nicht richtig, daß er sich wirr ausdrückte, und unternahm verzweifelte Anstrengungen, um mir klarzumachen, worum es ging. Raïssa schien überhaupt nicht zu hören, was ihr Vater sagte, und ihr Schwesterchen knallte immer weiter mit der Peitsche.

„Leb wohl, Juwelier, leb wohl, leb wohl!“ sagte Latkin mehrmals hintereinander gedehnt und mit tiefen Verbeugungen, als freute er sich, endlich ein verständliches Wort gefunden zu haben.

Bei mir drehte sich alles im Kopf.

„Was hat das alles zu bedeuten?“ fragte ich eine alte Frau, die aus einem Fenster des Häuschens herausschaute.

„Ja, was, mein Bester“, antwortete sie in singendem Tonfall. „Es heißt, da ist so ein Mann – wer, das mag Gott wissen – am Ertrinken gewesen, und sie hat das gesehen. Nun, da muß sie wohl einen mächtigen Schreck gekriegt haben. Als sie kam, da war ja noch nichts zu merken; aber seit sie sich auf die Vortreppe gesetzt hat, von der Zeit an hockt sie da wie ein Götzenbild; ganz gleich, ob man was zu ihr sagt oder nicht. Sie wird wohl auch die Sprache verloren haben. Ach, du mein Gott!“

„Leb wohl, leb wohl!“ wiederholte Latkin ein ums andere Mal und immer mit tiefen Verbeugungen.

Ich ging zu Raïssa und stellte mich dicht vor sie hin.

„Raïssotschka“, schrie ich, „was ist mit dir?“

Sie gab mir keine Antwort; als habe sie mich gar nicht bemerkt. Ihr Gesicht war nicht bleicher geworden, hatte sich überhaupt nicht verändert; dennoch wirkte es gleichsam versteinert und machte den Eindruck, als würde sie jeden Moment einschlafen.

„Sie ist doch schieläugig, jawohl, schieläugig“, lallte Latkin mir ins Ohr. Ich ergriff Raïssas Hand.

„Dawyd lebt“, schrie ich noch lauter als vorher. „Er lebt und ist wohlauf. Dawyd lebt, verstehst du? Sie haben ihn aus dem Wasser gezogen. Jetzt ist er zu Hause und läßt dir sagen, daß er morgen zu dir kommt. Er lebt!“

Es schien Raïssa Mühe zu kosten, den Blick auf mich zu richten. Sie blinzelte mehrmals mit den Augen, die größer und größer wurden, dann neigte sie den Kopf zur Seite und lief allmählich glutrot an; ihr Mund öffnete sich ... Langsam, mit voller Brust sog sie die Luft ein, verzog das Gesicht wie vor Schmerz und sagte mit enormer Anstrengung: „Da ... Daw ... le ... lebt." Dann stand sie mit einem Ruck auf und stürzte davon.

„Wohin?" rief ich ihr nach.

Doch schwankend und leise vor sich hin lachend, rannte sie bereits über das öde Gelände.

Selbstverständlich stürmte ich hinter ihr her, während sich in meinem Rücken das einstimmige Geschrei des greisen Latkin und des taubstummen Kindes erhob. Raïssa lief geradewegs zu uns.

Ist das ein Tag! dachte ich und bemühte mich, nicht hinter dem schwarzen Kleid zurückzubleiben, das vor mir herjagte. Nein, so was!

## 21

An Wassili, der Tante und sogar an Trankwillitatin vorüber huschte Raïssa in das Zimmer, in dem Dawyd lag, und stürzte an seine Brust.

„Ach ... ach ... Daawyduschko", tönte ihre Stimme unter den lose herabhängenden Locken hervor, „ach!"

Jäh hob Dawyd die Arme, umschlang sie und schmiegte seinen Kopf an sie.

„Verzeih mir, mein Herz", ließ auch seine Stimme sich vernehmen.

Und die beiden vergingen schier vor Freude.

„Aber warum bist du denn nach Hause gerannt, Raïssa? Warum bist du nicht dageblieben?" fragte ich sie. Doch sie hob noch immer nicht den Kopf. „Dann hättest du gesehen, wie man ihn rettete ..."

„Ach, ich weiß nicht! Ach, ich weiß nicht! Frag mich nicht. Ich weiß nicht, ich erinnere mich nicht, wie ich nach Hause gekommen bin. Worauf ich mich nur noch besinne, ist: Ich sehe dich in der Luft ... Es versetzt mir einen Schlag ... Aber was danach war ...“

„Es versetzte ihr einen Schlag“, wiederholte Dawyd, und alle drei mußten wir auf einmal herzlich lachen. So wohl war uns zumute.

„Ja, was um alles in der Welt soll denn das heißen?“ ertönte hinter uns eine drohende Stimme – die meines Vaters. Er stand auf der Türschwelle. „Hören diese Albernheiten nun endlich auf oder nicht? Wo leben wir denn eigentlich? Im Russischen Reich oder in der Französischen Republik?“ Er trat ins Zimmer. „Wer rebellieren und ein sittenloses Leben führen will, der soll nach Frankreich gehen. Und *du*, wie kannst *du* es wagen, hierherzukommen?“ richtete er das Wort an Raïssa, die sich still erhoben und ihm zugewandt hatte; sie war offensichtlich erschrocken, lächelte indessen weiter ihr zärtliches, glückseliges Lächeln. „Du, die Tochter meines Todfeindes! Wie kannst du dich unterstehen! Und läßt dir auch noch einfallen, ihn zu umarmen! Auf der Stelle hinaus! Sonst ...“

„Lieber Onkel!“ sagte Dawyd und richtete sich im Bett auf. „Treten Sie Raïssa nicht zu nahe. Sie wird gehen – aber treten Sie ihr nicht zu nahe.“

„Hast du mir Vorschriften zu machen? Ich tret ihr nicht zu nahe, tre-te ihr nicht zu na-he! Ich werfe sie nur raus. Dich selber werd ich auch noch zur Verantwortung ziehen. Hast fremdes Eigentum vertan, hast dir das Leben nehmen wollen, hast mich in Unkosten gestürzt ...“

„In was für Unkosten?“ unterbrach ihn Dawyd.

„In was für welche? Deine Kleidung ist verdorben – das zählst du wohl nicht? Und den Leuten, die dich hierhergebracht haben, hab ich ein Trinkgeld gegeben.

Versetzt erst die ganze Familie in Angst und Schrecken und will sich dann noch aufspielen! Wenn aber das Mädel hier, das scham- und ehrvergessene ..."

Dawyd riß es vom Bett hoch.

„Treten Sie ihr nicht zu nahe, sag ich Ihnen!"

„Halt den Mund!"

„Wagen Sie es nicht ..."

„Halt den Mund!"

„Wagen Sie es nicht, meine Braut zu beleidigen", schrie Dawyd aus vollem Halse, „meine künftige Frau!"

„Braut!" wiederholte mein Vater und riß die Augen auf. „Braut! Frau! Hohoho!" („Hahaha!" echote die Tante hinter der Tür.) „Wie alt bist du denn schon? Eben erst auf die Welt gekommen, noch nicht trocken hinter den Ohren, ein Grünschnabel! Und so was will heiraten! Wart nur! Ich werde dir ..."

„Lassen Sie mich, lassen Sie mich gehen", flüsterte Raïssa und schritt auf die Tür zu. Sie war leichenblaß.

„Nicht Sie werd ich um Erlaubnis bitten", fuhr Dawyd, sich mit den Fäusten auf den Bettrand stützend, zu schreien fort, „sondern meinen leiblichen Vater, der in allernächster Zeit hier eintreffen muß. *Er* hat über mich zu bestimmen, nicht Sie. Und was mein Alter betrifft, so haben Raïssa und ich keine Eile. Wir werden warten, was immer Sie dazu sagen mögen ..."

„He, Dawydka, komm wieder zur Besinnung!" unterbrach ihn mein Vater. „Schau dich doch mal an! Du siehst ja ganz verwildert aus! Hast jedes Anstandsgefühl verloren."

Dawyd raffte sein Hemd über der Brust zusammen.

„Was immer Sie dazu sagen mögen", wiederholte er.

„So stopf ihm doch das Maul, Porfiri Petrowitsch, stopf ihm das Maul", keifte die Tante hinter der Tür. „Und diese Herumtreiberin, diese nichtsnutzige Person, diese ..."

Doch in diesem Augenblick mußte etwas Außerge-

wöhnliches eingetreten sein, das den Redefluß meiner Tante unterband; ihre Stimme brach jäh ab, und an ihrer Stelle ließ sich eine andere vernehmen, eine greisenhaft heisere und schwache.

„Bruder“, sagte diese matte Stimme. „Christenseele!“

## 22

Wir wandten uns alle um. Vor uns stand in demselben Aufzug, in dem ich ihn erst kurz zuvor gesehen hatte, wie ein Gespenst der klapperdürre, ungepflegte, bedauernswerte Latkin.

„Gott!“ sagte er irgendwie kindlich, den zitternden, gekrümmten Zeigefinger erhoben, und sah dabei meinen Vater mit kraftlosem Blick an. „Gott hat gestraft. Ich bin gekommen, um Wa ..., um Ra ... ja, ja, um Raïssotschka zu holen. Was ... tschu, was brauch ich noch? Bald geht's unter die Erde, und – wie war das doch gleich? – ein Stab und noch einer ... quer darüber; das ist es, was ich ... brauche. Du aber, Bruder, Juwelier ... Nimm dich in acht ... Auch ich bin schließlich ein Mensch.“

Raïssa schritt schweigend durch das Zimmer, faßte Latkin unter und knöpfte ihm das Kamisol zu.

„Komm, Wassiljewna“, sagte er. „Das hier sind alles Heilige; zu denen geh nicht. Auch der, der da im Futteral liegt“ – er zeigte auf Dawyd –, „ist ein Heiliger. Aber du und ich, Bruder, wir sind Sünder. Nun, tschu ... verzeihen Sie, meine Herren, einem verbitterten alten Mann. – Wir haben zusammen gestohlen!“ schrie er plötzlich. „Wir haben zusammen gestohlen, haben zusammen gestohlen!“ wiederholte er mit sichtlicher Wonne: Endlich gehorchte ihm die Zunge wieder.

Wir alle im Zimmer schwiegen.

„Wo ist denn hier bei Ihnen … die Ikone?" fragte er, den Kopf hebend und mit den Augen rollend. „Ich muß mich reinigen."

Einer Ecke zugekehrt, begann er zu beten; dabei bekreuzigte er sich inbrünstig, indem er mit den Fingern mehrmals hintereinander bald an die eine, bald an die andere Schulter tippte, und sagte immer wieder hastig: „Erbarme Dich meiner, o He …, meiner, o He …, meiner, o He …!" Mein Vater, der während der ganzen Zeit kein Auge von Latkin gelassen und kein Wort gesprochen hatte, geriet plötzlich in Bewegung, stellte sich neben ihn und fing gleichfalls an, sich zu bekreuzigen. Dann drehte er sich Latkin zu, verneigte sich tief vor ihm, so tief, daß er mit einer Hand den Boden berührte, und sagte: „Vergib auch du mir, Martinjan Gawrilytsch!" und küßte ihn auf die Schulter. Daraufhin küßte Latkin schmatzend in die Luft hinein und zwinkerte mit den Augen. Er begriff wohl kaum so recht, was er da tat. Dann wandte sich mein Vater an alle, die noch im Zimmer waren: an Dawyd, an Raïssa und an mich.

„Macht, was ihr wollt, handelt, wie ihr denkt", sagte er mit leiser, trauriger Stimme und entfernte sich.

Die Tante wollte sich an ihn heranmachen, doch er wies sie schroff und finster ab. Er war erschüttert.

„Meiner, o He …, meiner, o He …! Erbarme dich!" wiederholte Latkin immerfort. „Ich bin nur ein Mensch."

„Leb wohl, Dawyduschko!" sagte Raïssa und verließ mit dem Greis ebenfalls das Zimmer.

„Morgen komm ich zu euch", rief Dawyd ihr nach, und sich mit dem Gesicht zur Wand drehend, flüsterte er: „Ich bin sehr müde. Jetzt ein Weilchen schlafen wäre nicht schlecht." Dann wurde er still.

Lange traute ich mich nicht aus unserem Zimmer hinaus. Ich hielt mich dort verborgen; konnte ich doch nicht vergessen, womit mir der Vater gedroht hatte. Meine Befürchtungen erwiesen sich jedoch als unbegründet. Auch nicht ein Wort verlor er darüber, als wir uns wiedersahen. Es schien ihm selber unangenehm zu sein. Übrigens brach bald die Nacht an, und alles im Haus wurde ruhig.

## 23

Am nächsten Morgen stand Dawyd auf, als wäre überhaupt nichts gewesen. Und eine Woche darauf trugen sich an ein und demselben Tag zwei wichtige Ereignisse zu: Am Morgen starb der alte Latkin, und am Abend traf Onkel Jegor, Dawyds Vater, in Rjasan ein. Ohne vorher einen Brief geschickt oder sonstwie jemand benachrichtigt zu haben, tauchte er auf wie ein Blitz aus heiterem Himmel. Mein Vater geriet in ungewöhnlich große Aufregung und wußte nicht, was er dem teuren Gast alles anbieten und wohin er ihn setzen sollte; er rannte hin und her wie ein Besessener und legte einen Eifer an den Tag, als sei er sich einer Schuld bewußt. Doch den Onkel schien die beflissene Geschäftigkeit des Bruders wenig zu beeindrucken, denn er sagte immer wieder: „Wozu das alles?“ oder: „Ich brauche nichts.“ Der Tante gegenüber verhielt er sich noch reservierter. Übrigens schätzte auch sie ihn nicht sehr. In ihren Augen war er ein Atheist, ein Ketzer, ein Voltairianer. (In der Tat hatte er eigens Französisch gelernt, um Voltaire im Original lesen zu können.) Ich fand Onkel Jegor genau so, wie ihn mir Dawyd geschildert hatte. Er war ein großer, schwergewichtiger Mann mit breitem, blatternarbigem Gesicht, ernst und würdevoll. Stets trug er einen Hut mit Federbusch, Manschetten, ein Jabot und ein tabakfarbenes Wams mit einem stählernen Degen an der Seite. Dawyd freute sich unsagbar über die

Ankunft seines Vaters; selbst sein Gesicht wurde freundlicher und hübscher, und auch seine Augen schauten anders drein: strahlend, froh und munter. Er gab sich indessen alle Mühe, seine Freude zu mäßigen und sie nicht in Worten auszudrücken; befürchtete er doch, rührselig zu werden. Gleich in der ersten Nacht nach Onkel Jegors Ankunft schlossen sich die beiden – Vater und Sohn – in dessen Zimmer ein und unterhielten sich lange halblaut miteinander. Am nächsten Morgen fiel mir auf, daß der Onkel seinen Sohn irgendwie besonders freundlich und vertrauensvoll anblickte – er schien recht zufrieden mit ihm zu sein. Dawyd nahm ihn mit zur Trauerfeier bei den Latkins. Auch ich ging hin; mein Vater hinderte mich nicht daran, blieb selber indessen zu Hause. Raïssa beeindruckte mich durch ihre Ruhe; sie war zwar bleich und sah sehr elend aus, vergoß jedoch keine Tränen und sprach und benahm sich schlicht und einfach. Dennoch, so merkwürdig es klingen mag, entdeckte ich an ihr etwas Erhabenes – die ungewollte Majestät des Leides, das sich selbst vergißt. Onkel Jegor machte gleich vor dem Kirchenportal ihre Bekanntschaft. An der Art, wie er mit ihr umging, war zu merken, daß Dawyd ihm bereits von ihr erzählt hatte. Sie gefiel ihm nicht weniger als der eigene Sohn; das konnte ich in Dawyds Augen lesen, wenn er die beiden anblickte. Ich weiß noch, wie sie aufleuchteten, als sein Vater in seinem Beisein von ihr sagte: „Ein gescheites Mädel; die gibt mal eine gute Hausfrau ab."

Bei den Latkins im Hause erzählte man mir, der Alte sei so still verloschen wie eine niedergebrannte Kerze, und solange er noch bei Kräften und Bewußtsein gewesen sei, habe er seiner Tochter immerfort übers Haar gestrichen, etwas Unverständliches, aber keineswegs Trauriges dazu gemurmelt und ununterbrochen gelächelt. Zum Leichenbegängnis, in der Kirche und auf dem Friedhof, war mein Vater erschienen und betete eifrig. Selbst Trankwillitatin sang im Kirchenchor mit. Am Grabe brach Raïssa plötzlich in Tränen aus und warf sich mit dem Gesicht zu Boden, faßte sich jedoch bald wieder. Ihr taubstummes Schwesterchen betrachtete alle und alles ringsum mit ihren großen, hellen und etwas scheuen Augen; von Zeit zu Zeit schmiegte sie sich an Raïssa, zeigte aber keine Angst. Schon am Tag nach der Beerdigung eröffnete Onkel Jegor, der, das war aus allem zu ersehen, keineswegs mit leeren Händen aus Sibirien heimgekehrt war (das Geld für das Begräbnis hatte *er* gegeben, und Dawyds Retter hatte er reich belohnt), indessen nichts über sein dortiges Dasein und auch nichts über seine Zukunftspläne verlauten ließ, meinem Vater überraschend, er beabsichtige nicht, in Rjasan zu bleiben, sondern werde mit seinem Sohn zusammen nach Moskau übersiedeln. Anstandshalber brachte mein Vater sein Bedauern darüber zum Ausdruck und versuchte sogar – wenn auch recht zaghaft –, meinen Onkel umzustimmen; doch im Grunde seines Herzens war er, glaube ich, heilfroh über diesen Entschluß.

Die Anwesenheit seines Bruders, mit dem ihn ziemlich wenig verband und der ihn keines Vorwurfs würdigte, ja, der ihn nicht einmal verachtete, sondern einfach einen Widerwillen gegen ihn empfand, bedrückte ihn. Auch die Trennung von Dawyd bereitete ihm keinen sonderlichen Kummer. Ich hingegen war verständlicherweise völlig niedergeschmettert; in der ersten Zeit fühlte ich mich wie verwaist und hatte jeglichen Halt und alle Lust am Leben verloren.

Ungeachtet dessen reiste der Onkel ab und nahm nicht nur Dawyd mit, sondern zur großen Verwunderung, ja sogar Empörung unserer ganzen Straße auch Raïssa und ihr Schwesterchen. Als die Tante davon erfuhr, nannte sie den Onkel prompt einen Türken. Und so bezeichnete sie ihn dann bis an ihr Lebensende.

Ich aber blieb allein, ganz allein. Doch nicht von mir ist hier die Rede.

## 24

Und damit endet meine Geschichte von der Uhr. Was soll ich Ihnen noch erzählen? Fünf Jahre später heiratete Dawyd sein Schwarzlippchen, und im Jahre 1812 starb er in der Schlacht bei Borodino bei der Verteidigung der Schewardinoer Redoute als Artillerieoberleutnant den Heldentod.

Seither ist viel Wasser ins Meer geflossen, und ich habe so manche Uhr besessen; ich habe mir sogar den Luxus geleistet, eine echte Bréguetuhr mit Sekundenzeiger, Datumsangabe und Repetierwerk zu erwerben. Doch im Geheimfach meines Schreibtisches verwahre ich eine altertümliche silberne Uhr mit einer Rose auf dem Zifferblatt; ich habe sie bei einem jüdischen Hausierer gekauft, weil sie eine verblüffende Ähnlichkeit mit jener Uhr hat, die mir einst mein Taufpate schenkte. Von Zeit zu Zeit, wenn ich allein bin und keinen Besuch erwarte, hole ich sie aus dem Fach hervor, betrachte sie und gedenke meiner Jugendtage und meines Freundes in jener Zeit, die unwiederbringlich dahin ist.

# „DAS WICHTIGSTE AN IHM IST SEINE WAHRHEITSLIEBE..."

Nur wenige russische Schriftsteller des 19. Jahrhunderts haben so meisterhaft wie Turgenjew die Natur und die russische Landschaft zu beschreiben vermocht, den Sonnenaufgang an einem heißen Julitag, den nächtlichen Wald, die weiten Felder und Uferwiesen, die öden Landstraßen, die feuchten, von Strauchwerk überwucherten Schluchten, die flimmernde Steppe oder die lichten Birkenwäldchen. All das atmet bei Turgenjew Schönheit, Poesie und Frieden, und voll Vergnügen durchstreift man mit dem Schriftsteller und seinem Jagdgehilfen Jermolai diese wunderbaren Gegenden. Doch welch erschreckenden Gegensatz dazu bildet das Dorf des zaristischen Rußland mit seinen Bewohnern. Poesie, Schönheit und Frieden sind plötzlich verschwunden, statt dessen begegnen dem Leser Armut und bitteres Leid.

Die Erzählungen „Jermolai und die Müllerin", „Lgow", „Die Beshinwiese" und „Es rattert!" – man nennt sie auch Skizzen – wurden dem Buch „Aufzeichnungen eines Jägers" entnommen. Jede dieser kleinen Geschichten wird mit solch einem Streifzug durch die Natur eingeleitet und endet im Dorf. Aus Gesprächen mit den leibeigenen Bauern selbst oder aus Unterhaltungen anderer erfährt der Erzähler von den Schicksalen dieser Menschen, die ganz der Willkür der Gutsbesitzer preisgegeben sind. Samt ihren Familien gehören sie den Herren, in deren Macht es steht, über ihre Geschicke zu entscheiden, sie nach Belieben in andere Dörfer umzusiedeln, sie zu verheiraten oder ihnen das Heiraten zu verbieten, sie heute als Kutscher, morgen als Schauspieler oder übermorgen als Hundewärter einzusetzen.

Aus jeder Zeile dieser Skizzen spürt man, wie sehr Turgenjew – obwohl er selbst ein Adliger war – diese schlichten Menschen liebte und schätzte, wie nahe ihm ihr Leid ging, daß er auf ihrer Seite stand. Verschüchtert und geduldig nehmen viele der Bauern die Launen ihrer Herren oder ungerechte Strafen hin, ohne sich zu wehren, fast als etwas Gewohntes. Einige von ihnen hat dieses Leben gegenüber ihren Nächsten stumpf und gleichgültig gemacht. Andere lassen bei aller Unterdrückung die Kraft des Volkes ahnen. Der Hofknecht Gerassim aus der Erzählung „Mumu" (1854) zum Beispiel wahrt seine Menschenwürde und kehrt, als man ihn zwingt, seinen Hund zu töten, in sein Heimatdorf zurück. Das war damals etwas Unvorstellbares, denn kein Leibeigener durfte eigenmächtig seine Herrschaft verlassen.

Turgenjew gab mit seinen „Aufzeichnungen eines Jägers" ein umfassendes Bild vom damaligen Dorfleben, von dem Verhalten der Bauern untereinander oder Fremden gegenüber, von ihren Sitten und Bräuchen und ihren abergläubischen Vorstellungen, vom Leben der Kinder. Zum Dorf gehörten auch die Gutsbesitzer. Sie schildert der Autor mit Abstand und deutlicher Ironie. Wir brauchen dabei nur an den Bericht von der „ach so engelhaft gütigen Frau" und dem „undankbaren Dienstpersonal" zu denken.

Die „Aufzeichnungen eines Jägers“ hatten bei den Lesern einen außerordentlichen Erfolg, obwohl Turgenjew in der russischen Literatur nicht der erste Schriftsteller war, der sich mit dem Thema der Leibeigenschaft befaßte. Vor ihm hatten schon Nikolai Gogol und Anton Grigorowitsch darüber geschrieben, doch hatten sie die Zustände auf dem Lande nicht so schonungslos offen dargestellt wie Turgenjew. Wie aber konnte ein Buch, das so unverblümt die Willkürherrschaft der Gutsbesitzer und damit das zaristische System bloßstellt, gedruckt werden? Vielleicht hatte es der Zensor, der alles Geschriebene nach „gefährlichen“ Gedanken durchschnüffeln mußte, gar nicht gelesen, in dem Glauben, es seien hübsche Jagdgeschichten? Fest steht, daß er unmittelbar nach Erscheinen der „Aufzeichnungen eines Jägers“ fristlos aus dem Dienst entlassen wurde.

Turgenjews Mutter war eine hartherzige, herrschsüchtige Gutsbesitzerin, die mit ihren Leibeigenen – sie besaß wohl zweitausend „Seelen“, wie man diese Menschen damals offiziell nannte – auf grausamste Weise verfuhr. So lernte Turgenjew die Leibeigenschaft frühzeitig verabscheuen. Er schreibt später an einen Freund: „Ich wurde geboren und wuchs auf in einer Atmosphäre, wo Faustschläge, Tritte, Prügel, Ohrfeigen und ähnliches an der Tagesordnung waren. Auch ich wurde für jede Kleinigkeit fast täglich verprügelt.“ Der Schriftsteller hat für seine Mutter wenig Liebe empfunden. Der Gutsherrin aus der Erzählung „Mumu“ hat er ihre Züge verliehen, und auch die Geschichte der schönen Müllerin geht auf ein Erlebnis in seinem Elternhaus zurück. Unter den Leibeigenen hatte der junge Turgenjew viele Freunde: Der leibeigene Förster führte ihn in das Jägerhandwerk ein, der leibeigene Privatsekretär seiner Mutter lehrte ihn russisch schreiben und lesen. Bei ihren Hauslehrern erlernten die Adelssöhne sonst nur die französische Sprache; das Russische galt als plump, als Sprache des „gemeinen Volkes". Auch die Dichter Alexander Puschkin und Michail Lermontow verdankten ihren Kinderfrauen oder anderen Leibeigenen den Kontakt zu den arbeitenden Menschen und ihrer Sprache.

Der Haß auf die Leibeigenschaft, von dem Turgenjew seit seiner Kindheit durchdrungen war, veranlaßte ihn als junger Mann zu dem Schwur, sein ganzes Leben dem Kampf gegen die Unterjochung der Bauern zu widmen. Das zaristische Regime aber hielt diese Ordnung mit grausamen Mitteln aufrecht und unterdrückte jeden Protest. Schwer, unter diesen Umständen zu leben und zu schreiben. Turgenjew reiste oft ins Ausland und hielt sich in Frankreich oder Deutschland auf. In seinen „Literatur- und Lebenserinnerungen" (1869) sagte er:

„Ich mußte mich unbedingt von meinem Feind entfernen, um ihn aus der Entfernung stärker angreifen zu können. In meinen Augen hatte dieser Feind eine bestimmte Gestalt, einen bekannten Namen. Dieser Feind war die Leibeigenschaft. In diesem Namen konzentrierte sich für mich alles das, was ich mich entschlossen hatte, bis zum Ende zu bekämpfen – mit dem mich nie zu versöhnen ich geschworen hatte."

1863 verließ Turgenjew Rußland, enttäuscht, daß sich nach der Aufhebung der Leibeigenschaft (1861) die sozialen und politischen Verhältnisse nicht geändert hatten. Zwar waren die Bauern jetzt frei und die Gutsbesitzer verpflichtet, ihnen Land zu überlassen. Doch dieses Land – es war ohnehin das schlechteste – mußte bezahlt werden. Woher sollten sie das Geld dafür nehmen? So blieb das Elend im Dorf erhalten. Die Bauern gerieten in neue Abhängigkeit; sie mußten sich bei den Gutsbesitzern als Tagelöhner verdingen oder bei den reichen Kaufleuten Geld leihen. Nach wie vor wurde jeder Versuch, gesellschaftliche Veränderungen herbeizuführen, im Keim erstickt.

Ende der fünfziger Jahre wandte sich Turgenjew in seinen Romanen und Erzählungen den russischen Adligen zu. Sehr poetisch, aber auch sehr offen und kritisch schildert er das Leben der Bewohner der abgeschiedenen, verträumten alten Gutshöfe, der „Adelsnester“, wie er sie selbst bezeichnet hat. Vor allem sind es die jungen Menschen, die ihn interessieren. Sie haben in den Großstädten Petersburg und Moskau eine gute Bildung genossen, sich im Ausland umgesehen und an Universitäten studiert. Doch sie können ihr Wissen nicht in die Tat umsetzen. Sie sehen das Elend der ringsum lebenden Leibeigenen, erkennen die Ungerechtigkeit, vermögen aber nicht dagegen zu kämpfen. Sie philosophieren und diskutieren über Liebe, Recht und Menschlichkeit und stehen doch den dringenden Fragen ihrer Zeit hilflos gegenüber. Nicht ohne Grund bezeichnen sie sich selbst als „überflüssige Menschen“.

In der Erzählung „Die Uhr“ (1876) schildert Turgenjew eine andere Art Jugendlicher. Dawyd, die Hauptgestalt, überzeugt durch seine außerordentliche Willensstärke und seinen Gerechtigkeitssinn. Er haßt die Lüge, ist unerschrocken, hilfsbereit und steht fest zu dem Mädchen, das er liebt. Sein Cousin, der Erzähler der Geschichte, eifert ihm nach. Beide Jungen fühlen sich abgestoßen von ihrer Umgebung, von dem bigotten Gehabe der Tante, der schmierigen Unterwürfigkeit ihres Günstlings Trankwillitatin und den zweifelhaften Geschäften des Taufpaten und des Onkels beziehungsweise Vaters. Ihr großes Ideal ist der Verbannte, Dawyds Vater, von ihm erhoffen sie eine Änderung ihres Lebens.

Menschen wie Dawyd mögen es gewesen sein, die sich in den vierziger Jahren des vorigen Jahrhunderts den revolutionären Demokraten anschlossen, die vom Zaren

Anfang der sechziger Jahre die Aufhebung der Leibeigenschaft forderten, die wie die Volkstümler aufs Land gingen, um die Bauern über ihre Lage aufzuklären, und die wie viele andere fortschrittliche Menschen im zaristischen Rußland nach Sibirien verbannt wurden. Dawyd besitzt die charakterlichen Eigenschaften eines Revolutionärs: Mut, Gerechtigkeitssinn und Opferwillen.

Die beiden Skizzen „Ein Brand auf dem Meer“ und „Die Wachtel“ gehen auf Jugend- und Kindheitserlebnisse des Autors zurück. Lange hat Turgenjew sein Verhalten während der Schiffskatastrophe, die er 1838 als Neunzehnjähriger miterlebte, beschäftigt. Und daß er erst kurz vor seinem Tod darüber schrieb, zeigt, wie schwer es ihm fiel, die Geschehnisse zu beurteilen. Er schildert sich auch keineswegs als strahlenden Sieger, für ihn ist die alte einfache Kinderfrau, die angesichts des Todes an andere denkt, die Heldin. – Jagderlebnisse mit seinem Vater und später mit seinem Freund waren der Anlaß, das Vergnügen am Töten von Tieren, das Jagen um des Jagens willen zu verurteilen. Turgenjew erzählte die Geschichte von der Wachtel, weil ihn die Frau des Schriftstellers Lew Tolstoi darum gebeten hatte. Sie sollte in der Kinderzeitschrift erscheinen, die ihr Bruder herausgab.

Schon zu seinen Lebzeiten war Turgenjew ein bekannter und vielgelesener Schriftsteller, nicht nur in seiner Heimat, sondern auch im Ausland. Seine Romane und Erzählungen, in denen er das russische Leben in seiner ganzen Vielfalt darstellte, brachten ihm den Ruf eines „Chronisten seiner Zeit“ ein. Auf die Frage, warum Turgenjews Werke den Leser immer wieder in ihren Bann ziehen, fand wohl Lew Tolstoi die treffendste Antwort. Er schrieb kurz nach Turgenjews Tod: „Das Wichtigste an ihm ist seine Wahrheitsliebe … Turgenjew ist ein vortrefflicher Mensch … der gut spricht und immer genau das sagt, was er denkt und fühlt .. Er hat gelebt, gesucht und in seinen Werken ausgesprochen, was er gefunden hat – alles, was er gefunden hat. Er hat sein Talent (die Fähigkeit, gut darzustellen) nicht darauf verwandt, seine Seele zu verbergen, wie das gewöhnlich getan wurde und wird, sondern darauf, sie ganz nach außen zu kehren."

Ulrike Hirschberg

# AUS LEBEN UND WERK DES DICHTERS

1818 Am 9. November wird Iwan Sergejewitsch Turgenjew in Orjol (Mittelrußland) geboren. Seine Kindheit verbringt er in Spasskoje-Lutowinowo, auf dem Gut, das seiner Mutter, Warwara Petrowna Lutowinowa, gehörte.

1830 Der junge Turgenjew wird nach Moskau in ein deutsches Internat (ein Pensionat für junge Adlige) gegeben, wo er sich auf das Universitätsstudium vorbereitet.

1833 beginnt er an der Moskauer Universität Philosophie, Geschichte und Literatur zu studieren.

1834 setzt er seine Studien in Petersburg fort. In diese Zeit fallen auch seine ersten literarischen Versuche. Er schreibt das romantische Versdrama „Steno".

1838 Turgenjew reist, um seine Studien zu vollenden, ins Ausland, wo er unter anderem an der Berliner Universität Vorlesungen über Philosophie hört. Er wird mit den Schriftstellern Bettina von Arnim und Varnhagen von Ense und dem Naturwissenschaftler Alexander von Humboldt bekannt.

1841 kehrt er nach Rußland zurück. Er bewirbt sich um einen Lehrstuhl für Philosophie; als die Bewerbung abgelehnt wird, nimmt er in Petersburg eine Tätigkeit im Innenministerium auf. Er wendet sich wieder verstärkt der schriftstellerischen Arbeit zu.

*1843* Turgenjew lernt in Petersburg den bekannten Kritiker W. G. Belinski kennen, der großen Einfluß auf die Entwicklung des jungen Schriftstellers nimmt. Sie werden Freunde.

*1847* reist Turgenjew erneut ins Ausland; er hält sich vor allem in Frankreich auf. In dieser Zeit entsteht die Skizzensammlung „Aufzeichnungen eines Jägers".

*1850* kehrt er nach Rußland zurück.

*1852* erscheinen die „Aufzeichnungen eines Jägers" erstmals als Buch, vorher hatte er die Geschichten in der literarischen Zeitschrift „Sowremennik" (Der Zeitgenosse) veröffentlicht. Turgenjews Kritik an der russischen Gesellschaft, besonders an der Leibeigenschaft, sowie seine Rede, die er zu Ehren des verstorbenen Dichters Nikolai Gogol hält, sind für die zaristische Regierung willkommener Anlaß, den Schriftsteller verhaften zu lassen und ihn auf sein Gut Spasskoje-Lutowinowo zu verbannen.

*1853–1862* 1853 erhält Turgenjew von der Regierung die Erlaubnis, nach Petersburg zurückzukehren. Er schließt sich dem Schriftstellerkreis um den „Sowremennik" an, zu dessen Mitgliedern so bedeutende Dichter wie Nikolai Nekrassow, Iwan Gontscharow und der junge Lew Tolstoi zählen. Auch in diesen Jahren weilt Turgenjew des öfteren im Ausland, vor allem in Frankreich, Italien und Deutschland. Es entstehen und erscheinen unter anderen die Erzählungen „Mumu" (1854), „Asja" (1858) und „Erste Liebe" (1860) sowie die Romane „Rudin" (1856), „Ein

Adelsnest" (1859), „Vorabend" (1860) und „Väter und Söhne" (1862).

*1863* verläßt Turgenjew Rußland und kehrt nur noch in den Sommermonaten auf seine Güter zurück. In den vierziger Jahren hat er die Bekanntschaft der französisch-spanischen Sängerin Pauline Viardot gemacht, für die er eine tiefe Zuneigung empfindet, und siedelt sich in ihrer Nähe, in Baden-Baden, an. Er unterhält Beziehungen zu vielen deutschen Künstlern, so zu den Schriftstellern Theodor Storm und Eduard Mörike, dem Maler Adolph Menzel und zu den Publizisten Moritz Hartmann und Ludwig Pietsch. Deutschland wird ihm in diesen Jahren zur zweiten Heimat.

*1867* wird der Roman „Rauch" veröffentlicht.

*1871* Nach dem Deutsch-Französischen Krieg siedelt Turgenjew, enttäuscht von der Eroberungssucht des Bismarckschen Deutschland, mit der Familie Viardot nach Paris über, wo er seine letzten Lebensjahre verbringt. Hier trifft er sich regelmäßig mit den bekannten französischen Schriftstellern Gustave Flaubert, Émile Zola und Guy de Maupassant. In den folgenden Jahren schreibt er die Erzählungen „Frühlingsfluten" (1872), „Punin und Baburin" (1874), die Skizze „Es rattert!" (1874), die in die „Aufzeichnungen eines Jägers" aufgenommen wird, die Erzählung „Die Uhr" (1876) und seinen Roman „Neuland" (1877).

*1881* verbringt Turgenjew zum letzten Mal den Sommer in Rußland. In den folgenden Jahren verbietet ihm eine schwere Krankheit, Paris zu verlassen. Die Kindererzählung „Die Wachtel" entsteht, die erst nach seinem Tod erscheint.

*1883* Am 3. September stirbt Turgenjew in Bougival bei Paris. Einige Tage zuvor diktiert er Pauline

Viardot die autobiographische Skizze „Ein Brand auf dem Meer“.
Auf eigenen Wunsch wird er in Petersburg auf dem Wolkowo-Friedhof neben dem Grab seines Freundes und Lehrers W. G. Belinski beigesetzt.

# WORTERKLÄRUNGEN UND ANMERKUNGEN

*abzuglose Hütte, siehe Seite 159* – Hütte ohne Schornstein, wie sie die Ärmsten der Armen bewohnten; der Rauch des Herdfeuers zog entweder durch eine Öffnung der Decke oder durch ein Fenster nach draußen.

*Adjutant* – ein den höheren Befehlshabern von Heer und Flotte zur Unterstützung beigegebener Offizier von niederem Rang

*agieren* – spielen (eine Rolle); handeln

*Ahle* – Spitzes, nadelähnliches Werkzeug des Schusters; damit wurden vor dem Nähen die Löcher in das Leder gestochen.

*Alexander* – Gemeint ist Zar Alexander I. (1777–1825); er regierte ab 1801.

*Altruismus* – Selbstlosigkeit

*Altwasser* – Flußteil, der durch Hochwasser oder künstliche Verlegung vom Flußbett getrennt und dadurch zum stehenden Gewässer wird. Die Altwässer sind oft sehr fischreich, verlanden jedoch mit der Zeit.

*animieren* – beleben, anregen; in Stimmung bringen

*Antichrist* – In der Vorstellung der Christen ein dämonisches Wesen, ähnlich dem Teufel; er galt als der Gegenspieler Gottes.

*Arschin* – altes russisches Längenmaß;
1 Arschin = 71,1 cm

*Atheist* – ein die Existenz Gottes verneinender Mensch

*Babki* – Eine Art Würfelspiel, das vor allem auf dem Lande verbreitet war; als Würfel dienten dabei die Zehenknochen (russisch: babki) von Kälbern.

*Sie legten jeden Abend eine Bank auf, siehe Seite 101* – Hier bedeutet Bank eine Summe Geld, die bei Glücksspielen jeder Teilnehmer als Einsatz an den Bankhalter zahlen muß. Aus dieser Bank werden dann im Verlauf des Spiels die Gewinne ausgezahlt.

*sich bekreuzigen* – Das Zeichen des Kreuzes über Stirn und Brust schlagen; in der katholischen und russisch-orthodoxen Kirche gebräuchliche Geste. Auch im Alltag bekreuzigen sich die Leute angesichts unerklärlicher Erscheinungen.

*Beshinwiese* – russisch: beshin lug = Überschwemmungswiese; gemeint sind die Wiesen am flachen Ufer eines Flusses, die im Frühjahr nach Überschwemmungen lange Zeit unter Wasser stehen. Sie sind auch im Hochsommer noch feucht und mit üppigem Gras bewachsen.

*bezirzen* – Auch becircen: bezaubern, verführen; der Wortstamm kommt von Circe, der Zauberin aus der griechischen Sage.

*Bigotterie* – Scheinheiligkeit; Frömmelei

*bleu-d'amour* – (frz.) zartblau

*Schlacht bei Borodino* – Borodino ist ein Dorf westlich von Moskau; hier kam es am 9. September 1812 zur größten Schlacht des Vaterländischen Krieges 1812/13, in der es den russischen Truppen unter Führung des Generals M. I. Kutusow (1745–1813) gelang, das französische Heer, das von Napoleon I. (1769–1821) geführt wurde, aufzuhalten. Nicht lange danach mußten sich die Franzosen unter großen Verlusten aus Rußland zurückziehen und wurden dann in der Völkerschlacht bei Leipzig endgültig besiegt.

*Bréguetuhr* – Uhr aus der Werkstatt des berühmten französischen Uhrmachers Abraham-Louis Bréguet

(1747–1823); diese Uhren hatten wegen ihrer technischen Vollkommenheit einen guten Ruf.

*Buchweizen* – Landwirtschaftliche Kulturpflanze aus Inner- und Ostasien. Sie wird in Europa seit dem Mittelalter angebaut. Ihren Namen erhielt die etwa 1 m hohe, krautartig verzweigte Pflanze ihrer Früchte wegen, die Bucheckern gleichen. Aus Buchweizen wird unter anderem Mehl und Grütze, auch Viehfutter gewonnen.

*Büfettier* – Diener, der sich vor allem um das Geschirr und die Bestecke zu kümmern hatte, dazu um Süßigkeiten und Gebäck, die ebenfalls in den großen Anrichten (Büfetts) in den Speisezimmern der Gutsbesitzer aufbewahrt wurden

*Bug* – die Spitze des Schiffes

*Coup* – (frz.) Schlag, Streich, überraschendes Unternehmen

*devot* – demütig, unterwürfig

*Ducht* – Ruderbank im Kahn

*Dukaten* – alte Goldmünze

*echauffieren* – aufregen, erhitzen

*elisabethanischer Rubel* – unter der Herrschaft der Zarin Jelisaweta (deutsch: Elisabeth) Petrowna (1709–1761) geprägte silberne Rubelmünze

*Emigrant* – Auswanderer, Flüchtling, der aus politischen oder religiösen Gründen im Ausland lebt

*Equipage* – früher übliche Bezeichnung für eine elegante, herrschaftliche Kutsche

*Espe* – wegen der Bewegung ihrer Blätter auch Zitterpappel genannt; zur Familie der Pappeln gehörender Laubbaum

*Ewiges Lämpchen* – siehe Ikone

*Fistelstimme* – besonders hohe, unangenehm klingende Stimme

*Fronbauern* – leibeigene Bauern im Feudalismus; sie mußten an bestimmten Wochentagen mit ihren

Zugtieren und Arbeitsgeräten auf den Gütern des Feudalherren Feld-, Hof- oder Bauarbeiten leisten, für die sie keinen Lohn empfingen. Sie gehörten zum Eigentum des Feudalherren und konnten nicht über sich selbst bestimmen.

*Furie* – In der römischen Sage wurden die Rachegöttinnen Furien genannt; im übertragenen Sinne gebraucht für ein böses, zorniges Weib.

*Garde* – früher Bezeichnung für die fürstliche Leibwache; Elitetruppe

*Garnison* – fester Standort von Truppen

*... gerben wir den Franzosen das Fell, siehe Seite 184* – Gemeint sind die Erfolge der russischen Truppen unter General A. W. Suworow (siehe dort) im Jahre 1799 in Italien und die Siege der russischen Flotte unter Admiral F. F. Uschakow (1744–1817). Rußland unterstützte damals England und Österreich im Kampf gegen die Französische Republik.

*Gesperre* – die Brut von Fasanen, Auerhähnen, Birk- und Haselhühnern

*Götze* – Abwertende Bezeichnung für Gottheiten anderer („heidnischer") Religionen; hier geht es um die einer Statue ähnliche Unbeweglichkeit und Ruhe Filofejs.

*Gouvernement* – (frz.) Verwaltungsbezirk; auch Regierung. Die Gouvernementskanzlei war im alten Rußland die oberste Dienststelle eines Gouvernements.

*Gouverneur* – (frz.) Statthalter; oberster Beamter eines Gouvernements

*gravitätisch* – feierlich, würdevoll

*Grenadier* – im 17. Jahrhundert mit Handgranaten ausgerüsteter Soldat; später Angehöriger eines aus ausgesuchten, meist körperlich sehr starken oder großen Soldaten bestehenden Infanterie- oder Garderegiments

*Griffe klopfen, siehe Seite 27* – Gemeint ist das Exerzieren mit Gewehren.

*gris-de-lin* – (frz.) leinengrau

*Großfürst* – Titel der kaiserlichen Prinzen im zaristischen Rußland

*Gründling* – kleiner drehrunder Karpfenfisch; lebt in Schwärmen am Grunde fließender oder klarer stehender Gewässer

*Gymnasium* – die frühere Oberschule, die fast ausschließlich von Kindern begüterter Eltern besucht wurde

*Halali* – Jagdruf

*Hand an sich legen ..., siehe Seite 105; 126* – In der christlichen Religion galt Selbstmord als Sünde. Selbstmörder durften z. B. nicht auf Friedhöfen begraben werden. Nach dem Aberglauben kehrten Selbstmörder nach ihrem Tode als ruhelose Geister auf die Erde zurück.

*Haspe* – geschmiedeter Haken

*einen ... hauptstädtischen Menschen, unter dessen Würde es war, in Moskau zu leben ..., siehe Seite 116* – Im 19. Jahrhundert galt Petersburg als die Hauptstadt Rußlands. Erst nach der Oktoberrevolution, im Jahre 1918, wurde Moskau wieder zur Hauptstadt erklärt.

*Ikone* – Heiligenbild der griechisch-orthodoxen Kirche. Im alten Rußland gab es in jeder Wohnung, jeder Bauernhütte eine Ikone, manchmal war sie in ein Schränkchen, einen Schrein eingelassen; davor brannte Tag und Nacht das mit Öl gespeiste Ewige Lämpchen.

*Jabot* – (frz.) Spitzenkrause am Halsausschnitt von Kleidungsstücken

*jakobinische Anschauungen, siehe Seite 153* – Die Jakobiner gehörten zum revolutionären Flügel der Französischen Revolution von 1789. Sie vertraten am konsequentesten die Prinzipien „Gleichheit, Freiheit, Brüderlichkeit“.

*Jesop* – verzerrte Wiedergabe des Namens des altgriechischen Fabeldichters Äsop (6. Jhrh. v. u. Z.); durch den Vergleich mit Äsop soll die erstaunliche Findigkeit Dawyds betont werden.

*Kabinett* – kleines Zimmer oder Nebengemach, auch Arbeitszimmer

*Kaftan* – mantelartiger Überrock

*Kaiser Paul* – Gemeint ist Zar Pawel Iwanowitsch (1754–1801); er regierte ab 1796.

*Kamenski* – siehe: Shukowski, ein Vers von

*Kamisol* – kurze Herrenjacke; auch Wams

*Karausche* – auch Breitling; kleiner hochrückiger Karpfenfisch; lebt in langsamfließenden oder stehenden Gewässern Mitteleuropas

*kategorisch* – unbedingt, bestimmt

*Kavalier* – Weltmann, Mann von zuvorkommendem Benehmen

*Kleinbürger* – In Rußland war „Kleinbürger“ seit 1775 die offizielle Bezeichnung für Angehörige eines besonderen Standes, zu dem Kaufleute, niedere Beamte, Handwerker und auch Vertreter der Intelligenz, wie Lehrer, Ärzte, Apotheker oder Rechtsanwälte, gehörten.

*Klient* – Kunde eines Rechtsanwalts; der Rechtsanwalt vertritt oder berät den Klienten.

*Kontor* – Büro

*Kopeke* – kleine russische Silber- oder Kupfermünze

*Kummet* – Teil des Geschirrs; gepolsterter Bügel, der um den Hals der Zugtiere liegt

*Kwaß* – Getränk mit niedrigem Alkoholgehalt; es wird aus Mehl, Malz oder Brotteig durch Gärung gewonnen.

*Lakai* – Früher herrschaftlicher Diener, der meist eine besondere, von der Herrschaft festgelegte Dienstkleidung trug. Heute bezeichnet man heuchlerisch-unterwürfige Menschen als Lakaien.

*Laufdroschke* – einspännige, leichte, offene Kutsche

*Malheur* – (frz.) Unfall, Mißgeschick

*Manna* – Himmelsbrot, von dem sich nach der biblischen Legende die Israeliten auf ihrer Wanderung durch die Wüste ernährten

*Märtyrer* – ein Mensch, der um seiner Überzeugung willen Verfolgung oder den Tod erleidet

*maskulin* – (lat.) männlich

*Minin und Posharski, siehe Seite 123* – Gemeint sind der Kaufmann Kosma Minin, eigentlich Kusma Minitsch Sacharjew-Suchoruk (gest. 1616), und Fürst Dmitri Michailowitsch Posharski (um 1578–1642); sie führten ein russisches Volksheer an, das 1611/12 die polnischen und schwedischen Truppen besiegte und Rußland die nationale Unabhängigkeit bewahrte. Im Text wird auf das Denkmal der beiden angespielt, das in Moskau auf dem Roten Platz steht und Minin mit ausgestreckter Hand darstellt.

*Namenstag* – Wird in katholischen Gegenden anstelle des Geburtstages gefeiert; er fällt auf den Kalendertag, der dem Heiligen geweiht ist, auf dessen Namen man getauft ist.

*Nankingtuch* – gelbes, glattes Baumwollgewebe, das seinen Namen nach der chinesischen Stadt Nanking erhielt

*Necessaire* – (frz.) Behälter für Nähzeug oder Toilettengegenstände

*Nikolai I.* – Nikolai Pawlowitsch (1796–1855), russischer Zar; er regierte ab 1825.

*notorisch* – offenkundig

*Ochotny Rjad* – Wildbret- und Geflügelmarkt im alten Moskau

*Omen* – Vorzeichen

*Patron* – Schutzherr

*Perpendikel* – Pendel bei Uhren

*Peter-und-Pauls-Tag* – Kirchlicher Feiertag; er wird von der römisch-katholischen und der russisch-orthodoxen Kirche am 11. Juli zu Ehren der beiden Apostel begangen.

*Philosoph* – Philosophen erforschen die allgemeinen Gesetzmäßigkeiten der Welt, der Gesellschaft und des Denkens und leiten daraus Maßstäbe für das Verhalten der Menschen ab.

*Pike* – langschäftiger Spieß

*Plötze* – Karpfenfisch mit rötlichen Augen und Flossen

*Pope* – Geistlicher der russisch-orthodoxen Kirche

*Pose* – auf eine bestimmte Wirkung abzielende unnatürliche Körperhaltung

*Préférence* – (frz.) Vorrang, Vorzug; hier ist ein Kartenspiel gemeint.

*Pud* – altes russisches Gewichtsmaß; 1 Pud = 16,38 kg

*purpurn* – von violettroter Farbe

*Ränke* – Schliche, Kniffe, Intrigen

*Rapport* – Bericht, Meldung

*Rechtgläubige* – Anhänger der von dem Patriarchen Nikon im 17. Jahrhundert durchgeführten Reformen in der russisch-orthodoxen Kirche, die sich vor allem auf den Ablauf des Gottesdienstes bezogen, aber auch die Einführung europäischer Sitten und das Rauchen von Tabak erlaubten. Im Gegensatz zu den Rechtgläubigen lehnten die Altgläubigen, auch Raskolniki (Abtrünnige) genannt, diese Reformen ab. Sie wurden von der Kirche zu Ketzern erklärt und durch die zaristischen Behörden bis ins 20. Jahrhundert grausam verfolgt.

*Redoute* – (frz.) Schanze bei militärischen Befestigungen

*Reling* – Schiffsgeländer

*Remise* – Wagenschuppen

*Repetierwerk* – Wiederholwerk. Mechanismus, der in Uhren nach Ablauf von Viertelstunden oder Stunden ein Schlagwerk in Gang setzt. Bei Taschenuhren wird das Repetierwerk durch einen Knopfdruck betätigt.

*Resignation* – Verzicht; Ergebung in das Schicksal

*Reußenland* – alte Bezeichnung für Rußland

*Salon* – hier: alte Bezeichnung für Empfangs- oder Besuchszimmer

*saphirn* – so blau wie der Saphir, ein Edelstein

*Sashen* – altes russisches Längenmaß; 1 Sashen = 213,36 cm

*scheel* – vorwurfsvoll, mißtrauisch, abschätzig

*Schellbeere* – Auch Multbeere, Torfbeere, Sumpfbrombeere genannt; krautartige Pflanze mit 16 bis 20 cm langem aufrechtem Stengel und gelappten Blättern, die vor allem in Nordeuropa vorkommt. Sie blüht weiß und trägt orangerote Früchte, die sehr wohlschmeckend und vitaminreich sind.

*Schlagbaum* – Bis weit ins 19. Jahrhundert hinein gab es auf Brücken Schlagbäume, an denen Fuhrwerke und Fußgänger, die die Brücke passieren wollten, eine bestimmte Summe Geldes, den sogenannten Brükkenzoll, zahlen mußten.

*Schnepfe* – Gemeint ist hier die Waldschnepfe, ein langschnäbliger Vogel, der in den Wäldern Osteuropas lebt. Es zählte zu den Jagdfreuden der russischen Gutsbesitzer, diesen Vogel, dessen Fleisch als Delikatesse gilt, zu schießen.

*Schrot* – Bleikugeln von 1,2 bis 6 mm Durchmesser für Jagdpatronen

*Sekondemajor* – soviel wie Untermajor; heute nicht mehr übliche Bezeichnung

*Seminarist* – Schüler einer geistlichen Bildungsstätte

*Sergeant* – Dienstgrad eines Unteroffiziers

*Shukowski, ein Vers von, siehe Seite 84* – Gemeint ist ein Vers aus dem Gedicht „Auf den Tod des Feldmarschalls Graf Kamenski“ des russischen romantischen Dichters Wassili Andrejewitsch Shukowski (1783–1852). Kamenski (1738–1809) war der Schrecken seiner Leibeigenen und wurde von einem seiner Bauern mit der Axt getötet. Shukowski, selbst ein Adliger, der am Hofe des Zaren lebte, ergriff Partei für Kamenski und verurteilte die Leibeigenen als Räuber.

*Smaragd* – grüner Edelstein

*spirituös* – Verballhornung von spirituos, das ist alkoholisch

*Sprengwurz* – nach dem Volksglauben ein Kraut, das Schlösser und Riegel sprengen und verborgene Schätze suchen hilft

*Starost* – im alten Rußland Vorsteher einer Dorfgemeinde

*subtil* – zart, fein; auch schwierig

*Sutschok* – (russ.) Ästchen

*Suworow* – Alexander Wassiljewitsch Suworow (1729–1800), russischer General; er war nicht nur wegen seiner militärischen Erfolge bekannt, sondern auch wegen seines Gerechtigkeitssinnes und seines menschlichen Umgangs mit den Soldaten.

*Tarantas* – russischer Reisewagen mit Verdeck, der auf einem Fahrgestell aus elastischen Stangen befestigt war

*Tarantel* – Giftige Wolfsspinne, kommt vor allem in Südeuropa vor; wie von der Tarantel gestochen bedeutet im übertragenen Sinne eine plötzliche, schnelle Bewegung.

*Tombak* – hochwertige Legierung aus Kupfer und Zink, die wie Gold aussieht; auch Bezeichnung für unechten Schmuck

*Torban* – altes russisches Saiteninstrument

*traktieren* – jemanden schlecht behandeln; auch: bewirten

*Treidler* – Auch Burlaken genannt; sie zogen Lastkähne und andere Schiffe vom Ufer aus an Schleppseilen vorwärts. Der russische Maler Ilja Jefimowitsch Repin (1844–1930) stellte sie auf dem Gemälde „Wolgatreidler“ dar.

*... nannte sie den Onkel prompt einen Türken, siehe Seite 216* – Hier: früher gebräuchliche abfällige Bezeichnung für einen sittenlosen, ungebildeten Menschen; sie geht darauf zurück, daß die dem islamischen Glauben angehörenden Türken bis ins 19. Jahrhundert hinein weite Teile Südosteuropas besetzt hielten, wo sie das Christentum zum Teil grausam unterdrückten; sie führten auch mehrere Kriege gegen Rußland.

*Ukas* – (russ.) Erlaß; Ukas hießen alle vom Zaren gegebenen Befehle.

*Vesper* – Abend, Feierabend; hier Bezeichnung für die Abendandacht in der Kirche

*Voltairianer* – Anhänger der Ideen des französischen Schriftstellers und Philosophen Voltaire, eigentlich François-Marie Arouet (1694–1778), der in seinen Werken gegen den Feudaladel auftrat und die Aufhebung der Standesvorrechte von Adel und Geistlichkeit forderte. Im damaligen Rußland wurden häufig jene Menschen als Voltairianer bezeichnet, die freiheitliche oder von der herrschenden Meinung abweichende Gedanken äußerten.

*Wams* – siehe Kamisol

*Werst* – altes russisches Längenmaß;
1 Werst = 1066,8 m

*... den Zopf ganz umsonst abgeschnitten, siehe Seite 161* – Im 18. Jahrhundert gehörte es zur Haarmode der Herren, einen Zopf zu tragen. Anfang des 19. Jahrhunderts galt dann der Zopf als Inbegriff der Rückständigkeit.

# INHALT